ars vivendi
Krimi

Jan Beinßen, Jahrgang 1965, lebt in der Nähe von Nürnberg und hat zahlreiche Kriminalromane veröffentlicht. Bei ars vivendi erschienen *Dürers Mätresse* (2005), *Sieben Zentimeter* (2006), *Hausers Bruder* (2007), *Die Meisterdiebe von Nürnberg* (2008), *Herz aus Stahl* (2009), *Das Phantom im Opernhaus* (2010), *Lebkuchen mit Bittermandel* (2011), *Die Paten vom Knoblauchsland* (2012), *Und wenn das vierte Lichtlein brennt ...* (2012), *Lokalderby* (2013), *Die Tote im Volksbad* (2013), *Görings Plan* (2014), *Die Schäufele-Verschwörung* (2014), *Sechs auf Kraut* (2015), *Tod im Tiergarten* (2016) sowie die Kurzkrimibände *Die toten Augen von Nürnberg* (2014) und *Tod auf Fränkisch* (2017).

Jan Beinßen

Frankenwein und eine Leiche

Paul Flemmings zwölfter Fall

Kriminalroman

ars vivendi

Originalausgabe
Zweite Auflage November 2017
Erste Auflage August 2017

www.arsvivendi.com

Lektorat: Stephan Naguschewski
Umschlaggestaltung: FYFF, Nürnberg
Motivauswahl: ars vivendi
Coverfoto: © Markus Spiske/photocase
Druck: CPI books GmbH, Leck
Gedruckt auf holzfreiem Werkdruckpapier
der Papierfabrik Arctic Paper

FSC
www.fsc.org
MIX
Papier aus verantwortungsvollen Quellen
FSC® C083411

Printed in Germany

ISBN 978-3-86913-860-2

Frankenwein und eine Leiche

»Sende mir noch einige Würzburger, denn kein anderer Wein will mir schmecken.«

Johann Wolfgang von Goethe

Prolog

Weißwein aus Franken. Erstklassig im Geschmack und viel feiner strukturiert, als er es von Wein gewohnt war. Als Bryan Dexter gegen Mitternacht in seine Kajüte wankte, fühlte er sich beschwingt von einem äußerst vergnüglichen Abend, im Laufe dessen er mehrere Gläser dieses köstlichen Getränks zu sich genommen hatte. Eine höhere Qualität hätte er wohl selbst im kalifornischen Napa Valley nicht erwarten können, von wo er sonst seine besten Tropfen bezog. So dachte er, streifte seine Herrenslipper von den Füßen und streckte sich auf dem seidenweichen Bett aus.

In den vergangenen Stunden hatte er ein paar ebenso angenehme wie belanglose Gespräche führen können. Small Talk mit anderen Gästen der Schiffsbar, ab und zu unterbrochen von den Darbietungen eines Alleinunterhalters, eines Elvis-Imitators, der seine Sache recht gut machte. Auch seine Frau Bethany hatte den Abend genossen, das heißt: Sie genoss ihn noch immer. Dexter hatte nichts dagegen, dass sie länger blieb als er, denn er wollte sie nicht einschränken. Vor dreißig Jahren, als er in ihrem Alter gewesen war, hatte er selbst oft die Nacht zum Tag gemacht und war an den Wochenenden oder in Urlaubszeiten wie jetzt selten vor Anbruch der Morgendämmerung zu Bett gegangen. Heute sah das anders aus: Dexter war noch immer agil und unternehmungslustig, doch inzwischen schätzte er es durchaus, wenn er sich beizeiten zurückziehen konnte.

Während er entspannt auf dem Laken lag und sich fragte, ob er es schaffen würde, sich noch einmal aufzuraffen, um seinen Smoking gegen einen Pyjama zu tauschen, überkam ihn ein seltener Anflug von Glücksgefühlen. Wie gut es ihm doch ging, dachte er, dass er mit seiner bezaubernden jungen Frau diese faszinierende Reise unternehmen konnte. Ein Trip voller Highlights. Mit den grandiosen Metropolen des alten Europa, von Budapest bis Amsterdam. Und das an Bord eines schwimmenden Fünfsternehotels mit allem erdenklichen Komfort, denn nichts anderes war das Flusskreuzfahrtschiff *MS Walküre* als eine auf Kiel gelegte Nobelherberge. Luxus pur.

Dem nächsten Landgang sah Dexter bereits erwartungsvoll entgegen. Morgen würden sie Nürnberg erreichen, die legendäre Reichsstadt. Er freute sich auf die Kaiserburg und Bratwürste, und selbstverständlich würde er das Aufmarschgelände der Nazis besichtigen und sich auf der Empore in Positur stellen, auf der einst Adolf Hitler seine Reden geschwungen hatte. Bethany würde in der Zwischenzeit durch Nürnbergs Shoppingmeilen streifen. Sie hatte sich bereits schlaugemacht: In der Kaiserstraße waren internationale Fashionmarken wie Hermès, Lloyd und Louis Vuitton ansässig. Es gab dort feinstes Leder, edle Accessoires und ausdrucksstarken Schmuck. Seine Liebste wäre also für eine Weile beschäftigt und käme am Abend mit prall gefüllten Einkaufstaschen zurück an Bord, malte sich Dexter mit zufriedenem Lächeln aus. Sollte sie nur sein Geld ausgeben. Er liebte es, seine wunderschöne Beth zu verwöhnen.

Ja, ihm ging es gut, dachte Dexter mit tiefster Dankbarkeit. So gut, dass seine Probleme, die ihn zu Hause in Minnesota plagten, in weite Ferne rückten. Im wahrsten Sinne des Wortes. Denn zwischen Europa und seiner Heimat, den Vereinigten Staaten, lag ein ganzer Ozean. Diese Distanz wirkte sich noch stärker auf sein Wohlbefinden aus, als er es sich erhoffen durfte. Sie ließ all die Unliebsamkeiten, die sein Dasein als millionenschwerer Möbelproduzent mit sich brachte, klein und nichtig erscheinen. Vor allem der Ärger, den er derzeit mit seinen Geschäftspartnern hatte, erschien ihm von hier aus betrachtet längst nicht mehr so bedrohlich, wie es in der Heimat der Fall war: Die Daumenschrauben wollten sie ihm anlegen und kräftig daran drehen. Aber bei Bryan Dexter waren sie an den Falschen geraten. Er würde sich nicht einschüchtern lassen und ihnen stattdessen die Stirn bieten. Sollten sie sich doch jemanden anderen suchen, den sie für dumm verkaufen und ausnehmen konnten.

Die Deadline, die sie ihm genannt hatten, um die Dinge mit ihnen ins Reine zu bringen, hatte Dexter verstreichen lassen. Nicht nur das: Er hatte seinen Europaurlaub so terminiert, dass diese Leute ihren Worten keine Taten folgen lassen konnten. Hier, Tausende Kilometer von Minnesota entfernt, kamen sie nicht an ihn heran. Das war zwar keine dauerhafte Lösung, doch bis er nach langer Reise zurück in seine Heimat kommen würde, würde ihm sicherlich etwas einfallen, um die Wogen zu glätten.

So sah Dexters Kalkül aus. Pragmatisch und ganz sicher von Erfolg gekrönt, wie fast immer, wenn Dexter Geschäfte machte. Nichts anderes war es ja, um was es diesen Leuten ging: Sie wollten einen guten Deal mit ihm abschließen. Es kam bloß darauf an, dass der Preis stimmte, und Dexter war sich sicher, dass der Handel am Schluss gut für ihn ausgehen würde. Bei dieser durchaus positiven Aussicht schlich sich ein Lächeln in sein Gesicht.

Als sich wenig später der Türknauf drehte, wunderte sich Dexter, dass Bethany schon jetzt in die Kabine kam. Ob der Champagner ausgegangen war, fragte er sich im Scherz und freute sich darauf, seine Frau in die Arme schließen zu können. Mit ihr hatte er auf seine alten Tage einen wahren Glücksgriff gelandet: eine Schönheit, eine Göttin, noch dazu schlagfertig und amüsant. Eine wahre Bereicherung für den Herbst seines Lebens.

Die Tür öffnete sich langsam, doch anstelle der liebreizenden Bethany in ihrem atemberaubenden Abendkleid füllte jemand anders den Rahmen aus. Breit und massig, ganz in Weiß gekleidet. Jemand von der Besatzung? Aber was wollte er um diese Zeit, und weshalb hatte er nicht angeklopft? Dexter tastete nach seiner Brille, die auf seinem Nachttisch lag. Er fragte sich, ob sich der ungebetene Gast vielleicht im Flur getäuscht hatte. Denn für das Personal waren die einfachen Kajüten unter Deck vorgesehen.

Dexter bekam seine Brille zu fassen, setzte sie auf und wollte seinen Augen nicht trauen.

»*What the hell ...*«, begann er und stand auf. Weiter kam er nicht. Der Eindringling hob seine rechte Hand, in der er eine mattschwarze Pistole mit aufgeschraubtem Schalldämpfer hielt. Noch ehe Dexter eine Chance hatte zu begreifen, was eigentlich vor sich ging, feuerte der Mann zwei Projektile auf ihn ab.

Montag, 4. September

Es passierte am laufenden Band und traf fast jede zweite Ehe. Und es scherte sich niemand darum. Bilde sich keiner ein, dass ein blutendes Herz irgendjemanden interessierte. Bestenfalls ein mitleidiges Lächeln konnte man von dem einen oder anderen erwarten, was so viel sagte wie: Willkommen im Club.

Paul Flemming versuchte es so abgeklärt wie möglich zu sehen, doch das wollte ihm nicht gelingen, denn die Trennung von seiner Frau Katinka – mochte sie auch nur vorrübergehend sein – ging ihm an die Nieren.

Die Wörter des Briefes, den sie ihm geschrieben und mit denen sie ihre »Auszeit« eingeläutet hatte, hatten sich ihm eingeprägt wie ein ungeliebtes Gedicht, dessen Verse ihm nicht mehr aus dem Kopf gehen wollten:

»Ich habe auf jede mögliche Art und Weise versucht dir beizubringen, dass es irgendwann geschehen würde, wenn sich nichts ändert. Dass eine Partnerschaft nur dann bestehen kann, wenn man auch partnerschaftlich agiert und gegenseitige Rücksicht nimmt, anstatt sich immer bloß selbst zu verwirklichen. Aber entweder warst du zu dumm, um es zu begreifen, oder es war dir ganz einfach egal. Da ich deine Intelligenz nie in Zweifel gezogen habe, ist ja wohl nur ein Schluss zu ziehen. Fazit jedenfalls: Das Ende der Fahnenstange ist erreicht. Ich fände es unaufrichtig, sich weiterhin das Gegenteil vorzumachen.«

Mit dieser unmissverständlichen Botschaft, fein säuberlich aufgeschrieben mit dem teuren Montblanc-Stift, den Paul ihr zu Weihnachten geschenkt hatte, hatte Katinka ihn in die Wüste geschickt: vorläufig ausgeschlossen aus den gemeinsamen vier Wänden an der Kleinweidenmühle, die – der Gütertrennung sei Dank – in Wahrheit einzig und allein Katinka gehörten. Paul durfte sich in sein Fotoatelier am Weinmarkt trollen. Sein Refugium, in dem er seit dem Rausschmiss in der vergangenen Woche mit seinem persönlichen Schicksal und dem Leben allgemein haderte.

Seitdem hatte es Ratschläge en masse geregnet, von echten und von sogenannten Freunden. Keine dieser Belanglosigkeiten hatte Paul weiterhelfen können, denn die wenigsten interessierte es eben wirklich, wie es ihm ging. Den Vogel hatte Victor Blohfeld abgeschossen. Der Reporter wollte Paul trösten, indem er behauptete, Paul sei für Frau Oberstaatsanwältin Katinka Blohm ohnehin nur eine Verlegenheitslösung gewesen. Sie habe ihn sich geangelt, damit sie nicht länger als alleinerziehende Mutter dastehen müsse. Das Beziehungsaus sei für Blohfeld daher schon lange abzusehen gewesen.

»Wissen Sie, Flemming«, hatte Blohfeld gesagt, »bei ihren Liebhabern mögen Frauen wählerisch sein, aber heiraten tun sie ab einem gewissen Alter jeden.« Und dann gab es als Trostpflaster noch einen Tipp des Fachmanns obendrauf: »Wer auch immer sagt, Liebe könne man nicht kaufen, hat nicht genug Geld. Gehen Sie ins Bordell, Flemming. Dort bekommen Sie, was Sie brauchen, und haben anschließend keinen Stress.«

Nun gut. Von Blohfeld konnte Paul nichts anderes erwarten. Er war, wie er war. Als große Enttäuschung hatte sich aber leider auch Jasmin Stahl erwiesen, mit der Paul sich dank jahrelanger Freundschaft stark verbunden fühlte. Statt ihm Trost zu spenden und Geborgenheit zu bieten, wimmelte sie ihn mit Plattitüden ab – wohl weil sie ihrem neuen Freund, dem Stararchitekten, keinen Grund zur Eifersucht bieten wollte. Eine ganz schwache Nummer, wie Paul fand.

So auch heute Morgen: Eigentlich hatten sie sich zu einem gemeinsamen Frühstück beim Bäcker am Weißen Turm verabredet, von wo aus es Jasmin anschließend nicht weit bis zu ihrem Büro im Polizeipräsidium gehabt hätte. Paul war dafür extra früh aufgestanden. Doch gerade als er losgehen wollte, erreichte ihn die Absage. Ihr war schon wieder etwas dazwischengekommen. Angeblich ein neuer Fall. Jasmin hatte etwas von einem Toten auf einem Fahrgastschiff angedeutet, aber so langsam mochte Paul nicht mehr daran glauben, dass sie sich wirklich mit ihm treffen wollte. »Der Tote ist nach unserem Frühstück immer noch tot«, hatte er sie umzustimmen versucht. Vergebens.

Letztendlich landete Paul bei Hannes Fink. Der Pfarrer von St. Sebald, ein guter Freund seit über einem Jahrzehnt, griff seine Sorgen auf. Und er nahm sich Zeit, um mit Paul eine Lösung für seine Probleme zu finden: Im rustikalen Esszimmer des Pfarrhauses saßen sie bei Eiern mit Speck und starkem schwarzen Kaffee beisammen und suchten nach Gründen für Pauls Ehekrise.

»Also, noch einmal von Anfang an«, sagte der Geistliche mit gemütlicher Brummstimme. »Womit genau hast du deine Frau so sehr verärgert, dass sie dir den Koffer vor die Tür gestellt hat?«

»Eigentlich geht es in erster Linie gar nicht um Katinka und mich.«

Fink hob die linke Braue. »Sondern?«

»Um ihre Tochter! Ich habe Hannahs Liebhaber vergrault, woraufhin sie nach Südamerika durchgebrannt ist, was mir ihre Mutter zutiefst verübelt. Und zwar so sehr, dass sie all das, was uns verbindet, in Zweifel stellt und sich von mir zurückzieht«, fasste Paul zusammen, was er für den Auslöser der Misere hielt.

Fink hinterfragte das nicht, merkte jedoch an, dass dies wahrscheinlich nur die Spitze des Eisbergs sei und der wahre Kern der Probleme tiefer liege. »Denk an den Brief, den Katinka dir geschrieben hat«, erinnerte er Paul. »Darin ist nicht die Rede von Hannah, sondern nur von dir.« Er riet Paul, an sich zu arbeiten, um offener zu werden für das, was für eine gesunde Beziehung wichtig sei. »Und deshalb empfehle ich dir, den Rauswurf aus eurer gemeinsamen Wohnung als Chance zu begreifen«, schloss Fink und wischte sich mit der Handkante einige Krümel Eigelb vom Schnauzbart. »Nutze die Auszeit, um zu dir selbst zu finden. Wenn du mit dir im Reinen bist, wirst du offener für das sein, was andere von dir erwarten, insbesondere deine Frau.«

Paul neigte den Kopf und sah den Geistlichen zweifelnd an. »Ich soll zu mir selbst finden? Und wie, bitte sehr, soll ich das deiner Meinung nach anstellen?«

»Weißt du Paul, es gibt etliche verborgene Wurzeln, die erst dann ausschlagen, wenn die Menschen in die mittleren Jahre kommen.«

»Wurzeln? Kannst du mir bitte etwas weniger bildlich erklären, was deiner Meinung nach mein Problem ist?«

»Es besteht jedenfalls kein Grund zur Panik, Paul. Das, was du derzeit durchmachst, ist ganz normal. Es entspricht der Maslowschen Bedürfnispyramide, dass man sich eines Tages auf die Sinnsuche begibt. Diese Entwicklung wird meist erst durch eine Krise angestoßen.«

»Die Krise ist definitiv da. Mit der Sinnsuche tue ich mich allerdings schwer. So ganz ohne Anleitung …«

Fink nickte ihm aufmunternd zu. »Du möchtest wissen, wie du zu dir selbst findest? Dann habe ich einen Vorschlag für dich.«

»Ich bin gespannt. Lass mal hören.«

»Geh ins Kloster!«

Paul musste unwillkürlich lachen. Dass Hannes Fink selbst bei einem so existenziellen Thema nicht seinen Sinn für Humor verlor, gefiel ihm. Denn es war ja wohl ein Scherz, dass der Pfarrer ihn in ein Kloster schicken wollte. – Oder?

»Das meine ich durchaus ernst«, sagte Fink, ohne eine Miene zu verziehen. »Im Kloster geht es um Ruhe, um Besinnung und Inspirationen. Um Selbsterkenntnis und eine neue Einstellung zum Leben.«

Pauls Kinnlade klappte nach unten, und er brauchte eine Weile, bis er auf Finks überraschende Idee eingehen konnte: »Sind Klöster nicht katholisch?«, fragte Paul in der Absicht, den Vorschlag als für einen Lutheraner abwegig ausschlagen zu können. »Nehmen die denn überhaupt einen Protestanten wie mich? Wohl nicht, oder?«

»Es gibt auch evangelische Klöster. Trotz Luther«, entgegnete Fink mit einem Augenzwinkern. »Du liegst zwar insofern richtig, als Luther – der bis 1517 ja selbst katholischer Mönch gewesen war – die Institution Kloster abschaffen wollte und in den protestantischen Landesteilen bereitwillige Helfer in Person der Landesfürsten fand. Die haben die reichen Klöster enteignet und als Wirtschaftsbetriebe weitergeführt. Aber etliche blieben eben doch erhalten. Im Übrigen würden dich auch die katholischen Klöster aufnehmen. Davon abgesehen macht es heutzutage kaum noch einen Unterschied, denn die Ökumene ist weit fortgeschritten: Evangelische und katholische Bischöfe pilgern mittlerweile ja sogar zusammen ins Heilige Land.«

Paul merkte, wie sich ein Kloß in seinem Hals bildete, als er einsah, dass ihn der Pfarrer nicht so einfach davonkommen lassen würde: »Was erwartet mich denn dort? Ein Leben wie ein Mönch?«

»Ein Leben ähnlich dem der Mönche«, antwortete Fink vollkommen offen. »Das Ganze hat etwas mit Reduzierung und Entschleunigung zu tun, mit dem Besinnen auf das Wesentliche.« Manchmal seien allein schon die kargen Zimmer Reduktion, die einem beim Loslassen helfen, erläuterte Fink. Im Übrigen werde jedem Gast mit viel Geduld begegnet und es gebe so viel Hilfestellung, wie man brauche. Letztendlich komme es aber darauf an, was man selbst daraus mache. »Wenn du zum Beispiel vier Romane mitnimmst und dort durchliest, kommst du zwar zur Ruhe, fliehst jedoch trotzdem aus der Stille. Denn du lenkst dich ab von der Besinnung.«

»Verstehe«, sagte Paul und kaute nachdenklich auf seinen Lippen. Ob das wirklich etwas für ihn wäre? Er wusste nicht recht, wie er zu der Idee stehen sollte.

Fink schien seine Zweifel zu spüren, denn er sagte: »Die Entscheidung, aus dem Klosteraufenthalt etwas mitzunehmen, kann nur aus dem eigenen Willen heraus entstehen. Entweder man lässt sich darauf ein oder eben nicht. Es liegt bei jedem selbst.«

Paul wusste, dass es der Pfarrer gut mit ihm meinte, doch konnte sich Paul als Kirchenmuffel nur schwer mit dem Gedanken anfreunden. »Gesetzt den Fall, ich würde mich wirklich zu einem Klosteraufenthalt hinreißen lassen: Müsste ich dann etwa auch an deren Gottesdiensten teilnehmen?«, wollte er wissen.

»Nein, es ist meist freiwillig, die Gebetszeiten wahrzunehmen. Wobei diese den Tag strukturieren und begleiten und viele Impulse geben können. Du darfst dir das nicht als brottrockene Angelegenheit vorstellen: Es wird gesungen, und es hat nicht viel mit den herkömmlichen Gottesdiensten, die du aus deiner Konfirmationszeit kennst, zu tun. Glaub mir: Sich eine Zeit darauf einzulassen, öffnet Herz und Seele für Neues.«

Paul ließ diese Auskünfte auf sich wirken und dachte, dass ihm diese gänzlich neuen Erfahrungen vielleicht wirklich guttun könnten. Nun wollte er es genauer wissen: »Welche Rechte und Pflichten habe ich während meines Aufenthalts im Kloster?«

»Das kommt darauf an, welche Form und welche Zeit du wählst. Mitarbeiten in der Gemeinschaft gehört dort immer dazu. Das fordert den Geist und bringt dich auf andere Gedanken.«

»Mmmm.« Paul sah in die großen, dunklen Augen seines Gegenübers. »Du meinst also, dass ich in meiner Lage von einem Klosteraufenthalt profitieren würde?«

»Ich bin fest davon überzeugt! Es hilft dir, die Antworten auf deine Fragen zu finden. Denn diese kannst nur du allein für dich beantworten: Wer bin ich? Was treibt mich bewusst und unbewusst an? Bin ich frei in meinen Entscheidungen? Was beeinflusst mein Verhalten und meine Entscheidungen?« Fink blickte ihn intensiv an. »Du musst Verantwortung für dich und dein Leben übernehmen, Paul. Wenn dir das gelingt, hast du auch die Kraft und Überzeugung, deine Ehe zu retten. Verantwortung kann man im Kloster üben. Man lernt achtsam mit sich und seinem Leben umzugehen und damit auch in seinen Beziehungen mit seinen Mitmenschen.«

So abwegig wie Paul den Gedanken an einen Aufenthalt im Kloster am Beginn ihrer Unterhaltung empfunden hatte, so sehr freundete er sich nun mehr und mehr mit dieser Möglichkeit an. Er erkundigte sich danach, wo es denn Klöster gebe, die bereit seien, Leute wie ihn kurzfristig aufzunehmen. Denn auf die lange Bank schieben wollte er sein Vorhaben nicht. Und zu weit weg sollte es auch nicht sein.

Fink machte ihm mehrere Vorschläge für Adressen in Franken, genauer gesagt in Unterfranken: der Benediktushof, ein Zentrum für Meditation und Achtsamkeit, sei überkonfessionell, unabhängig von Kultur und Religion und dadurch offen für alle. Ein perfekter Ort, um eine Auszeit zu nehmen, zu sich selbst zu kommen und sich auf Wesentliches zu besinnen, meinte Fink. Dabei kämen Zen und Kontemplation zur Anwendung. Eine wichtige Rolle spiele auch Yoga.

»Yoga? Ach nein. Ich möchte mich nicht zu sehr verbiegen«, meinte Paul, woraufhin der Pfarrer mit der nächsten Empfehlung aufwartete.

Schwanberg sei zwar eigentlich ein Kloster für Frauen innerhalb der Evangelisch-Lutherischen Kirche, nehme aber auch männliche Gäste auf Zeit auf. Diese Ordensgemeinschaft lebe im Geiste der Regeln des heiligen Benedikt.

»Ein Frauenkloster wäre kontraproduktiv, denn von Frauen will ich mich ja gerade erholen«, lehnte Paul ab.

Als Nächstes trug ihm Pfarrer Fink die Abtei Münsterschwarzach an. Dem Klostergast werde die Möglichkeit zu individuellen Seelsorgegesprächen und geistlicher Begleitung geboten.

»Das geht mir zu sehr ins Persönliche«, fand Paul.

Fink stöhnte, bevor er eine weitere Option aus dem Hut zauberte: »Das Jakobus-Kloster bei Würzburg ist genau das, was du suchst. Das Gästehaus steht für Einzelgäste offen, die einige Tage dabei sein möchten, ohne dass sie sich zu irgendetwas verpflichtet fühlen müssen. Wenn sie mögen, können sie sich dem klösterlichen Tagesrhythmus anschließen und an den Gebetszeiten teilnehmen und werden aus der Klosterküche verpflegt.«

»Klosterküche? Klingt verlockend«, meinte Paul. »Gibst du mir die Adresse?«

»Mache ich gern. – Aber von der Küche versprich dir bitte nicht zu viel …«

Der Europakai am Rhein-Main-Donau-Kanal gegenüber dem Nürnberger Frachthafen war die Adresse, zu der Oberkommissarin Jasmin Stahl beordert wurde.

Der Anruf, mit dem sie unerwartet zur Leiterin einer Sonderkommission berufen worden war, hatte sie beim frühmorgendlichen Joggen durch den Pegnitzgrund erreicht. Kurz vor ihrem Frühstück, zu dem sie sich eigentlich mit ihrem alten Freund Paul Flemming verabredet hatte und das sie leider platzen lassen musste. Es war ein Auftrag, den sie mit gemischten Gefühlen annahm. Denn wie es hieß, würde sie es mit dem Mord an einem Amerikaner zu tun bekommen. Da waren Ärger und Kompetenzgerangel mit der US-Botschaft vorprogrammiert. Aber was sollte sie machen? Es war nun mal ihr Job.

Jasmin fuhr mit ihrem Wagen eine Rampe direkt bis zur Hafenanlage herab, einem Ort, an den es sie nur selten verschlug. Während im Hintergrund Verladekräne, Lagerhallen und Silos für hanseatisches Flair inmitten der Frankenmetropole sorgten, waren diesseits des Kanalufers mehrere elegante Personenschiffe vertäut. Ein jedes war gut und gern hundert Meter lang, mit schneeweißem Rumpf und mehrstöckigen Aufbauten. Kreuzfahrtschiffe im Westentaschenformat, aber nicht minder komfortabel als ihre riesigen Schwestern auf den Meeren.

Als Jasmin aus ihrem Auto gestiegen war und die Parade der Luxuskähne abschritt, staunte sie über die großzügig bemessenen Balkone der Außenkabinen, über Panoramascheiben und chromglänzende Handläufe. Sie hatte sich nie mit dem Thema Flusskreuzfahrt beschäftigt und war umso überraschter, wie edel die Boote ausgestattet waren.

Ihr Ziel war die *MS Walküre*, ein besonders elegant wirkender Kanalkreuzer. Über eine Gangway gelangte sie an Bord und in eine Art Foyer, wie sie es von vornehmen Hotels kannte. Auch hier viel Chrom, dazu Tropenholzvertäfelungen und üppige Blumendeko. Der hochgewachsenen Dame am Empfang, einer feingliedrigen Blondine mit meerblauen Augen, war nicht im Geringsten anzumerken, dass sich auf dem Schiff ein Verbrechen ereignet hatte. Ebenso wenig wie dem Mann, der Jasmin mit einstudiertem Höflichkeitslächeln entgegentrat. Bei dem graumelierten Herrn im tadellos sitzenden dunklen Anzug handelte es sich um den Hotelmanager, wie ihr ein bereitstehender Schutzpolizist mitteilte.

»Willkommen an Bord«, sagte der Manager mit starkem amerikanischem Akzent und stellte sich mit dem Namen Mike Collins vor. »Ich begleite Sie gern zur Kabine von Mr Dexter.«

Wie Jasmin schnell feststellte, sprach offenbar nur ein Teil der Besatzung Deutsch, weshalb auch sie ins Englische wechselte, was ihr nicht schwerfiel. Auf dem Weg durch hell erleuchtete Flure, über plüschige Teppiche und vorbei an teuer aussehenden Kunstobjekten konnte sie dank Collins' Auskunftsfreude einige Wissenslücken schließen, mit denen sie den neuen Auftrag angetreten hatte.

Denn bisher wusste sie nicht viel mehr, als dass ein Herr namens Bryan Dexter mit tödlichen Schussverletzungen in seiner Kajüte gelegen hatte, dass es die Frau des Toten gewesen war, die ihn aufgefunden und um Hilfe gerufen hatte, und dass ein mitreisender Arzt gegen zwei Uhr früh den Tod festgestellt hatte. Da sich die *MS Walküre* zu diesem Zeitpunkt bereits kurz vor Nürnberg befand, hatte der Kapitän entschieden, die hiesige Polizei zu verständigen und wie geplant den Nürnberger Hafen anzulaufen. Nun war Jasmin gespannt darauf, was sie vorfinden und in welchem Zustand sich der Tatort befinden würde. Da sie davon ausgehen musste, dass sich neben der Witwe und dem Arzt wahrscheinlich auch andere Helfer, Neugierige und sicher auch der Kapitän oder seine Offiziere in dem Raum aufgehalten hatten, musste sie mit einer diffusen Spurenlage rechnen.

»Können Sie mich bitte kurz ins Bild setzen«, bat Jasmin ihren Begleiter, während sie durch ein gläsernes Treppenhaus in die nächsthöhere Etage gingen. »Ich kenne mich nicht besonders gut aus in Sachen Flusskreuzfahrten. Daher wären ein paar grundlegende Informationen von Vorteil.«

»Selbstverständlich, was möchten Sie wissen?«, erkundigte sich ihr Gegenüber mit höflicher Zuvorkommenheit.

»Wie groß ist Ihr Schiff, wie viele Personen befinden sich an Bord?«

»Die *MS Walküre* ist einhundertfünfunddreißig Meter lang und vierzehn Meter breit.« Skizzenhaft beschrieb der Manager den Aufbau des Schiffes, angefangen beim Empfang mit Rezeption, Concierge, Shop und dem zentralen Treppenhaus. Es gab einen Businessbereich mit kompletter Büroausstattung und eine Lounge mit Entertainmentareal und Bar. Er zählte zudem Speisesaal, Bibliothek, überdachte Veranda und Sonnendeck auf und erklärte anschließend die Klasseneinteilung der Kabinen: Die günstigste Kategorie

Lower Level Room verfügte über Doppelbett und Bad und befand sich knapp über der Wasseroberfläche. Die Upper Level Rooms lagen höher und hatten einen zusätzlichen Wohnraum und Balkon. In dieser Kategorie war auch der Tote untergebracht gewesen, erläuterte der Manager und ergänzte: »Derzeit befördern wir zweihundertzwei Passagiere. Hinzu kommt das Personal.«

»Wer gehört alles dazu?«, wollte Jasmin wissen.

»Grundsätzlich ist der Erste Kapitän in der Hierarchie der Endverantwortliche bei einem Ereignis wie diesem. Innerhalb unserer Reederei ist der Erste Kapitän derjenige, der in einem Notfall die alleinige Befehlsgewalt ausübt. Selbstverständlich wird er dabei von der ganzen Besatzung unterstützt, wobei die bestehende Rangfolge an Bord zum Tragen kommt.«

»Was kann ich mir darunter vorstellen?«

»Das bedeutet, dass mir als Hotelmanager die Hotelbesatzung untersteht, dem Küchenchef sein Küchenteam, dem Barmanager die Barbelegung und dem Housekeeper die Housekeeping-Besatzung. Das alles, wie erwähnt, im Auftrag und beobachtet vom Ersten Kapitän.«

»Eine Menge Menschen«, stellte Jasmin fest und ahnte, dass sie es mit einer Vielzahl von Befragungen zu tun bekommen würde. »Der Arzt, der den Toten untersucht hat, gehörte aber nicht zur Besatzung, richtig?«

»Nein, leider verfügen wir über keinen eigenen Schiffsarzt. Jedoch muss jedes Schiff laut Gesetz mindestens zwei diplomierte Ersthelfer an Bord haben, wir haben sogar drei. Im medizinischen Bedarfsfall wird in der Regel Ersthilfe geleistet und der nächstgelegene Notdienst informiert, woraufhin das Schiff anlegt und ein Notarzt an Bord kommt. In diesem Fall aber war offensichtlich, dass es dafür zu spät war. Daher entschied unser Kapitän, zunächst einen Gast zurate zu ziehen, der in der Passagierliste als Arzt gekennzeichnet ist. Da sich das Schiff noch in Fahrt befand, hat währenddessen der Steuermann das Kommando auf der Brücke übernommen, während der Zweite Kapitän die örtlichen Sicherheitsdienste informierte und unsere Ankunft im Nürnberger Hafen anmeldete.«

Das klang alles überaus professionell, fand Jasmin. Sie wusste bloß nicht, ob diese sorgsam abgestimmten Abläufe ihr bei ihrer Arbeit helfen würden.

Kurz darauf erreichten sie ihr Ziel. Neben der Tür mit der Kabinennummer 2.12 war ein Polizist postiert. Jasmin zeigte ihm ihren Dienstausweis, woraufhin er den Weg freimachte. Als sie das Innere des Raums erblickte, war sie überrascht von dessen schierer Größe. Eine Schiffskajüte hatte sie sich deutlich überschaubarer vorgestellt: als kleine Kammer mit Bullauge. Diese hier erinnerte eher an eine vornehme Suite inklusive Sitzecke, Spiegelbar und bodentiefen Fenstern mit Aussicht auf den zimmereigenen Balkon.

Doch sie war nicht gekommen, um die Kabine zu bestaunen. Ihre Aufmerksamkeit musste der Tatorterkundung gelten: Das Opfer, ein korpulenter Mann mit speckigem Gesicht und grauem Haarkranz, lag ausgestreckt auf einem Kingsize-Bett. Er wirkte entspannt, und wäre die Wunde auf seiner Brust nicht gewesen, hätte man meinen können, er schliefe.

Jasmin machte diese ersten Beobachtungen aus einer gewissen Entfernung: Sie blieb im Türrahmen stehen, denn im Zimmer hatten sich bereits die Kollegen der Spurensicherung eingerichtet. In ihren weißen Mondanzügen mit Kapuze und Mundschutz sahen sie alle gleich aus, bis auf einen, der wegen seines hünenhaften Körperbaus herausragte.

»Dr. Todt!«, sprach Jasmin den Forensiker an. »Schön, Sie mal wieder zu treffen.«

Todt war Rechtsmediziner der alten Schule, mit dem Jasmin ausgesprochen gern zusammenarbeitete. Denn im Unterschied zu manch jüngerem Kollegen legte er keinerlei Allüren an den Tag und zeigte sich offen für jede ihrer Fragen, seien sie aus der Sicht eines Arztes auch noch so naiv. Todt strahlte zudem eine Ruhe und Gelassenheit aus, die sich auf die Kollegen übertrug und die Tatortarbeit deutlich entspannte. Einzig verwunderlich fand Jasmin Todts Einstellung in Gesundheitsfragen – sich selbst betreffend: er war ja nicht nur groß, sondern ausgesprochen massig. Dass er noch dazu Kettenraucher war, förderte seine Kurzatmigkeit und hinterließ, ganz nebenbei, hässlich gelbe Verfärbungen an seinem grauen Oberlippenbart.

»Willkommen!«, begrüßte der Riese sie mit ausgeprägter Bassstimme. »Ist mir stets ein Vergnügen, Sie zu sehen, Frau Stahl – nur leider sind die Begleitumstände meistens weniger erbaulich.«

»Da haben Sie recht«, pflichtete Jasmin ihm mit Blick auf die Leiche bei. »Können Sie mir etwas über den Tathergang berichten?«

»Habe ich gerade schon Ihrem jungen Kollegen.«

Junger Kollege? Dr. Todt musste Polizeikommissariatsanwärter Timo Schlelein meinen, einen Azubi, der ihrer Soko zugeteilt worden war, folgerte Jasmin. Da sich der junge Mann nicht im Raum aufhielt, fragte sie: »Wo ist Schlelein jetzt?«

»Bei der Witwe«, antwortete Todt. »Er sagte, dass er sie vernehmen will.«

Jasmin ärgerte sich und wäre Schlelein gern zuvorgekommen, denn die Erfahrung hatte gezeigt, dass es sich bei den meisten Tötungsdelikten um Beziehungstaten handelte und somit die Ehefrau des Verstorbenen als Tatverdächtige Nummer eins angesehen werden musste. Aber Schlelein war noch zu grün hinter den Ohren, um diese Erkenntnis zu nutzen und ein Geständnis zu erwirken. Jasmin befürchtete, dass der Jungsporn Jasmin ins Handwerk pfuschen und die Witwe durch unbedachte Fragen kopfscheu machen würde.

Daher hatte sie es eilig, selbst die Hinterbliebene aufzusuchen, um zu verhindern, was noch zu verhindern war. Von Hotelmanager Collins, der im Flur gewartet hatte, ließ sie sich zu einem Besprechungszimmer führen, in dem man Mrs Dexter vorerst untergebracht hatte. Jasmin atmete auf, als sie Schlelein vor der Tür des Konferenzraums vorfand. Der hochgewachsene Polizeianwärter mit athletischer Figur und vollem, heublonden Haar trug lässige Freizeitkleidung: Bluejeans und graues Sweatshirt. Als er sie aus großen, wasserblauen Augen ansah und lächelte, konnte sie ihm schon nicht mehr böse sein.

»Guten Morgen, Kollege«, grüßte sie ihn. »Ich hoffe, Sie haben nicht vorgegriffen und mit der Hinterbliebenen gesprochen.«

»Natürlich nicht«, sagte er mit vollkommen überzeugender Selbstverständlichkeit und zerstreute damit Jasmins Befürchtungen. »Ich passe bloß auf, dass sie bleibt, wo sie ist. Die Dame wollte nämlich von Bord. Sich die Beine vertreten, wie sie sagte. Aber der Kapitän hat es allen untersagt, das Schiff zu verlassen.«

Glück gehabt, dachte Jasmin und nahm sich vor, dem jungen Kerl etwas mehr Verantwortung zuzugestehen. Das musste sie auch. Denn ihre Soko bestand nur aus ihr selbst und Timo Schlelein. Später würden zwar voraussichtlich weitere Kollegen folgen, doch zunächst waren sie auf sich allein gestellt und konnten lediglich auf die Unterstützung einiger Beamter in Uniform zurückgreifen.

»Der Käpt'n hat also so eine Art Quarantäne verhängt, was uns sehr gelegen kommt. Haben Sie sonst etwas in Erfahrung bringen können?«, fragte sie.

»Ja, ein Vertreter der Hafenbehörde hat mir ein paar aufschlussreiche Zahlen nennen können. Man hat den Nürnberger Hafen normalerweise ja gar nicht so auf dem Schirm. Ich wusste nicht, wie groß die Kaianlagen sind, bis ich hier war.«

»Was hat Ihnen der Hafenmensch denn sagen können?«, erkundigte sich Jasmin.

»Eine ganze Menge! Wussten Sie zum Beispiel, dass Nürnberg Jahr für Jahr von mehr Passagierkähnen angesteuert wird und sich daraus ein regelrechter Schub für den Fremdenverkehr entwickelt hat?«

»Nein«, gestand Jasmin freimütig ein. »Bis vor Kurzem wusste ich nicht einmal, dass Nürnberg einen Anleger für Personenschiffe hat. Ich dachte, es gebe nur den Frachthafen.«

»Eben nicht! Noch interessanter ist, dass es sich bei neunzig Prozent der Passagiere um gut begüterte US-Amerikaner handelt, die meisten im Rentenalter. Daher wird an Deck nur Englisch gesprochen.«

»Hat das auch der Mann von der Hafenbehörde gesagt?«, fragte Jasmin.

»Nein, eine Yogalehrerin, die Fitnesskurse an Bord anbietet«, antwortete Timo Schlelein. Daran, dass sich seine Wangen rosa färbten, las Jasmin ab, dass es sich um eine ziemlich attraktive Animateurin gehandelt hatte.

»Wie gehen wir vor?«, fragte Schlelein schnell, weil er sich wohl ertappt fühlte.

»Der Tote wurde von seiner Frau gefunden. Also vernehmen wir als Erstes die Witwe und fixieren ihre Aussage schriftlich«, spulte Jasmin das übliche Prozedere ab. »Diese legen wir dem Ermittlungsrichter vor, denn vielleicht reicht das schon als Grundlage für einen Haftbefehl.«

»Sie gehen von einer Beziehungstat aus?«

»Es ist das Nächstliegende. Stirbt ein Ehepartner eines gewaltsamen Todes, steckt in den allermeisten Fällen der Mann beziehungsweise die Frau dahinter.«

»Und wenn sie es nicht gewesen ist?«, gab Schlelein zu bedenken. »Immerhin gibt es Zeugen, die aussagen, dass sie sich bis kurz vor Entdeckung des Mordes in der Bar aufgehalten hatte.«

»Woher wissen Sie das? Haben Sie etwa doch schon mit den Befragungen begonnen, Timo?«

»Nein. Der Kapitän hat es mir gesagt.«

Jasmin hob die Brauen. »Ach ja?« Der junge Kollege schien mehr auf Zack zu sein, als sie angenommen hatte. Das gefiel ihr und spornte den eigenen Ehrgeiz an. »Wir stellen selbstverständlich die Personalien aller Passagiere und Besatzungsmitglieder fest. Das ist eine schöne Aufgabe für Sie: Setzen Sie sich mit der Reederei in Verbindung und lassen Sie sich die Listen mit sämtlichen Namen geben, damit Sie Person für Person abhaken können.« Sie zwinkerte ihm zu. »Bei der Gelegenheit können Sie auch einige technische Informationen einholen: etwa die Geschwindigkeit, mit der die *MS Walküre* auf dem Kanal unterwegs ist.«

»Wozu soll das gut sein?«

»Nun, wahrscheinlich ist die Hinterbliebene die Täterin, oder der Pistolenschütze ist unter den Passagieren beziehungsweise der Besatzung zu finden. Doch wir dürfen nicht außer Acht lassen, dass der Mörder ebenso gut von außerhalb gekommen sein könnte. Zum Beispiel, indem er ein kleines Motorboot benutzte und nach der Tat wieder verschwand. Man sollte frühzeitig klären, ob dies eine reale Option ist oder wir den Schuldigen definitiv im Kreis derjenigen zu suchen haben, die sich an Bord befinden. Also: Auf ans Werk! Fangen Sie mit dem Check der Gästeliste an.«

Timo Schlelein machte große Augen. »Das kann dauern. Aber so viel Zeit haben wir nicht. Das Schiff läuft doch schon heute Abend wieder aus.«

»Keine Sorge, das wird nicht passieren«, sagte Jasmin mit dem abgeklärten Lächeln einer erfahrenen Kripofrau. »Die Staatsanwaltschaft wird die *MS Walküre* vorerst an die Kette legen. Trotzdem sollten Sie nicht trödeln, denn wirtschaftliche Interessen können der Polizeiarbeit durchaus in die Quere kommen. Wir werden einen zusätzlichen Tag zur Verfügung haben, allenfalls zwei.«

Nicht viel Zeit, wenn sich der Täterkreis nicht sehr bald einschränken ließe, dachte Jasmin und setzte daher große Hoffnung auf einen Erfolg der Erstbefragung von Dexters Witwe.

»Ich sage es doch: Alles bestens. Mach dir bitte keine Sorgen, Mami!«

Diese Worte, die als Beruhigung dienen sollten, verfehlten ihren Zweck. Katinka Blohm starrte noch immer auf den Bildschirm ihres PCs, obwohl die Skype-Verbindung zu ihrer Tochter schon seit fünf Minuten beendet war. Sie hatten heute ungewöhnlich lange miteinander gesprochen. An sich ein gutes Zeichen, fand Katinka. Denn für gewöhnlich hatte sich Hannah in den letzten Monaten extrem kurz gehalten und kaum den Kontakt zu ihrer Mutter gesucht. Was sie dort drüben in Südamerika trieb, darüber ließ Hannah sie weitgehend im Unklaren. Katinka wusste lediglich, dass sich Hannah mit verschiedenen Hilfsjobs durchschlug, weil ihre Ersparnisse von zu Hause natürlich längst aufgebraucht waren. Ebenso wusste sie, dass Hannah mehrfach die Wohnung gewechselt hatte. Bei ihren Facebook-Freunden, ihrer ersten Anlaufstelle, war sie schon nach kurzer Zeit wieder ausgezogen. Es folgten Aufenthalte in verschiedenen WGs. Aktuell teilte sie sich ein Zimmer mit einer israelischen Studentin.

Aber ob Hannah glücklich war, ob sich ihre Träume im Ausland erfüllten oder ob es gar einen neuen Mann in ihrem Leben gab – all diese Informationen enthielt sie Katinka vor. Besonders kurz angebunden war Hannah, wenn Katinka sich nach ihrer Rückkehr erkundigte. Denn dass sie nicht dauerhaft auf der anderen Seite des Atlantiks bleiben würde, schien für Katinka eine klare Sache zu sein. Schließlich war es Hannah bei ihrer überstürzten Flucht in die Ferne darum gegangen, dass die Wunden heilen, die die geplatzte Verlobung mit dem Mann ihres Herzens, Alexander, hinterlassen hatte. Der Heilungsprozess dürfte nach all den Monaten abgeschlossen sein, fand Katinka, der Rückkehr stand also nichts mehr im Weg.

Doch noch war Hannah offenkundig nicht so weit, sich Katinkas Meinung anzuschließen. Sie konnte oder wollte sich nicht dazu durchringen, ein Rückreisedatum zu nennen. Daher blieb Katinka nichts weiter übrig, als auf die Vernunft ihrer Tochter zu hoffen und darauf zu bauen, dass sie ihr Flugticket bald kaufen würde. Das wünschte sich Katinka nicht nur, um ihr Mutterherz zu beruhigen, sondern es gab auch handfeste monetäre Gründe: Noch konnte Hannah ihren alten Job im Kulturamt der Stadt Nürnberg wiederhaben, da ihr Auslandsaufenthalt als Sabbatjahr eingestuft wurde. Das Sabbatical wurde vom Arbeitgeber wie ein Jahr mit Teilzeitarbeit oder eine komplette Auszeit vom Arbeitsleben betrachtet, also als eine längere Pause mit Rückkehrmöglichkeit. Katinka vertraute auf das Verantwortungsbewusstsein ihrer Tochter und ging davon aus, dass sie die Frist dafür nicht verstreichen lassen würde und bald zurückkäme.

Bis es so weit war, musste Katinka jedoch für Ablenkung für sich selbst sorgen. Denn sie konnte es nicht ertragen, sich in Selbstmitleid zu suhlen und abwechselnd ihrer Tochter und ihrem vor die Tür gesetzten Mann nachzutrauern. Sie vermisste beide schrecklich! Hannah ebenso wie Paul.

Die gewünschte Abwechslung kam in Form einer Leiche: Die Kripo ermittelte am Personenhafen, und wie es aussah, war dies ein Fall für sie als Oberstaatsanwältin, denn bei dem Toten handelte es sich um einen US-Amerikaner. Eine heikle Angelegenheit, die höchstes diplomatisches Geschick erforderte.

Katinka krempelte die Ärmel ihrer Bluse hoch und spornte sich an: »An die Arbeit!«

Jasmin sammelte sich, klopfte dann an und öffnete die Tür des Konferenzzimmers. Dort fand sie eine Frau vor, deren erster Eindruck ihr nicht gerade in die Hände spielte. Zwar war sie ausgesprochen hübsch, schlank und mandeläugig und hatte nussbraunes Haar, das ihr fast bis zu den Hüften reichte. Auch war sie deutlich jünger als ihr verstorbener Mann, gewiss dreißig Jahre oder mehr. Beides mögliche Hinweise auf ein Tatmotiv: Mord aus Habgier und Überdruss – sie hatte es auf das Erbe ihres Gatten abgesehen, der ihr lästig gefallen war. Doch etwas Entscheidendes störte dieses klare Täterprofil: es war die Körpersprache dieser Frau, ihre Gestik und Mimik. Dexters Witwe wirkte wie am

Boden zerstört. Ihr Gesicht war verheult, ihr Rücken gebeugt. Als wäre sie in sich zusammengefallen. So viel stand für Jasmin schon nach den ersten Sekunden fest: Diese Frau war entweder eine hervorragende Schauspielerin oder ihre Trauer war echt.

Jasmin zog sich einen Stuhl heran und setzte sich der Witwe gegenüber. Diese trug ein schwarzes Abendkleid und mit Edelsteinen besetzten Silberschmuck. Wahrscheinlich noch das Outfit der vergangenen Nacht, nahm Jasmin an. Die Schminke in ihrem zart geschnittenen Gesicht war verlaufen. Ihre lackschwarzen High Heels hatte sie abgestreift und neben sich auf den Boden gestellt.

Jasmin legitimierte sich auf Englisch als Kommissarin und kündigte an, einige drängende Fragen an sie richten zu müssen. Ob sie sie vorher in die Waschräume begleiten solle, damit sie sich frisch machen könnte? Die Witwe schüttelte den Kopf.

»Nein, es geht schon«, sagte sie mit brüchiger Stimme. »Stellen Sie Ihre Fragen.«

Jasmin nahm zunächst die Personalien auf und erfuhr auf diese Weise das exakte Alter von Bethany Dexter, geboren als Bethany Lewis am 25. März 1986 in Tucson, Arizona.

»Wir haben uns auf einer Messe in Memphis kennengelernt. Eine Fachausstellung der Möbelbranche. Bryan stellte dort aus, ich war eine der Hostessen«, erklärte Bethany ungefragt. Wohl weil sie es gewohnt war, dass sich die Leute danach erkundigten. Des Weiteren berichtete die attraktive Witwe, dass sie seit drei Jahren mit Dexter verheiratet gewesen war. Drei glückliche Jahre, wie sie sagte.

»Erzählen Sie mir genau, was sich letzte Nacht zugetragen hat«, forderte Jasmin sie auf. »Sparen Sie nicht mit Details. Jede Einzelheit könnte wichtig sein.«

Bethany rieb sich die Augen, bevor sie sprach. »Es begann als ganz normaler Abend, entspannt und harmonisch wie schon die Zeit davor, seit wir in Budapest eingecheckt haben.«

»Sie haben die ganze Passage gebucht? Von Ungarn bis in die Niederlande?«, erkundigte sich Jasmin, die sich mit dem Fahrplan des Schiffes inzwischen vertraut gemacht hatte.

»Ja, wir wollten bis Amsterdam an Bord bleiben.«

»Ein langer Trip.«

Bethany zuckte die Achseln. »Die Firma läuft auch ohne uns. Wir haben Zeit fürs Reisen.« Sie schluckte und verbesserte sich: »Wir hatten Zeit ...«

»Nun gut, fahren Sie bitte fort. Wie genau ist der gestrige Abend verlaufen? Lassen Sie bitte nichts aus.«

»Wie Sie meinen. Zunächst habe ich an einer Pilatesstunde teilgenommen. Das war um halb sieben.«

»Gemeinsam mit Ihrem Mann?«

»Nein, Bryan wollte sich ausruhen, denn er hatte sich beim Landgang in Regensburg etwas übernommen, weil er sich in den Kopf gesetzt hatte, möglichst keine Sehenswürdigkeit auszulassen. Er genoss die Abenddämmerung auf dem Balkon, ich nehme an, mit einem Gläschen Wein und einer Zigarre.«

»Und weiter?«

»Zurück in unserer Kabine habe ich geduscht und mich zurechtgemacht für das Dinner. Auch Bryan war wieder ausgeruht und munter. Er war bester Laune, als wir in den Speisesaal gingen.«

»Wie lange sind Sie dort geblieben?«

»Ich denke bis gegen zehn. Vielleicht war es auch schon etwas später. Wenn Sie es genau wissen wollen, müssen Sie sich an den Ersten Offizier wenden, der mit uns am Tisch saß.«

Jasmin nickte. »Das werden wir. Wie ging es nach dem Essen weiter?«

»Wir sind dann direkt rüber in die Bar. Dort bieten sie ein recht unterhaltsames Programm: fast jeden Tag ein anderer Künstler. Natürlich nicht zu vergleichen mit den Shows in Vegas, aber für eine Bootsfahrt wirklich hochwertig. Gestern gab es Songs von Elvis Presley.«

»Bis wann haben Sie sich in der Bar aufgehalten?«

»Gemeinsam etwa eineinhalb Stunden. Dann wurde Bryan müde. Das lag wohl auch am Alkohol. Ich habe nicht mitgezählt, aber er hat sich drei oder vier Gläser Wein einschenken lassen.«

»Zuzüglich dem, den er sich auf dem Balkon gegönnt hatte«, addierte Jasmin hinzu und erklärte sich damit das Fehlen jeglicher Kampfspuren am Tatort. Wahrscheinlich war Dexter gar nicht mehr fähig gewesen, sich seinem Mörder zu widersetzen.

»Als Bryan zu Bett ging, bin ich noch geblieben, weil ich mir das Finale der Elvis-Show ansehen wollte.«

»Ihr Mann zog sich also allein in Ihre Kabine zurück, während Sie in der Bar blieben. Mich interessiert, wann das gewesen ist. Können Sie mir da helfen?«

Über Bethanys makellose Stirn zogen sich feine Fältchen. »Es muss nach halb zwölf gewesen sein. Nachdem Bryan gegangen war, folgten nur noch drei Lieder. Die Musik hört um Mitternacht auf, danach herrscht Nachtruhe. Das nehmen sie hier sehr genau.«

Jasmin stutzte. »Aber wie mir berichtet wurde, haben Sie den Tod Ihres Mannes erst um halb zwei gemeldet«, hakte sie ein. »Was geschah in der Zwischenzeit?«

Bethany strich sich eine Strähne ihres Haars aus dem Gesicht. Ein Zeichen von Nervosität, mutmaßte Jasmin.

»Ich bin noch an der Bar sitzen geblieben«, erklärte Bethany und fügte etwas beschämt hinzu: »Es hat sich ein nettes Gespräch ergeben, wobei ich die Zeit aus den Augen verloren habe.«

Dieses nette Gespräch hatte sicherlich nicht mit einer anderen Frau, sondern mit einem Mann stattgefunden, unterstellte Jasmin stillschweigend und fragte: »Wird uns Ihr Gesprächspartner bestätigen können, dass Sie sich bis um halb zwei in der Bar aufhielten?«

Bethany mied ihren Blick und nickte verhuscht. »Ja. Und der Barkeeper auch.«

Jasmin registrierte diese Angabe und fuhr fort: »Nach dem Verlassen der Bar sind Sie unmittelbar zu Ihrer Kabine gegangen?«

»Ja, auf dem kürzesten Weg. Ich war hundemüde.«

»Sind Sie unterwegs jemandem begegnet?«

»Sie meinen, ob es Zeugen dafür gibt, dass ich von der Bar aus direkt auf mein Zimmer gegangen bin?«, entlarvte Bethany Jasmins Frage als Alibiprüfung. »Ich bin Mrs Rutherford über den Weg gelaufen. Die alte Dame ist seekrank und geistert nachts durch die Gänge. Ich bin sicher, dass sie es bezeugen wird.«

»Seekrank?«, wunderte sich Jasmin. »Auf einem Kabinenschiff?«

»Ich habe mich auch darüber gewundert, aber sie meint, dass die Bugwellen eines entgegenkommenden Schiffs ausreichen, um sie aus dem Schlaf zu reißen.«

Jasmin rekapitulierte, dass Bethany Dexters abendliche Tätigkeiten nahezu lückenlos von Zeugen bestätigt werden konnten. Um trotzdem den Mord an ihrem Mann zu begehen und ihn gleich darauf zu melden, hätte sie beinahe übermenschliche Geschwindigkeit an den Tag legen müssen. Dennoch: Mit sorgfältiger Vorbereitung, einem guten Plan und ausreichend Nervenstärke wäre es ihr möglich gewesen.

»Sie werden Verständnis dafür haben, dass wir einige Routineuntersuchungen vornehmen müssen«, startete Jasmin einen Testballon, um die Glaubwürdigkeit der Witwe zu überprüfen.

»Untersuchungen?«

»Wir werden Ihre Hände nach Schmauchspuren untersuchen. Das können wir Ihnen leider nicht ersparen«, sagte Jasmin und versuchte dabei so sachlich wie möglich zu klingen.

Bethany sah sie verwundert an. »Was soll ich mir darunter vorstellen?«

Jasmin legte ihr dar, dass sich beim Betätigen einer Handfeuerwaffe verräterische Spuren auf der Haut des Schützen nachweisen ließen. Bei einem Trommelrevolver deutlich mehr als bei einer Pistole, in jedem Fall aber genug, um eine belastbare Spur zu liefern.

»Denken Sie etwa, dass ich ...« Bethany schnappte nach Luft. Ihr Brustkorb hob und senkte sich in schneller Folge.

»Wir wollen jeden Zweifel ausschließen. Ich meine, das müsste auch in Ihrem Sinn sein. Oder täusche ich mich?«

»Aber ich habe mir in der Zwischenzeit die Hände gewaschen«, wandte Bethany ein.

Jasmin hob ihren linken Mundwinkel zu einem schwachen Lächeln. »Das macht nichts. Die Untersuchungsmethoden sind heutzutage so weit fortgeschritten, dass selbst winzigste Partikel nachgewiesen werden könnten.«

»Und Sie meinen, das ist wirklich nötig?«

»Ja«, sagte Jasmin und beschied, die eingeschüchtert und verstört wirkende Hinterbliebene vorerst in Ruhe zu lassen. Sie wollte schon gehen, als Bethany unvermittelt sagte:

»Ich glaube, es war Raubmord.«

»Wie kommen Sie darauf?«, fragte Jasmin überrascht.

»Ich bin nicht sehr lange in unserer Kabine gewesen, nachdem ich Bryan tot aufgefunden habe. Aber natürlich habe ich mich umgesehen. Es hätte ja sein können, dass sich der Killer noch im Raum befindet.«

Jasmin nickte. »Und was ist Ihnen dabei aufgefallen?«

»Mein Collier war nicht mehr da. Ich hatte es aus dem Zimmersafe genommen, weil ich es eigentlich für den Abend anlegen wollte, mich dann aber umentschieden habe. Es hatte auf der Anrichte neben dem großen Spiegel gelegen und ist seitdem verschwunden. Auch Bryans Armbanduhr fehlt. Er deponierte seine Breitling immer auf dem Nachttisch, bevor er sich hinlegte. Aber dort habe ich sie nicht gesehen. Und am Armgelenk trug er sie auch nicht.«

»Sind Sie sicher?«, hakte Jasmin nach. »In der ganzen Aufregung hätten Sie beides leicht übersehen können.« Es machte sie argwöhnisch, dass Bethany in einer solchen Situation auf so eine Nebensächlichkeit geachtet haben konnte.

»Ja, ich bin sicher«, antwortete Bethany und wirkte dabei sehr überzeugend. »Es ist ein Dieb an Bord. Einer, der über Leichen geht!«

Nachwuchskommissar Schlelein hatte währenddessen ganze Arbeit geleistet. Als Jasmin ihn nach ihrem Gespräch mit Bethany traf, konnte er ihr nicht nur die vollständig abgearbeitete Passagierliste vorlegen, sondern auch mit den Aussagen etlicher Zeugen aufwarten. Sie alle bestätigten die

Angaben der Witwe – und schmälerten die Chancen, den Fall bald mit der einfachsten Lösung abschließen zu können.

»Was bedeutet das für uns?«, fragte Jasmin, während sie mit Schlelein an der Reling lehnte und aufs plätschernde Wasser sah. Sie konnte sich die Antwort selbst geben: »Wir müssen unseren Mörder höchstwahrscheinlich woanders suchen.«

Timo Schlelein teilte ihr mit, dass inzwischen zwei weitere Soko-Mitglieder eingetroffen seien, die der Dezernatsleiter ihnen zugeteilt hatte, sodass die Befragung der Passagiere nun zügig voranschreite. Ob etwas dagegen spräche, die bereits vernommenen Fahrgäste an Land gehen zu lassen? Immerhin hätten sie für die Ausflüge bezahlt und wollten sich den Nürnberg-Trip nicht entgehen lassen. »Der Manager drängt darauf.«

»Meinetwegen«, entsprach Jasmin der Bitte, schränkte jedoch ein: »Aber nur nach sorgfältiger Untersuchung: Leibesvisitation.«

»Halten Sie das wirklich für nötig?«, fragte Schlelein.

Jasmin berichtete ihm von dem von Bethany Dexter geäußerten Verdacht, dass sie es möglicherweise mit einem Raubmörder zu tun hatten: »Er darf die Beute nicht von Bord schmuggeln!«

Schlelein sagte ihr das zu und erkundigte sich, ob diese Regel auch für das Personal gelte. »Die Küchenmannschaft will an Land, um neuen Proviant einzukaufen. Und dieser Alleinunterhalter, ein Elvis-Imitator, möchte ebenfalls gehen. Sein Engagement endet in Nürnberg, sagt er.«

»Okay«, willigte Jasmin ein. »Aber nicht vergessen: Ich möchte, dass jeder von ihnen streng gefilzt wird. Sie bürgen mir dafür.« Sie klopfte dem jungen Kollegen auf den

Rücken. »Schauen wir, ob wir dem Täter auf die Schliche kommen.«

»Indem wir es ihm an der Nasenspitze ansehen?«, scherzte Schlelein.

»Hat es alles schon gegeben.«

»Dann lege ich mal los. Die ersten Ungeduldigen warten nämlich schon an der Gangway.«

Bethany Dexter war mit ihren Nerven am Ende. Nach dem Verhör mit der Kommissarin – ein rothaariges Biest mit bohrendem Blick – hatte man ihr endlich gestattet, sich etwas auszuruhen. Sie durfte eine Ersatzkabine beziehen, die kurzfristig für sie hergerichtet worden war. Da diese einer niedrigeren Kategorie entsprach, fehlte es in dem kleinen Raum am gewohnten Luxus. Aber immerhin gab es ein frisch bezogenes Bett und eine Duschkabine.

Bethany schloss die Tür hinter sich und verriegelte sie doppelt. Dann blieb sie eine Weile an den Rahmen gelehnt stehen und schloss die Augen. Sofort hatte sie wieder die Bilder der Nacht vor sich: den Moment, als sie ihr Zimmer betreten und ihren Mann auf dem Rücken liegen gesehen hatte. Vollständig bekleidet in seiner Abendgarderobe. Zunächst hatte sie angenommen, er hätte sich vom vielen Wein benebelt einfach auf die Matratze fallen lassen, um seinen Rausch auszuschlafen. Doch als sie nähertrat und den großen Blutfleck auf dem Hemd bemerkte, wusste sie, dass etwas Schlimmes passiert sein musste. Voller Entsetzen hatte sie das rot geränderte Loch in seiner Brust gesehen und zunächst keine Erklärung dafür gehabt, was vorgefallen war. Dass es sich um eine Schusswunde handelte, begriff sie erst später. Aber eines war ihr unverzüglich klar gewesen: Bryan war tot! Jeder Rettungsversuch kam hier zu spät.

Sie konnte sich nicht daran erinnern, wie lange sie neben dem Bett gestanden und ihren leblosen Mann angestarrt hatte. Waren es nur Sekunden gewesen? Oder Minuten? Sie wusste lediglich, dass sie sich von dem Anblick losreißen musste, um klare Gedanken fassen zu können. Also wandte sie sich ab und sah sich im Zimmer um. Und dabei fiel es ihr auf: das Fehlen des Schmucks und der Uhr. Natürlich fragte sie sich sofort, ob Bryan überfallen worden war. Und ob es der Dieb gewesen war, der ihren Mann getötet hatte.

Als sie zurück in den Flur wollte, stolperte sie mehr, als dass sie lief – ihre Beine waren weich wie Pudding. Ob ihre Hilferufe laut waren oder leise, das vermochte sie auch nicht zu sagen. Sie wusste bloß noch, dass sie plötzlich von Menschen umringt war, die aus ihren Kabinen strömten und sich um sie scharten. Die meisten in Pyjama und Nachthemd. Wenig später folgten Leute vom Personal.

Noch immer stand Bethany an der Tür und hielt die Augen geschlossen. Dabei kamen ihr die Gedankengänge wieder in den Sinn, die sie bis in die frühen Morgenstunden beschäftigt hatten, nachdem der Tatort abgeriegelt und sie in den Konferenzraum verbannt worden war. In der Ruhe und Abgeschiedenheit des Tagungszimmers hatte sie ihre eigene These vom Raubmörder bereits wieder in Zweifel gezogen. Zwar hatte sie die Kommissarin später auf diese Möglichkeit hingewiesen, mochte aber selbst kaum mehr daran glauben. Nein, dachte Bethany, das verschwundene Collier und die Uhr fungierten wohl nur als Ablenkung – und sie hatte eine ziemlich genaue Vorstellung davon, von was der Täter ablenken wollte. Ihr wurde ganz schummrig bei der Vorstellung, dass das große Problem, vor dem Bryan und sie in der Heimat gestanden hatten, sie womöglich eingeholt hatte. Es hatte sie quer über den Atlantik hinweg verfolgt und zielsicher aufgespürt.

Als ihr der Gedanke daran durch den Kopf schoss, pochte Bethany plötzlich das Blut in den Schläfen und ihr wurde ganz heiß. Es verlangte ihr nach einer kalten Dusche. Sie wollte sich den Angstschweiß von der Haut spülen und mit ihm all die verstörenden Empfindungen, mit denen sie sich quälte.

Sie löste sich von der Tür, hob erst den rechten und danach den linken Fuß, um ihre Schuhe auszuziehen. Sie legte ihren Schmuck ab und öffnete den Reißverschluss ihres Abendkleides. Der seidenschwarze Stoff glitt wie ein luftiger Schleier an ihrem Körper hinab. Sie fing ihren eigenen Anblick in einem Wandspiegel auf und wunderte sich darüber, dass ihr Äußeres ganz anders wirkte, als sie sich innerlich fühlte. Was sie sah, war eine sehr attraktive junge Frau mit einem Körper, der dem Wunschbild der meisten Männer entsprach. Ihre schlanken Beine und den straffen Po hatte sie ihrer bewussten Ernährung und einem anspruchsvollen Fitnessprogramm zu verdanken, bei ihren Brüsten hatte ein renommierter Schönheitschirurg aus L. A. nachgeholfen.

Ihre weiblichen Reize wurden durch die Dessous, die sie trug, besonders betont. Es war Wäsche, die Bryan für sie ausgesucht hatte. Für ihren eigenen Geschmack fast zu gewagt, aber sie hatte sich mit seinen mitunter weitreichenden Wünschen arrangiert, denn ansonsten ließ er ihr ja freie Hand – vor allem auch, was ihre persönlichen Ausgaben anbelangte.

Bethany rollte ihre halterlosen Strümpfe hinunter, öffnete den Verschluss ihres scharlachroten Spitzen-BHs und zog dann ihren Slip aus. Gerade wollte sie sich ein Handtuch von einer Anrichte nehmen und sich unter die Dusche stellen, als ihr bewusst wurde, dass die Vorhänge am Fenster nur zur Hälfte zugezogen waren. Das war ihr vorher nicht aufgefallen, weil sie mit ihrem Kopf ganz woanders gewesen war. Doch nun hatte sie es bemerkt – und erstarrte vor Schreck!

Draußen auf der Kaimauer stand ein Mann und schaute in ihre Kabine. Selbst als er merkte, dass sie ihn entdeckt hatte, wandte er seinen Blick nicht ab. Bethany machte einen Satz nach vorn, bekam den Vorhang zu fassen und riss ihn zu. Dann blieb sie mit klopfendem Herzen stehen und rang um Atem. Von einem Spanner beobachtet zu werden, hatte ihr heute gerade noch gefehlt!

Doch war es wirklich ein Spanner, der sie so lüstern angeglotzt hatte? Irgendwie war ihr der Kerl bekannt vorgekommen.

Ja, dachte Bethany: Diesen Mann hatte sie schon einmal gesehen. Aber wo? War es einer der Passagiere? Oder jemand von der Besatzung? Jedenfalls war er anders gekleidet gewesen, als sie ihm zuletzt begegnet war, nicht in Cargohosen und Poloshirt wie heute, da war sie sich sicher. Wer mochte das nur sein? Die Frage ließ ihr keine Ruhe, und so überwand Bethany ihre Furcht und zog den Vorhang wieder ein kleines Stück auf.

Der Kai war jetzt menschenleer. Von ihrem heimlichen Beobachter fehlte jede Spur.

Das Ergebnis der Untersuchung derjenigen Personen, die das Schiff verlassen hatten, brachte nichts zutage. Jasmin stand unter Druck, da der Tag mittlerweile weit fortgeschritten war, sie aber noch nichts in der Hand hatte. Jeder, den sie von Bord gelassen hatten, war sauber gewesen. Vom Beutegut nicht die geringste Spur, geschweige denn von der

Tatwaffe. Natürlich blieb es eine Option, dass Witwe Bethany Waffe und Schmuck selbst hatte verschwinden lassen, doch hegte Jasmin mehr und mehr Zweifel an ihrer Schuld. Sie stand also immer noch auf der Stelle – und die Möglichkeit, einen größeren Zeitpuffer für ihre Untersuchungen zu bekommen, zeichnete sich nicht ab: Trotz eiliger Anfrage bei der Staatsanwaltschaft fehlte bislang die Anordnung für eine unbefristete Sicherstellung des Schiffs. Doch nur durch eine solche Verfügung würde sich eine Weiterfahrt der *MS Walküre* verhindern lassen, und das wäre dringend geboten. Obwohl sie und ihre Kollegen mit Dutzenden Personen gesprochen hatten, konnte niemand sachdienliche Hinweise auf den oder die Täter geben.

Auch der Tatort selbst gab nicht viel her: Gefühlte tausend Leute hatten ihn mittlerweile betreten und ein Spurenbild hinterlassen, das so wenig konkrete Rückschlüsse zuließ wie das Lesen aus dem Kaffeesatz. Ebenso ergebnislos war die Kontrolle nach Schmauchspuren ausgefallen, der sich all diejenigen unterziehen mussten, die sich in der Nähe des Tatorts aufgehalten hatten. Inklusive Bethany.

In ihrem Frust zog sich Jasmin aufs Hinterdeck zurück. Auf einer mit Teakholz ausgelegten halbrunden Veranda standen überdimensionierte Liegen, breit und flauschig wie Sofas. Eine jede war mit einem Designertischchen ausgestattet, das ausreichend Platz zum Abstellen von Cocktailgläsern und erlesenen Naschereien bot. Sorgsam gepflegte Pflanzen standen als nett anzusehende Dekoration Spalier. So ließ es sich aushalten, dachte Jasmin mit einem Anflug von Neid, denn eine Reise auf diesem Niveau hatte sie sich noch nie gegönnt. Um diese Zeit war auf dem Sonnendeck nichts mehr los, weil nach Aufhebung der Ausgangssperre die meisten Gäste auf Landgang zur Besichtigung von touristischen

Highlights waren und erst gegen Abend wiederkommen würden. Jasmin konnte also in Ruhe telefonieren.

Sie nahm ihr Handy aus der Hosentasche und wählte die Nummer von Paul Flemming, der sich über ihren Anruf allerdings nicht besonders zu freuen schien. Er war extrem kurz angebunden:

»Falls du unser Frühstück nachholen willst, vergiss es«, sagte er beleidigt, bevor er sie auch nur zu Wort kommen ließ. »Dafür ist es nun zu spät.«

»Das ist mir klar, und es tut mir echt leid, dass ich dich versetzen musste«, sagte Jasmin um gute Stimmung bemüht. »Aber vielleicht gibt es eine Möglichkeit, wie ich es wiedergutmachen kann.« Sie berichtete ihm in groben Zügen von ihrem aktuellen Fall und von den Schwierigkeiten, mit denen sie dabei zu kämpfen hatte. Auch dass ihr die Zeit davonlaufe, legte sie ihm dar und unterbreitete ihm schließlich einen unkonventionellen Vorschlag: »Was hältst du von einer kleinen Schiffsreise, Paul? Wenn es mir nicht gelingt, die *MS Walküre* an die Leine zu legen, könntest du als neuer Passagier an Bord gehen und dich ein wenig umhören. Inoffiziell natürlich, aber ich werde dafür sorgen, dass dir die Auslagen ersetzt werden.«

Pauls Reaktion bestand zunächst aus einem längeren Schweigen. Jasmin befürchtete schon, er hätte aufgelegt, als doch noch eine Antwort folgte: »Habe ich das richtig verstanden? Die Kommissarin bittet einen Zivilisten darum, sich zum Zwecke von Ermittlungen auf einem Schiff voller Verdächtiger einzuschmuggeln? Weshalb tust du es nicht selbst?«

»Liegt das nicht auf der Hand, Paul? Weil mich hier inzwischen jeder als Polizistin kennt, ebenso wie meine Kollegen. Auf dem Dienstweg kommen wir nicht weiter.«

»Warum gerade ich?«, wollte Paul wissen.

»So etwas liegt dir doch, und das wäre ja nicht das erste Mal, dass du für mich den Maulwurf spielst«, schmierte Jasmin ihm ordentlich Honig ums Maul. »Weißt du noch letztes Jahr im Tiergarten?«

»Wie könnte ich das vergessen? Beinahe wäre ich von einem Löwen gefressen worden …«

»Vor mir brauchst du dich nicht zu verstellen, Paul. Ich erkenne einen Idealisten, auch wenn er sich hinter einer Mauer aus Zynismus versteckt.«

»Ich bin kein Idealist, sondern ein Idiot, dass ich mich immer wieder auf solche Dinge eingelassen habe.«

»Du bist also dabei?«

»Gegenfrage: Wer bezahlt das Ticket?«

»Wie gesagt: Dafür wird sich eine Regelung finden. Du wirst schon nicht auf den Kosten sitzen bleiben.« Anspornend rief Jasmin ins Handy: »Und? Machst du es?«

Wieder folgte ein längeres Schweigen. Dann die überraschende Absage: »Nein, Jasmin. Diesmal nicht. Zugegeben: Der Fall würde mich reizen, und eine Schifffahrt wohl auch. Aber ich habe schon etwas anderes vor.«

Jasmin mochte kaum glauben, was sie da hörte. Der selbst ernannte Hobbydetektiv Paul Flemming, der sich seit Jahren in fast jeden ihrer Mordfälle einmischte, schlug ein Angebot zur Zusammenarbeit aus? So etwas hatte die Welt noch nicht gesehen! Ob es an der Ehekrise lag, durch die Paul und seine Katinka – das blonde Gift! – gerade gingen? Oder wurde er ganz einfach zu alt, um sich in solche Abenteuer zu stürzen? Immerhin stand er kurz vor seinem Fünfzigsten.

»Du hast etwas anderes vor?«, fragte Jasmin pikiert. »Darf man fragen was?«

»Ich gehe ins Kloster«, antwortete Paul, woraufhin Jasmin unwillkürlich lachen musste.

»Ausgerechnet du in einem Kloster?« Sie stellte sich Paul mit Tonsur und brauner Mönchskutte vor. »Was willst du denn da tun?«

»Was glaubst du wohl? Ruhe finden und zu mir selbst.«

»Wohl eher Ruhe vor Katinka«, sagte Jasmin geradeheraus. »Ist das dein Weg, den häuslichen Problemen aus dem Weg zu gehen? Oder sind das Anzeichen einer verspäteten Midlife-Crisis?«

»Midlife-Crisis – pffft! Und wenn schon. Allemal besser, als sich einen Porsche Cabrio zuzulegen und mit einer blutjungen Schönheit durchzubrennen.«

»Den Porsche könntest du dir doch sowieso nicht leisten.«

»Jedenfalls stehe ich nicht zur Verfügung«, wies Paul sie ab und klang sehr entschlossen. »Diesmal musst du deinen Fall allein lösen. Viel Spaß dabei.«

Mit diesen Worten legte er auf und ließ eine ratlose Oberkommissarin Jasmin Stahl zurück, die noch lange ungläubig auf das Telefon in ihrer Hand starrte.

Dienstag, 5. September

Im malerischen Volkach legte Paul einen Zwischenhalt ein und parkte seinen betagten Renault Kangoo in Sichtweite des Mainhangs mit der imposanten Vogelsburg. Im Kofferraum leichtes Reisegepäck für – vorerst – eine Woche Auszeit in Würzburg, die er dank Hannes Finks freundlicher Vermittlung kurzfristig hatte buchen können.

In einem Weingasthaus, dessen sonnenblumengelb verputzte Fassade von einem kunstvoll geschmiedeten Schild und üppigem Blumenschmuck geziert wurde, wollte er einkehren und sich ein deftiges Essen gönnen. Eine möglichst große Portion, musste er doch davon ausgehen, in den nächsten Tagen auf eher karge Klosterkost beschränkt zu sein.

Der Gastraum war an uriger Gemütlichkeit kaum zu überbieten. Paul ließ sich an einem Ecktisch, umgeben von allerlei antikem Zierrat, nieder und nahm von einer Kellnerin im Trachtenlook die Menükarte entgegen. Fast wie daheim in seinem Stammlokal, Jan-Patricks *Goldenem Ritter*, hatte er die Qual der Wahl und musste sich zwischen diversen regionalen Köstlichkeiten entscheiden. Es gab Lammhüfte an Thymiansauce, auf Heu gegartes Schweinefilet und Waller mit Zuckerschoten. Als kalt zu genießende Option bot sich der zünftige Brotzeitteller an, der gerade am Nebentisch serviert wurde: Der geräucherte Schinken duftete bis zu Paul hinüber, die faustgroße Kugel Obatzter war mit hauchdünn geschnittenen Zwiebelringen garniert und das saftige Bauernbrot mit krachender Rinde schien nur darauf zu warten, dass man hineinbiss.

Paul entschied sich für die Brotzeit und wollte ein Helles dazu bestellen, als ihm bewusst wurde, dass er die unsichtbare Grenze von »Bierfranken« ja bereits überschritten hatte und sich mittlerweile in »Weinfranken« aufhielt. Durchs Sprossenfenster konnte er die Hänge voller Rebstöcke sehen, was seine Lust auf ein Glas Silvaner oder einen Riesling wachrief.

»Welchen Wein können Sie besonders empfehlen?«, fragte er die Kellnerin, eine freundlich auftretende Erscheinung, deren traditionelle Kleidung hervorragend mit dem Gesamtambiente harmonierte.

»Oh, ein Besucher aus Mittelfranken?«, stellte sie fest.

Paul schaute an sich herunter. »Sieht man mir das an?«

»Das nicht«, lachte die Kellnerin, »aber man hört es.«

Paul stimmte in ihr Lachen ein, denn er wusste ja, dass es mehr als nur ein paar feine Nuancen waren, in denen sich seine Aussprache von der der Unterfranken unterschied. »Darf man als Bierfranke bei Ihnen denn trotzdem einen Schoppen bestellen?«, fragte er die humorvolle Bedienung augenzwinkernd.

»Aber sicher! Wie wäre es mit unserer Scheurebe? Sie ist bei den Gästen derzeit sehr gefragt und hat übrigens Jubiläum.«

»Jubiläum? Klären Sie mich bitte auf. Ich gebe zu, dass ich so gut wie keine Ahnung habe, was den Weinbau anbelangt.«

Die nette Kellnerin nahm sich die Zeit, Paul zu erzählen, dass die Scheurebe mit ihrem fruchtigen Aroma die deutsche Antwort auf den Sauvignon Blanc sei und vor genau hundert Jahren durch eine Kreuzung zwischen Riesling und der Bukettrebe entstanden war. »Vom Geschmack her geht sie in Richtung Schwarze Johannisbeere, in der Spät- und

Auslese können auch Aromen wie Pfirsich oder Zitrusfrucht hinzukommen.« Außerdem erfuhr Paul, dass die Scheurebe eine besonders anspruchsvolle Sorte sei, die nur auf guten und sonnenverwöhnten Lagen gedeihe.

»Sie haben mich überzeugt«, sagte er lächelnd, »bitte bringen Sie mir ein Glas davon.«

Obwohl Paul sein eigentliches Ziel noch gar nicht erreicht hatte, spürte er, wie sich schon jetzt ein Gefühl der Erholung und Entspannung einstellte. Offenbar bewirkte allein der Tapetenwechsel Wunder, denn in seiner vertrauten Umgebung rund um den Nürnberger Weinmarkt erinnerte ihn einfach zu viel an seine persönlichen Sorgen, allen voran die Schieflage seiner Ehe. Hier aber, kaum hundert Kilometer von Nürnberg entfernt, schien der Druck nachzulassen. Vielleicht lag es auch an der Luftveränderung, der schönen Landschaft mit ihren sattgrünen Weinbergen und der Mainschleife oder an der Aussicht auf ein paar Tage klösterliche Ruhe. Was auch immer den Ausschlag dafür gab: Paul fühlte sich regelrecht befreit.

Sein unverhofftes Hochgefühl hielt jedoch nicht lange an, wurde es doch durch das Vibrieren seines Handys empfindlich gestört. Paul beäugte es kritisch und sah zu, wie das Smartphone auf der Tischplatte zappelte. Am liebsten wäre er nicht drangegangen, denn er wollte seine Pause vom Alltagstrott nicht schon am ersten Tag unterbrechen lassen. Doch als er die drängenden Blicke anderer Gäste aufschnappte, entschloss er sich, das störende Brummen abzustellen.

»Wer nervt?«, fragte er leise und ziemlich unfreundlich, nachdem er das Gespräch angenommen hatte, ohne vorher den Namen des Anrufers vom Display abzulesen.

»Eine deiner Verflossenen«, spielte Jasmin Stahl auf die lange zurückliegende Affäre mit Paul an.

Der hörte das gar nicht gern. »Du störst mich beim Essen. Was willst du denn schon wieder von mir?«

»Ich möchte mich über deine Frau beschweren.«

Paul verzog das Gesicht. Gerade hatte er es fertiggebracht, für ein paar Minuten nicht an Kati zu denken, da zwang ihn Jasmin zurück zum Thema. »Hattet ihr beiden Zoff? Dann kann ich dir auch nicht helfen, denn wie dir ja bekannt sein dürfte, herrscht bei uns derzeit Funkstille.«

»Deine Katinka macht mir das Leben unnötig schwer, indem sie sich weigert, die *MS Walküre* zu beschlagnahmen. Sie rührt keinen Finger, um die Weiterfahrt des Hotelschiffs zu verhindern. Wenn sie nichts unternimmt, legt das Boot noch heute oder spätestens morgen ab.«

Paul stocherte mit der Gabel im Obatzten. »Dann wird es einen Anlass dafür geben. Warum willst du das Schiff denn überhaupt aufhalten?«

»Habe ich dir doch schon gesagt: Weil ich vermute, dass sich der Täter noch immer an Bord befindet.«

»Was Katinka wohl nicht so sieht, habe ich recht?«, fragte er gelangweilt. Ihm war durchaus klar, dass seine Frau als zuständige Staatsanwältin die Verhältnismäßigkeiten abwägen musste. Wollte sie einen Kahn mit hundert oder mehr Passagieren an die Kette legen, musste es dafür triftige Gründe geben. Diese war Jasmin ihr offenbar schuldig geblieben.

»Weißt du, was ich denke, Paul?«, fragte Jasmin und klang gereizt. »Ich denke, dass deine Frau Dienstliches mit Privatem vermischt. Ihr geht es darum, alte Rechnungen zu begleichen.«

»Hört, hört!« Paul fragte sich, was für eine Antwort Jasmin von ihm erwartete. Glaubte sie wirklich, dass er sich Kati gegenüber illoyal verhalten würde? Wollte sie die momentane Krise zwischen ihnen etwa ausnutzen, um ihn noch mehr gegen seine Frau aufzubringen? »Was könnte ich deiner Meinung nach tun?«, fragte er.

»Mit ihr sprechen! Appelliere an ihr Pflichtgefühl als Anklägerin.«

»Ich glaube, ich erwähnte es schon: Katinka und ich haben eine Pause eingelegt, was das Miteinander-Reden anbelangt. Wende dich doch an deinen Chef. Vielleicht gelingt es ja Hauptkommissar Schnelleisen, Kati umzustimmen.«

Jasmin grummelte etwas Unverständliches in den Hörer.

»Wie bitte? Ich verstehe dich nicht«, sagte Paul, den ihr Schmollen beinahe schon wieder amüsierte.

»Schnelleisen und Frau Oberstaatsanwältin sind ganz einer Meinung. Keiner von beiden zieht es auch nur in Erwägung, dass der Täter an Bord geblieben sein könnte. Da die Spurensicherung inzwischen ja durch ist und alle Passagiere ebenso wie das Personal gecheckt worden sind, besteht ihrer Meinung nach kein Grund dafür, das Schiff länger in Nürnberg festzuhalten. Von meinem Boss kann ich also keine Hilfe erwarten. Gleichzeitig will er aber Ergebnisse von mir. Als ob ich zaubern könnte!«, sagte Jasmin zerknirscht, um etwas hoffnungsvoller anzuschließen: »Wenn du nicht mit Katinka darüber sprechen möchtest, könntest du dann nicht doch selbst …«

Weiter kam sie nicht, denn Paul fiel ihr ins Wort: »Ich habe es dir doch gestern klipp und klar gesagt: Mit mir darfst du nicht rechnen. Ich habe genügend anderes im Kopf. Ich kann und will mich nicht um einen toten Amerikaner kümmern, und zu einer Schifffahrt habe ich auch keine Zeit, weil auf mich ein Platz im Kloster wartet.«

»Glaubst du wirklich, dass es dort spannender wird?«

»Eben nicht! Und das ist genau das, was ich will: das Gegenteil von Spannung, nämlich Entspannung.«

Jasmin startete einen letzten Versuch, indem sie Paul eine vage Vermutung anvertraute: »Möglicherweise hat der Mörder nur sein halbes Ziel erreicht.«

»Was? Wie?« Paul wusste nicht, was sie damit andeuten wollte.

»Gut möglich, dass er nicht nur den Amerikaner, sondern auch dessen Frau töten wollte. Denn um diese späte Uhrzeit hätte er erwarten können, dass sich beide in der Kabine aufhielten. Und das hieße, dass er an Bord geblieben ist und darauf wartet, noch einmal zuschlagen zu können.«

»Hört sich nach blanker Spekulation an«, entgegnete Paul. »Du hast keinen Beweis dafür, oder?«

»Ich habe die Witwe vernommen. Eindringlich«, sagte Jasmin betont. »Sie hat mir viel erzählt, doch ich hatte den Eindruck, dass sie mit jedem Wort, das sie sagte, ein anderes verschwieg.«

»Und das bedeutet?«

»Dass sie mehr weiß, als sie preisgeben will. Und dass sie Angst hat. Große Angst.«

Paul beendete das Telefonat fünf Minuten später, ohne dass er auch nur ein Anzeichen von Kooperationsbereitschaft hatte anklingen lassen. Mit Heißhunger stürzte er sich auf seine Brotzeit, kaum dass er sein Handy in die Hosentasche gesteckt hatte. Dann ließ er sich die Scheurebe schmecken, die sogar noch besser mundete, als erwartet.

Aber das deftige Essen und der gute Wein konnten nicht überdecken, was sich in seinem Hinterkopf abspielte. Dort keimte ein zarter Anflug von Interesse. Jasmin hatte es tatsächlich geschafft, seine Neugierde zu wecken.

Die unterschiedlichen Zeitzonen trugen Schuld daran, dass Hannahs Nachrichten meist genau dann eintrafen, wenn Katinka gerade beschäftigt war. Wie auch heute: Katinka saß in ihrem Büro und war auf dem Sprung in den Schwurgerichtssaal, um ein Plädoyer in einem besonders kniffligen Fall zu halten, der eigentlich ihre volle Konzentration erfordert hätte.

Doch als sie die eingehende WhatsApp-Nachricht sah, konnte sie nicht anders, als sie zu lesen und darauf zu antworten:

»☺☺☺ Gute Nachrichten, Mami ☺☺☺«

»Gute Nachrichten? Immer gern! Was gibt es denn?«

»Das mit dem Job ist geregelt.«

»Job???«

»Ja! Brauchst dir also keine Sorgen zu machen. Verdiene bald wieder mein eigenes Geld.«

»Ich mache mir keine Sorgen. Jedenfalls nicht darüber.«

»Sondern?«

»Um deine Zukunft …«

»Jetzt fang nicht schon wieder damit an.«

»Du hast doch damit begonnen. Von wegen neuer Job und so …«

»Du verstehst mich völlig falsch.«

»Was gibt es daran falsch zu verstehen? Das bedeutet doch, es geht munter weiter mit dem Work & Travel. Deine Mutter freut sich darüber nur so halb ☹«

»Nix Work & Travel. Kulturamt. Die nehmen mich zurück!!!«

»Kulturamt?«

»Jap.«

»Nürnberg?«

»Genau.«

»Jetzt bin ich platt. – Ist das sicher?«

»Schon alles fix gemacht. Darf wieder bei denen antreten. Ich glaub, die freuen sich sogar auf meine Rückkehr.«

»Ich fass es nicht. Wann kommst du?«

»Hab noch das eine oder andere zu erledigen. Mach keinen Stress, Mum.«

»Nein, kein Stress. Aber ich freu mich so auf dich! ☺☺☺«

»Dito.«

»Was hat den Sinneswandel ausgelöst?«

»Ehrliche Antwort? Am Heimweh liegt's nicht allein ...«

»Ich werd's verkraften. Schieß los!«

»Die vom Amt haben Druck gemacht. Haben n Arsch voll Arbeit. Müssen die nächste Blaue Nacht vorbereiten. Das Mega-Event in der City.«

»Das ist der ganze Grund?«

»Na ja, nicht nur: Natürlich vermisse ich euch auch. Dich und Paul.«

»Das tut gut. Würde Paul auch gefallen. Leider kann ich es ihm nicht ausrichten.«

»Ach ja – bei euch herrscht Eiszeit. Find ich übrigens ziemlich blöd, dass ich als Vorwand für euren Krach herhalten muss ☹.«

»Ist nicht wahr. Es geht hier um was Generelles.«

»Wenn ich nicht abgehauen wäre, hättet ihr euch nicht so gefetzt. Versuch nicht, das abzustreiten.«

»Du kannst nichts dafür, dass es zwischen Paul und mir gerade nicht so gut läuft.«

»Nicht so gut läuft? Die Untertreibung des Jahres! Hast du ihn nicht vor die Tür gesetzt?«

»Ja. Weil es sonst immer so weitergegangen wäre. Er hätte es nicht anders verstanden.«

»Und ich sage: ES WAR EIN FEHLER. Big mistake.«

»Was?«

»Der Rauswurf.«

»Warum?«

»Ihr hättet lieber reden sollen.«

»Das hätte doch zu nichts geführt.«

»Glaub schon. So jedenfalls kommt ihr nicht weiter. Jetzt macht jeder sein eigenes Ding. Toll! ☹«

»Ich denke nicht, dass du das beurteilen kannst. Du bist weit weg.«

»Bist du jetzt beleidigt?«

»Schon möglich.«

»Tut mir leid. Aber was gesagt werden muss, muss gesagt werden. Ich will nicht länger einen Vorwand dafür liefern, dass ihr zwei euch zofft.«

»Ich muss jetzt los. Habe einen Termin. Bis bald, Liebes!«

Jasmin Stahl ärgerte sich kolossal über die Selbstbezogenheit der Familie Flemming-Blohm. Obwohl sie mit Engelszungen auf Paul eingeredet hatte, ließ der sich nicht umstimmen und verweigerte kategorisch seine Unterstützung. Jasmin war nicht nur enttäuscht, sondern richtig sauer. Sollte er doch in seinem Kloster vermodern!

Nichts Besseres wünschte sie seiner Frau, denn inzwischen hatte die Staatsanwaltschaft ihren Verzicht auf eine Beschlagnahme des Hotelschiffs offiziell verkündet. Sehr zur Befriedigung von Jasmins Chef Schnelleisen, denn der fürchtete diplomatische Verwicklungen noch mehr als die schlechte Laune seiner Frau: Wie sich herausgestellt hatte, befand sich unter den Passagieren ein ehemaliger Senator, der wohl damit gedroht hatte, die amerikanische Botschaft in Berlin einzuschalten, wenn die Reise nicht bald weiterginge. Mit seinen zweiundneunzig Jahren wollte er keine Verzögerungen mehr hinnehmen.

Wie dem auch sei: Jasmin würde es schwer haben, ihre Soko auf eine erfolgsverheißende Spur zu führen, wenn ihr nur so wenig Zeit blieb. Also beschloss sie, abermals ihre einzige ergiebige Quelle anzuzapfen und sich noch einmal Bethany vorzunehmen.

Jasmin fand die junge Witwe deutlich erholter vor als bei ihrer letzten Begegnung. Offenbar hatte sich Bethany Dexter ein paar Stunden Schlaf gegönnt, sich frisch gemacht und umgezogen. Hose und Bluse, die sie jetzt trug, wirkten leger und bequem, gleichwohl war beides perfekt auf ihre Figur abgestimmt, sodass sie selbst in dieser Alltagskleidung adrett und – für Männer – begehrenswert wirkte. Jasmin ertappte sich dabei, wie ein Funken Missgunst in ihr aufkam. Dass diese Frau es fertigbrachte, auch noch in einer seelischen Notlage auszusehen wie eine Absolventin von *Germany's Next Top Model*, wurmte sie, denn sie selbst würde das in einer vergleichbaren Situation gewiss nicht können. Jasmin gab sich Mühe, sich ihre Empfindungen nicht anmerken zu lassen, als sie Bethany darum bat, den Verlauf des gestrigen Abends erneut darzulegen.

»Aber das habe ich doch schon getan«, wandte Bethany ein.

»Bitte noch einmal. In aller Ausführlichkeit.«

Bethany ließ ein leises Stöhnen hören, bevor sie sich fasste und den Ablauf der zurückliegenden Stunden wiedergab. Jasmin hörte aufmerksam zu, wobei sie auf neue Details hoffte, bei denen sie nachhaken konnte.

Doch diese blieb die junge Witwe ihr schuldig. Alles, was Jasmin zu hören bekam, war die Schilderung eines völlig normalen Abends an Bord eines Passagierschiffes ohne jeden bemerkenswerten Zwischenfall. Kein Streit, keine ungewöhnliche Beobachtung, kein auffälliger Moment.

»Als sich Ihr Mann vor Ihnen in die Kabine zurückzog und Sie an der Bar sitzen blieben, hatten Sie nicht den Eindruck, dass es einen besonderen Grund dafür gab?«, fasste Jasmin nach, als Bethany geendet hatte.

»Nein, das war ganz normal«, versicherte sie. »Bryan schätzte es nicht mehr so wie in früheren Jahren, die Nacht zum Tag zu machen. Er brauchte seine Ruhe und zog sich zurück, wenn es ihm zu viel wurde. Dabei bestand er jedoch darauf, dass ich mich amüsiere und den Abend genieße. Er hätte es nicht für gut geheißen, wenn ich nur seinetwegen ebenfalls zu Bett gegangen wäre.«

Jasmin wog ab, ob ein solches Arrangement zwischen Eheleuten mit so großem Altersunterschied realistisch war, und kam zu dem Schluss, dass es stimmen konnte. Dennoch sagte ihr Bethanys Mimik, dass sie ihr etwas vorenthielt. »Es lag also ausschließlich an der Müdigkeit Ihres Mannes, dass er vor Ende des Showprogramms die Bar verließ?«, präzisierte sie ihre Frage.

»An der Müdigkeit und wohl auch am Alkohol. Ich sagte ja, der viele Wein ...«, deutete Bethany an, setzte sich auf die Bettkante und schlug ihre langen Beine übereinander.

Jasmin, die ja selbst zweimal die Woche Sport trieb, registrierte ihre schlanken Fesseln. Die Frau hatte kein Gramm zu viel am Körper, dachte sie. Ob zuhause in den USA ein Personal Trainer über ihre Fitness wachte?

»Okay. Müdigkeit und Alkoholpegel«, fasste Jasmin zusammen und machte sich eine Notiz. »Sonst nichts? Es gab keinen weiteren Auslöser, der den verfrühten Abgang Ihres Mannes veranlasst haben könnte? Etwa der andere

Passagier, mit dem Sie sich an der Bar unterhalten hatten. Er hat übrigens bestätigt, dass er im besagten Zeitraum mit Ihnen an der Bar gesessen hat.«

Bethany winkte ab. »Ich bitte Sie, das war harmloser Small Talk. Außerdem war Bryan nicht eifersüchtig und brauchte es auch nicht zu sein.« Sie zuckte die Achseln. »Nein, es gab keinen anderen Grund. Es sei denn, Bryan hätte sich an der Livemusik gestört.«

»Hat er?«

»Nein.« Bethanys schiefes Lächeln wirkte gequält. »Dieser Imitator war wirklich gut in seiner Rolle als der späte Elvis Presley. Ziemlich beleibt und schon etwas in die Jahre gekommen. Aber er verstand sein Handwerk.«

»Ist er öfter aufgetreten?«

»Elvis? Nein, soviel ich weiß, ist er ja erst in Regensburg an Bord gekommen und in Nürnberg wieder ausgestiegen. Das Programm wechselt beinahe täglich, da gibt es selten Wiederholungen.«

»In Ordnung«, sagte Jasmin. »Dann will ich Sie nicht länger stören.« Sie zog eine Visitenkarte aus ihrer Tasche und platzierte sie auf dem Nachttisch. »Damit Sie wissen, wie Sie mich erreichen können, falls Sie mir noch etwas mitzuteilen haben.«

Bethany nahm die Karte auf, betrachtete sie eingehend und sagte: »Danke, aber ich wüsste nicht, was ich Ihnen noch sagen könnte.«

Ich schon, dachte Jasmin: zum Beispiel, vor was du dich ängstigst, denn man kann es dir von den Augen ablesen, dass du ahnst, wer hinter dem Mord an deinem Mann steckt, *beauty*.

»Man kann nie wissen. Manchmal fallen einem mit ein paar Tagen Abstand Dinge ein, die man in der ganzen Aufregung zunächst vergessen oder verdrängt hat«, sagte Jasmin und ging zurück zur Tür.

»Ich weiß Ihr Angebot zu schätzen«, sagte Bethany, »aber wahrscheinlich werde ich dann schon nicht mehr in Deutschland sein. Ich fliege zurück, sobald alles Organisatorische erledigt und Bryans Überführung veranlasst ist.«

»Bleiben Sie etwa nicht auf der *Walküre*?«, fragte Jasmin. »Nehmen Sie sich stattdessen ein Hotel in Nürnberg? In diesem Fall müssen Sie Ihre neue Adresse für uns hinterlegen.«

»Nein, ich kenne mich nicht aus in dieser Stadt und möchte vorläufig in meiner gewohnten Umgebung an Bord sein. Bei meinen Landsleuten, deren Sprache ich verstehe und bei denen ich ein wenig Trost finden kann, hoffentlich. Ich habe mich entschlossen, die Reise fortzusetzen. Aber eben nur so lange, wie mich die Formalitäten in diesem Land festhalten. Ich denke, dass es spätestens bei unserer Ankunft in Würzburg so weit sein wird. Von dort aus ist es ja nicht weit bis zum Frankfurter Flughafen.«

Gut zu wissen, dachte Jasmin und erkannte, dass sie sich sehr würde beeilen müssen, um ein wenig Licht ins Dunkel dieses Falls zu bringen. Sobald die rätselhafte Witwe Deutschland verlassen hätte, würde sie nicht mehr an sie herankommen und könnte den Fall abschreiben.

Jasmin wollte gehen, da fiel ihr aus den Augenwinkeln eine schnelle Bewegung auf: eine schattenhafte Silhouette draußen auf dem Balkon! Jasmin dachte nicht lange nach, sondern war mit zwei Sätzen am Fenster. Sie riss die halb geschlossenen Vorhänge auf und schaute sich genau um. Der schmale, von einer hüfthohen Brüstung umgebene Vorsprung war verwaist. Jasmin sah zwei Stühle und ein Tischchen, aber keinen Menschen. Sollte sie sich getäuscht haben? Aber nein, sie hatte ganz sicher etwas oder jemanden gesehen!

Sie suchte nach dem Türöffner, betätigte ihn und trat auf den Balkon. Sie beugte sich über die Reling, um auch die benachbarte Veranda überblicken zu können. Und tatsächlich! Dort sah sie einen Mann, korpulent, in hellen Hosen und Poloshirt, der über die Einfassung zum nächsten Balkon kletterte.

»Hey!«, rief sie laut. »Was tun Sie da?«

Der Mann hielt mitten in der Bewegung inne, schaute sich um. Jasmin erhaschte einen flüchtigen Blick auf sein Gesicht. Zu kurz, um es sich wirklich einprägen zu können. Dann stieg der Mann über die Balustrade und war im nächsten Moment nicht mehr zu sehen.

Jasmin rief noch einmal: »Hey! Hallo!« Ohne Resultat. Sie überlegte, dem Unbekannten hinterherzulaufen, aber sie würde ihn kaum einholen können. Wenn er sich eine Jacke überzöge und sich unter die Passagiere mischte, würde sie es schwer haben, ihn zu identifizieren. Dafür hatte sie ihn nicht lange genug gesehen.

»Ist etwas nicht in Ordnung?«, erkundigte sich Bethany, die Jasmin mit Blicken gefolgt war.

»Ich hatte den Eindruck, dass uns jemand beobachtet hat«, meinte Jasmin und spähte weiter die Umgebung aus.

»Von meinem Balkon?«, fragte Bethany erschreckt. »Aber wer sollte das denn gewesen sein?«

Jasmin wandte sich zu ihr um und blickte ihr in die viel zu hübschen Augen. »Das frage ich Sie, Mrs Dexter. Das frage ich Sie.«

Nachdem Jasmin das Zimmer verlassen hatte, sah sie auf die Uhr. Es war kurz nach zwei, früher Nachmittag. Sie überlegte, ob es sich noch lohnte, ins Präsidium zu fahren.

Dort müsste sie ihrem Chef Bericht erstatten – aber worüber? Darüber, dass die Indizien die Raubmordthese zwar untermauerten, sie selbst aber nicht daran glaubte, weil sie Zweifel an der Aufrichtigkeit von Witwe Bethany habe? Oder sollte sie vom heimlichen Besucher auf dem Balkon erzählen, von dem sie weder behaupten konnte, dass er wirklich gelauscht hatte, noch eine gebrauchsfähige Beschreibung liefern konnte? Wohl kaum. Da zog es Jasmin vor, die nächsten Stunden an Bord der *MS Walküre* zu bleiben und sich einmal mehr mit Besatzungsmitgliedern zu unterhalten. In der vagen Hoffnung, doch noch den entscheidenden Hinweis zu bekommen.

Paul hatte sich Zeit gelassen. Viel Zeit. Denn auch wenn es sein eigener Wunsch und seine freie Entscheidung gewesen war, ins Kloster zu gehen, wurde sein Verlangen nach Ruhe und Enthaltsamkeit kleiner, je näher er seinem Ziel kam.

Der Abend war angebrochen, als er seinen Renault eine schmale Serpentinenstraße hinauflenkte, die zum Jakobus-Kloster führte. Inmitten von Weinbergen gelegen, machte es bei Tag sicherlich einen einladend romantischen Eindruck. Aber jetzt, bei aufziehender Dämmerung, wirkten die Gemäuer mit ihren Türmen, hohen Mauern und spitzwinkligen Vorsprüngen abweisend und sogar ein wenig bedrohlich. Der düstere, von tief hängenden Regenwolken durchzogene Himmel verstärkte diesen Eindruck nur noch mehr.

Paul steuerte seinen Wagen durch einen Torbogen und befuhr einen großen gekiesten Innenhof. Dort stellte er den Renault ab, stieg aus und holte seine Reisetasche aus dem Kofferraum. Staunend blickte er sich um und bewunderte einen arkadenförmigen Gang, der den rechteckigen

Hof umschloss. An den Kreuzgang waren alle wichtigen Bestandteile des Klosters wie die Kirche, Wohn- und Verwaltungsgebäude angeschlossen, die trotz – oder gerade wegen – ihres teilweise schlechten Bauzustands eine überirdische Ruhe ausstrahlten. Bereichert wurde diese über Jahrhunderte gewachsene Anlage durch einen kleinen Garten mit Brunnen und steinernem Kreuz. Die Kiesel knirschten unter Pauls Sohlen, als er sich dem größten Gebäude des mehrflügeligen Ensembles näherte, dessen Ursprünge er irgendwo zwischen dem neunten und dem elften Jahrhundert vermutete.

Mit seiner Wahl lag er richtig, denn kaum war er einige Meter gegangen, öffnete sich die Tür des Haupthauses und ein Mann in brauner Kutte trat heraus. Der kleine Mönch mit dem rosigen Gesicht und der Körperfülle, die auch einem Konditor gut angestanden hätte, kam Paul lächelnd entgegen – und begrüßte ihn mit einer Entschuldigung:

»Mein Name ist Theobald und ich heiße Sie herzlich willkommen im Jakobus-Kloster«, sagte der Mönch mit freundlich warmer Brummstimme. »Normalerweise empfängt unser Abt jeden Neuzugang persönlich. Darauf legt er großen Wert. Bedauerlicherweise ist er jedoch verhindert.«

Wie Paul erfuhr, musste sich der Abt um dringende Personalangelegenheiten kümmern: Der Chefkoch der Klosterküche war wohl ausgefallen, sodass ein kurzfristig eingesprungener Ersatzmann eingewiesen werden musste. Paul meinte, diese Zurücksetzung seiner Person durchaus verkraften zu können und ließ sich von Theobald zu seinem Zimmer führen. Auf dem Weg dorthin, der durch mittelalterliche Flure führte, die Paul an die Zauberschule Hogwarts aus den *Harry-Potter*-Filmen erinnerte, machte der Mönch ihn mit der Hausordnung vertraut.

»In der heutigen Zeit, die geprägt ist von Geschwindigkeit, technischem Fortschritt und ständiger Hektik, wird es immer schwieriger, Orte der vollkommenen seelischen Erholung zu finden. Unser Kloster bietet einen Raum, in dem Sie für eine gewisse Zeit dem Stress des Alltags entfliehen können. Wir schaffen Abhilfe bei Unausgeglichenheit und Selbstzweifeln, indem wir Ruhe und Frieden bieten.« Das klang nach einem einstudierten Text, der jedoch absolut überzeugend vorgetragen wurde. »Bei uns können Sie sich ungestört und ohne Probleme mit sich selbst auseinandersetzen. Unser Service, um es Neudeutsch auszudrücken, ist allerdings an gewisse Bedingungen geknüpft, für die Sie sicherlich Verständnis aufbringen.«

»Ich war vorgewarnt«, entgegnete Paul schmunzelnd.

»Bitte?«

»Ein Freund von mir, der mir Ihr Kloster empfohlen hat, sagte mir bereits, dass Regeln zu beachten sind.«

»Das trifft zu. Denn per Definition ist ein Kloster ein Ort, an dem man sich ganz und gar der Ausübung seiner Religion widmet und Störfaktoren durch Einflüsse von außen zu vermeiden sind. Aber im Unterschied zum weitverbreiteten Irrglauben ist ein Kloster keine Kirche im klassischen Sinne, sondern eine Einrichtung, die in einer besonderen Nähe zum Glauben steht.«

»Das mit den Störfaktoren geht klar, damit kann ich leben. Aber um es gleich offen zu sagen: Der Glaube an sich ist mir nicht so wichtig«, machte Paul deutlich, womit er seinen gemütlich wirkenden Begleiter keineswegs aus dem Konzept brachte.

»Damit stehen Sie nicht allein. Ich würde sagen, dass mindestens die Hälfte unserer Besucher nicht aus religiösen Gründen kommt. Dieser Klientel geht es vielmehr um die Besinnung auf das Ich. Nun könnte man sagen, wer zu sich selbst findet, findet auch zu Gott. Aber diesen Schritt muss man nicht zwangsläufig gehen.«

Damit konnte Paul schon mehr anfangen und erkundigte sich nach dem üblichen Tagesablauf. Daraufhin legte ihm Theobald eine Art Stundenplan des Mönchsalltags vor, der erwartungsgemäß von Gebeten und Gottesdiensten dominiert wurde. Ansonsten gab es nicht viel Programm außer den gemeinsamen Mahlzeiten, vereinzelten Lehrveranstaltungen – darunter ein Botanikkurs im Klostergarten sowie ein Weinseminar – und sehr viel Ruhe. »Der Alltag im Kloster ist zumeist so, wie man ihn aus verschiedenen Filmen kennt: Die Gemeinschaft beschränkt sich auf das Nötigste. Statt mit Fernseher und Computer beschäftigen wir uns mit wohltätigen Arbeiten und der Pflege unserer Gartenanlagen. Gesprochen wird dabei eher selten, was angesichts der allgegenwärtigen Reizüberflutung im Alltagsleben für einen Neuankömmling geradezu surreal wirken kann. Die meisten unserer Gäste brauchen daher einige Tage, um sich an diese besondere Art der Entschleunigung zu gewöhnen.«

Über abgetretene Treppenstufen gelangten sie in den Wohnflügel, ebenfalls ein historisches Gemäuer. »Handys sind erlaubt?«, fragte Paul und war auf ein »Nein« als Antwort gefasst, denn sicher galten sie auch als »Störfaktor«.

Theobald war auf diese Frage gefasst; Paul war gewiss nicht der erste Besucher, der sich danach erkundigt hatte. »Wir werden es Ihnen natürlich nicht abnehmen.«

Paul atmete auf. Doch er hatte sich zu früh gefreut.

»Ich muss Sie allerdings darauf hinweisen, dass wir hier ein ganz schlechtes Netz haben«, fügte Theobald mit einem Lächeln hinzu, das man als schadenfroh bezeichnen konnte.

»Die dicken Mauen schirmen Strahlungen jeder Art ab. Daher gibt es auch kein WLAN.«

Also zurück in die digitale Steinzeit, verstand Paul, trug es jedoch mit Fassung, denn er wollte ja ohnehin seine Ruhe haben und nicht erreichbar sein.

Im Flur des Wohntraktes wurde er noch mit einigen Angaben zum Grundriss des Klosters vertraut gemacht, sozusagen als Orientierungshilfe: »In einer frühmittelalterlichen Anlage wie Jakobus bildet die Klosterkirche den räumlichen und geistlichen Mittelpunkt. Der Klosterhof, auf dem Sie geparkt haben, ist von einem Kreuzgang umgeben. Von dort aus gelangen Sie ins Refektorium, also den Speisesaal, ins Klosterkapitel, wo unser Versammlungsraum untergebracht ist, oder zurück ins Dormitorium, die Schlafräume. Außerdem gibt es eine Reihe von Neben- und Wirtschaftsgebäuden, die Sie aber nicht weiter zu interessieren brauchen.«

Der gemütliche Mönch sperrte die Tür zu einem Zimmer auf, das an Kargheit voll und ganz Pauls Erwartung entsprach, zu seiner Verwunderung jedoch über zwei Betten verfügte. Weil er seinen Begleiter verwirrt ansah, erklärte dieser, dass Paul sich den Raum mit einem anderen Gast teilen müsste. Ein weiterer Neuzugang, der seine Ankunft für den nächsten Tag angemeldet habe.

Das fängt ja toll an, dachte Paul wenig erfreut und hoffte inständig, dass sein Zimmergenosse nicht schnarchen möge.

Paul packte seine Sachen aus, dann wollte er es sich auf seiner Pritsche bequem machen. Er nahm sein Smartphone zur Hand, um zu überprüfen, ob Bruder Theobald die Wahrheit gesagt hatte. Das hatte er: Der Apparat hatte keinen Empfang.

Der Verzicht auf sein Handy, mit dem er seine E-Mails abrufen oder ins Internet hätte gehen können, zwang Paul zu einer alternativen Beschäftigung. Leider hatte er es versäumt, Bücher oder Zeitschriften einzupacken. Er sah sich nach einer anderen Zerstreuungsmöglichkeit um und fand zwei ausgelesene Bände in der Schublade seines Nachttisches. Bei dem einen handelte es sich – naheliegenderweise – um eine Bibel. Der andere war ein Schmöker über das fränkische Weinland. Paul schnappte ihn sich, legte sich damit aufs harte Bett und blätterte darin herum.

Bei einem reichlich bebilderten Bericht über den Bocksbeutel, die charakteristische Flaschenform für Frankenweine, blieb er hängen und las Interessantes über die »elegante, henkellose Fortentwicklung des aus der Antike herrührenden plattgedrückten Kugelgefäßes mit flachem Stehboden und kurzem Röhrenhals«. Demnach stammte der Urahn des Bocksbeutels aus der Keltenzeit und bestand zunächst aus Ton. Der Beweis: Überbleibsel dieses Ur-Bocksbeutels werden im Mainfränkischen Museum in Würzburg ausgestellt. Die Römer übernahmen die Bocksbeutelform und bliesen sie bereits aus Glas. Im Mittelalter erfuhr das handliche Behältnis einen wahren Boom, der sich in der Renaissance fortsetzte, wobei sich die Flasche vom allgemeinen Trinkgefäß mehr und mehr zum Abfüllgefäß für Wein wandelte.

Paul blätterte weiter, denn es interessierte ihn, woher der Bocksbeutel seinen einprägsamen Namen hatte. Er stieß auf diverse Erklärungsversuche, unter anderem eine Herleitung vom französischen *bouteille*. Eine andere Quelle behauptete, der Name leite sich vom Booksbüdel ab, dem mittelalterlichen Begriff für einen mit Leder überzogenen Bücherbeutel. Origineller fand Paul eine im wahrsten Sinne des Wortes tierische Idee: Der Ziegenbock, seinerzeit volkstümliches Nutztier der vorwiegend ländlichen Bevölkerung, habe als Namensgeber gedient, wobei dem Bocksbeutel eine gewisse Ähnlichkeit mit dem nachgesagt wurde, was beim Ziegenbock zwischen den Beinen baumelt.

Beim Lesen eines weiteren Erklärungsversuchs fielen Paul die Augen zu. Das Weinbuch entglitt seinen Händen und rutschte von der Pritsche.

Mittwoch, 6. September

Die Lagebesprechung der Soko Walküre fand morgens um neun im kleinen Sitzungszimmer des Polizeipräsidiums statt. Obwohl die Leitung der Sonderkommission in Jasmin Stahls Händen lag, ließ es sich Dezernatsleiter Winfried Schnelleisen nicht nehmen, an dem Meeting teilzunehmen. Der Hauptkommissar, der einen schlecht sitzenden grauen Anzug und eine noch schlechter gebundene Krawatte trug, hatte die Beine übereinandergeschlagen und die Arme vor der Brust verschränkt. Seine eisgrauen Augen ruhten drohend auf Jasmin, die fleischigen Lippen hielt er fest aufeinandergepresst.

Schnelleisen war in Lauerstellung, durchfuhr es Jasmin. Er schien nur darauf zu warten, dass sie einen Fehler machte und ihm damit einen Vorwand lieferte, sie abzulösen. Doch sie nahm sich vor, sich nicht von ihm ins Bockshorn jagen zu lassen, räusperte sich und eröffnete die Konferenz, indem sie Dr. Todt als Vertreter der Gerichtsmedizin das Wort erteilte. Der hünenhafte Arzt nannte das wenig überraschende Ergebnis der Obduktion, nach dem das Opfer durch die verheerenden Einwirkungen der beiden Geschosse in seinem Brustraum ums Leben gekommen war. Er führte schwere innere Blutungen aufgrund eines »perfekten« Durchschusses des Aortenbogens und der rechten Herzkammer sowie Pneumothorax, einen Kollaps der Lunge, als Gründe für den Exitus auf, der nach seinen Einsichten aufgrund der perforierten Hauptschlagader schon kurz nach Abgabe der Schüsse eingetreten sein musste. »So viel steht fest: Der Mann hat nicht lange leiden müssen.«

Eine Spezialistin für Ballistik schloss sich mit ihrem Bericht an: »Je nach Waffe und Munition kann die Kugel durchtreten oder stecken bleiben, bei einer Kleinkaliberpistole gerne Letzteres«, erläuterte sie mit einer viel zu fröhlichen Stimme für ihre ernste Aufgabe. Anhand der Projektile und der von ihnen freigesetzten Kräfte zog sie Rückschlüsse auf eine Tatwaffe größeren Kalibers: wahrscheinlich eine Walther P12 aus Altbeständen der Bundeswehr. Sie äußerte ihre Vermutung, dass der Täter sie im Darknet erworben haben könnte, einem getarnten Bereich des Internets für illegale Geschäfte aller Art.

Ein weiterer Kollege, der mit der Durchsuchung des Schiffs betraut worden war, gab an, dass die erbeuteten Wertgegenstände an Bord nicht ausfindig gemacht werden konnten. Ebenso wenig wie die Tatwaffe.

Jasmin hatte mit diesem Ergebnis gerechnet, denn sie tendierte ja zu der These, dass sie es mit einem vorgetäuschten Raubmord zu tun hatten. »Der Täter hat die Pistole zusammen mit den zum Schein erbeuteten Wertgegenständen unmittelbar nach der Tat verschwinden lassen«, äußerte sie ihre Vermutung.

»Wie soll er das bewerkstelligt haben?«, fragte Schnelleisen.

»Der einfachste Weg wäre gewesen, alles über Bord zu werfen. Womit sich die Chancen verringern, dass wir sie je finden werden.«

Jasmin sah, wie Schnelleisen die Augen verdrehte, ließ sich jedoch nicht beirren und rief als nächsten Kommissariatsanwärter Timo Schlelein auf. Der junge Mann, der ihr durch seinen Fleiß und sein freundliches Gemüt immer mehr ans Herz wuchs, enttäuschte sie auch jetzt nicht, denn er hatte über Nacht alle Aufgaben erledigt, die sie ihm aufgetragen hatte.

»Die Sicherheitsüberprüfung der an Bord befindlichen Personen hat keine Auffälligkeiten ergeben«, leitete der jungenhafte Ermittler seinen Beitrag ein, wobei ihm die Aufregung anzumerken war, erstmals vor einer Runde ausgewiesener Profis referieren zu müssen. »Dies gilt zumindest für die Stammbelegschaft des Schiffes und – soweit ich das feststellen konnte – für die Passagiere. Noch kein Ergebnis kann ich für einige Hilfskräfte und solche Mitreisende liefern, die die Passage nur zeitweise begleiten. Aber schon jetzt fällt auf, dass …«

»Kokolores!« Hauptkommissar Schnelleisen fiel Schlelein brüsk ins Wort und stand auf. »Vergeuden Sie Ihre Zeit nicht damit, irgendwelche drittklassigen Hilfskräfte zu durchleuchten. So abgebrüht, wie der Täter vorgegangen ist, haben wir es mit keinem Amateur zu tun. Das ist doch so klar wie Kloßbrühe: Es war das Werk einer osteuropäischen Bande, die zur Abwechslung einmal kein Wohnhaus, sondern ein Schiff beraubt hat. Diese Jungs sind flexibel und haben den Kanal als lukratives Betätigungsfeld für sich entdeckt. Sie werden es erleben: Es wird zukünftig öfter vorkommen, dass sich diese Tätergruppe auf Luxusschiffen bedient.«

Einen Moment herrschte Schweigen. Die Runde war dermaßen überrumpelt worden vom plötzlichen Machtwort des Chefs, dass sich niemand zu mucken traute. Dann aber wagte sich Jasmin vor, die wiederholte, was eigentlich jeder im Raum schon wissen sollte – inklusive Hauptkommissar Schnelleisen: »Wir haben kein Beutegut sicherstellen geschweige denn einen Dieb fassen können, obwohl gewährleistet war, dass niemand das Schiff ohne sorgfältige Überprüfung verlassen konnte.«

»Könnte das daran liegen, dass der oder die Täter sich schlauer angestellt haben, als Ihre Soko es für möglich hält, werte Frau Kollegin?« Schnelleisens Einwurf war an Zynismus kaum zu überbieten. »Was, wenn der Dieb seine Beute samt Waffe in einen wasserdichten Sack gestopft hat und damit noch während der Fahrt über Bord gesprungen ist? Oder er hat einen Beutel verwendet, der auf dem Wasser treibt und von seinem Komplizen aufgefischt werden konnte.«

»Mitten in der Nacht? Da hätte den Sack doch niemand finden können«, wunderte sich Schlelein und fing sich einen bitterbösen Blick des Hauptkommissars ein.

Doch Jasmin dachte das Gleiche: Wozu ein solcher Aufwand, wenn Räuber doch viel einfacher in einem Hafen zuschlagen konnten: schnell aufs Schiff geschlichen, Zimmertür geknackt, Schmuck eingesteckt und sofort wieder verschwunden. Nein, nein, Schnelleisen war auf dem Holzweg. Und das nicht aus Dummheit, sondern sehr wahrscheinlich aus Kalkül. Wenn er die Tat einer anonymen osteuropäischen Bande in die Schuhe schieben könnte, würde ihn niemand zur Verantwortung ziehen, sollte der Täter nie geschnappt werden. Denn die Aufklärungsquote bei derartigen Fällen war im Allgemeinen sehr niedrig und könnte schwerlich Schnelleisens Abteilung angelastet werden.

Aber das sagte sie ihm nicht, sondern rief weitere Untersuchungsergebnisse ihrer Mitarbeiter ab, bis es Schnelleisen zu dumm wurde und er sich grummelnd aus der Runde verabschiedete.

Als die Lagebesprechung eine Dreiviertelstunde später endete, blieb neben Jasmin nur Timo Schlelein zurück.

»Wie gehen wir weiter vor?«, fragte er zaghaft, denn Jasmin wirkte abweisend und niedergeschlagen.

Das merkte sie selbst und bemühte sich um einen etwas freundlicheren Gesichtsausdruck. Schlelein konnte ja nichts dafür, dass sich die Dinge so ungünstig entwickelten. »Die

MS Walküre legt noch am Vormittag in Richtung Bamberg ab. Heute ist Mittwoch. Übermorgen, also am Freitag, geht es weiter bis nach Würzburg. Spätestens dann ist sie außerhalb unserer Reichweite«, sagte sie resigniert. »Ich kann nur hoffen, dass sich Bethany Dexter bis dahin besinnt und sich bei mir meldet. Denn ich bin mir sehr sicher, dass sie das wahre Motiv für den Mord an ihrem Mann kennt. Haben wir das Motiv, finden wir auch den Täter.«

»Warum nehmen wir sie nicht fest? In Beugehaft, dann redet sie bestimmt«, schlug Schlelein vor und bekam dafür ein mitleidiges Lächeln seiner Chefin.

»Festnehmen? Auf welcher Grundlage? Ich bin nicht scharf darauf, mich vor der Staatsanwaltschaft zu blamieren«, sagte Jasmin und erhob sich von ihrem Stuhl. »Machen wir Schluss und gehen jeder für sich noch einmal die Sachlage durch.«

»Okay.« Auch Schlelein schob seinen Stuhl zurück und griff gleichzeitig zu seiner Aktenmappe. Diese war nicht geschlossen, sodass seine Unterlagen herausfielen und sich über den Boden verteilten. »Sorry«, sagte er, »ungeschickt lässt grüßen.«

Jasmin bückte sich, um dem jungen Kollegen beim Aufsammeln zu helfen. Dabei fiel ihr ein Programmheft der *MS Walküre* in die Hände: ein Faltprospekt, in dem das bordeigene Amüsement aufgelistet war. Versehen mit Fotos der feschen Fitnesstrainerin, des amerikanisch breit lächelnden Barkeepers und der auftretenden Künstler. Jasmin wollte das Faltblatt schon in den Stapel der sonstigen Papiere schieben, da stutzte sie. Ihre Aufmerksamkeit richtete sich auf das Konterfei des Elvis-Imitators. Gedrungen, massig und mit strassbesetztem Showanzug verkörperte er den aufgedunsenen Elvis Presley der späten Jahre, inklusive fetter Sonnenbrille und aufgeklebten Koteletten. Auch die tintenschwarze Haartolle war nicht echt, da war sich Jasmin ziemlich sicher.

»Ist irgendetwas nicht in Ordnung?«, fragte Schlelein, der sich über Jasmins Interesse an dem Prospekt wunderte.

Jasmin tippte mit dem Zeigefinger auf das Elvis-Bild. »Dieser Kleinkünstler – war er unter denen, die Sie befragt haben?«

»Ja«, sagte Schlelein. »Er hat gestern ausgecheckt, weil sein Engagement auf der *MS Walküre* ausgelaufen war. Hatte ich das nicht erwähnt?«

»Doch, doch. Er und Teile des Küchenteams hatten es besonders eilig, von Bord zu gehen.«

»Wir haben ihn natürlich überprüft, wie Sie es angeordnet hatten. Der Mann war sauber. Mit bürgerlichem Namen heißt er übrigens ganz profan Klaus Baumann.«

»Und Sie haben ihn gründlich kontrolliert?«, vergewisserte sich Jasmin mit eindringlichem Blick.

»Selbstverständlich! Wie jeden anderen, der das Schiff verlassen wollte. Wir haben auch seinen Koffer mitsamt der Elvis-Garderobe durchforstet, aber nichts Verdächtiges finden können. Warum fragen Sie? Glauben Sie, er könnte etwas mit …«

Jasmin schnitt ihm das Wort ab. »Bisher ist es nur ein Gefühl, daher will ich, dass Sie mit niemandem darüber sprechen: Wenn mich nicht alles täuscht, hab ich den Mann gestern Mittag dabei ertappt, wie er Bethany Dexter und mich vom Balkon ihrer Kabine aus belauscht hat. Das muss kurz nach seinem Auschecken von der *Walküre* gewesen sein.«

»Was? Sie wurden belauscht?« Jetzt wirkte auch Schlelein alarmiert. »Warum haben Sie nichts davon in der Lagebesprechung gesagt?«

»Weil mich Schnelleisen wahrscheinlich für verrückt erklärt hätte. Außerdem hatte ich bis gerade eben keine Ahnung, mit wem ich es zu tun hatte. Ich bin zwar gleich raus auf den Balkon gerannt, doch da war der Mann schon getürmt. Bis Bethany auftauchte, hatte er sich in Luft aufgelöst. Erst jetzt, dank des Bilds im Programmheft, habe ich eine ungefähre Vorstellung davon, um wen es sich gehandelt haben könnte.«

»Aber sicher sind Sie nicht?«

»Nein, absolut nicht«, gestand Jasmin ein. »Trotzdem möchte ich, dass Sie sich diesen Mann noch einmal vornehmen.«

»Wie denn? Er ist doch abgereist.«

»Lassen Sie sich vom Hotelmanager der *MS Walküre* seine Adressdaten geben, und falls nicht vorhanden, die der Künstleragentur, die ihn vermittelt hat.«

»Mache ich«, sagte Schlelein. »Meinen Sie, dass wir endlich dem Richtigen auf der Spur sind?«

»Er hätte die Gelegenheit dazu gehabt«, sagte Jasmin. »Der Todeszeitpunkt von Dexter lag zwischen dem Ende des Showprogramms und Bethanys Rückkehr in ihr Zimmer. Diese Zeitlücke hätte Elvis nutzen können, um den Mord auszuführen.«

»Von der Showbühne direkt zum Tatort?« Schlelein wirkte nicht überzeugt. »Wäre es nicht aufgefallen, wenn er im weißen Prachtkostüm mitten durch den Gästetrakt läuft?«

»Und wenn schon«, sagte Jasmin, die sich mit der neuen Spur rasch anfreunden konnte. »Die Masche, als Entertainer aufzutreten und diese Rolle gleichsam als Tarnung zu verwenden, ist doch genial. Dadurch, dass Elvis an Bord der *MS Walküre* quasi zum Personal gehörte und ihn ein jeder durch seine Auftritte gekannt hatte, blieb er genauso unverdächtig wie jedes andere Besatzungsmitglied oder die Passagiere. Er konnte unbehelligt durch die Flure streifen, den tödlichen Schuss abfeuern und wieder verschwinden. Einen Zusammenhang zwischen ihm und dem Opfer herzustellen, ist für den normalen Fahrgast nahezu unmöglich.«

»Das mag sein«, meinte Schlelein. »Aber wie weisen wir es ihm nach?«

»Wenn ich das bloß wüsste …«

Alle berühmten Weinbauregionen weltweit leiten ihre Identität von einer oder nur wenigen, ganz bestimmten Rebsorten ab, impfte Bruder Theobald seinen Zuhörern im Seminarraum des Klosters ein. Neben Paul lauschten vier weitere Männer den Ausführungen des Geistlichen und schielten allesamt zu einem Beistelltischchen hinüber, auf dem der Referent mehrere Flaschen drapiert hatte. Neben den Bocksbeuteln standen kleine Probierbecher. Paul nahm an, dass seine Mitschüler Theobalds Vortrag nur zu gern übersprungen hätten und gleich zur abschließenden Weinprobe übergegangen wären.

Doch Theobald, der sein Weinseminar so ernst nahm wie einen Gottesdienst, ließ sich nicht drängen. In aller Seelenruhe machte er seine Zuhörer mit dem speziellen Wesen der fränkischen Gewächse vertraut: »Was in Burgund der Pinot ist, im Barolo die Nebbiolo-Traube oder im Rheingau der Riesling, ist in Franken der – na, wer weiß es?« Aufmerksam blickte er in die Runde.

Ein kahlköpfiger, ziemlich unsympathisch wirkender Typ um die fünfzig hob den Finger: »Gewürztraminer?«

»Der passt eher ins Elsass«, entgegnete Theobald und verriet: »Der Silvaner.« Er ging zum Tischchen und hob eine der Flaschen an, die mit einer silbernen Qualitätsplakette versehen war. »Unser Silvaner ist typisch und kennzeichnend für den Würzburger Raum. Er schmeckte jedoch nicht schon immer so ausgereift und rund wie heute.« Dabei strich er über den Bauch des Bocksbeutels. »Dahinter steckt ein Evolutionsprozess, der sich über mindestens dreihundertfünfzig Jahre erstreckt. In dieser Zeit ist es unseren Winzern gelungen, den Silvaner zu kultivieren und zu seiner jetzigen, hochwertigen und unverwechselbaren Güte zu führen, wobei die besondere Geologie dieser Gegend mit den fruchtbaren Böden der Trias natürlich ihren Teil dazu beigesteuert hat.«

»Dreihundertfünfzig Jahre, sagen Sie? Woher kam die Traube denn ursprünglich?«, erkundigte sich der Glatzkopf und zog damit das unwillige Raunen der anderen auf sich. Denn wegen seiner Frage würde es noch länger dauern, bis sie endlich probieren dürften.

»Was die Herkunft des Silvaners anbelangt, so lag diese lange im Dunkeln«, antwortete Theobald. »Deshalb hat sich im Laufe der Zeit manch eine Legende um diese Rebsorte gebildet.«

»Legenden interessieren mich nicht, sondern nur Fakten. Wo die Traube herkommt, will ich wissen«, stellte der Unsympath klar.

Theobald blieb zuvorkommend: »Das eine lässt sich ohne das andere schwerlich erklären«, sagte er ruhig. »Manche meinen, die Rebsorte sei zunächst in Transsylvanien, also dem heutigen Rumänien, angebaut worden. Andere siedeln sie schon im Römischen Reich an und führen als Beleg dafür den Waldgott Silvanus an, nach dem man die Sorte benannte. Es gibt aber auch Weinkenner, die behaupten, die Silvanertraube sei in einem vorderasiatischen Ort namens Silvan gezüchtet worden.«

»Das sind doch bloß Mutmaßungen«, zeigte sich der Glatzköpfige enttäuscht. »Mit so was kann ich nichts anfangen, ich brauche Fakten.«

»Fakten?« Theobalds Lächeln wurde schmaler. »Wenn Sie es eher mit der Wissenschaft halten, kann ich Ihnen folgende Version anbieten. Önologen, also Experten für Weintechnologien, haben versucht, dem Geheimnis des Silvaners mit modernen, genetischen Analyseverfahren auf die Spur zu kommen. Dabei stellte sich heraus, dass der Silvaner eine Kreuzung aus dem Traminer, der zu einer der ältesten Rebsorten der Welt zählt, und dem sogenannten Österreichisch Weiß ist. Für diese Version spricht, dass der Silvaner in früheren Zeiten auch Österreicher genannt wurde.«

»Ob Silvaner oder Österreicher – am Ende kommt es nicht auf den Namen an, sondern vor allem auf den Geschmack, oder?«, warf ein anderer Kursteilnehmer launig ein.

Theobald ließ sich nicht länger bitten und leitete die Verkostung ein.

Auch Paul wurde großzügig eingeschenkt, und als er den süßlich prickelnden Duft aufschnappte und sich auf den ersten Schluck freute, erlebte er einen jener Glücksmomente, die sich in seinem Leben in letzter Zeit sehr rargemacht hatten.

Zufrieden lehnte er sich zurück und war einmal mehr froh darüber, dass er sich nicht von Jasmin zum Detektivspielen hatte überreden lassen. So sorglos wie dieser Tage hatte er sich lange nicht gefühlt.

Bethany hatte den ganzen Tag lang gut aufgepasst. Noch einmal sollte es nicht passieren, dass man sie heimlich belauschte und beobachtete. Solange sie sich in ihrer Kabine aufhielt, ließ sie das Fenster nur selten aus den Augen. Stets in der Erwartung, dass sich der Fremde erneut zeigen würde. Auch bei dem kurzen Gang an Deck, der sie zum Speisesaal und wieder zurück führte, blieb sie höchst aufmerksam und sondierte ihre Umgebung.

Zwar hielt sich noch immer Polizei an Bord des Schiffes auf, sodass sie sich einigermaßen behütet fühlen sollte. Doch dieses Sicherheitsgefühl hatte sich bei ihr nicht recht einstellen wollen. Sie setzte keine besonders großen Stücke auf die Ordnungshüter anderer Länder, die wahrscheinlich eher Verwarnungen aussprachen als von ihren Schusswaffen Gebrauch zu machen.

Zum x-ten Mal an diesem Tag kontrollierte sie die Zimmertür und die zum Balkon. Beide waren verriegelt, sodass der Mann keine Chance hatte, hineinzugelangen. Es sei denn, er würde eine der Türen aufbrechen, was allerdings eine Menge Aufmerksamkeit erregen würde. Jemand würde den damit verbundenen Lärm hören und Bethany zu Hilfe eilen. In dieser Hinsicht konnte sie also beruhigt sein.

Wieder lugte sie aus dem Fenster und suchte das Ufer nach ihrem unheimlichen Beobachter ab. Doch er ließ sich nicht blicken. War das ein gutes oder ein schlechtes Zeichen?

Seit ihr unheimlicher Beobachter das letzte Mal aufgetaucht war und sich dabei beinahe von Kommissarin Stahl hätte erwischen lassen, war ein ganzer Tag verstrichen. Hielt er sich also inzwischen nicht mehr in der Nähe auf? War er abgereist und ließ sie fortan in Frieden? Oder aber lauerte er nach wie vor irgendwo dort draußen und wartete auf seine Gelegenheit? Auf den rechten Moment, in dem er sich Bethany nähern konnte und sie ihm schutzlos ausgeliefert wäre?

Ihr fröstelte bei diesem Gedanken, und sie rang mit sich, ob sie das Angebot der Kommissarin nicht annehmen und sie anrufen sollte. Denn vielleicht würde ihr die Polizistin ja doch helfen können ...

Bethany straffte die Schultern und beschloss, die Selbstzweifel zu vertreiben. Sie war stark genug, um die Zeit bis zu ihrem baldigen Abflug durchzuhalten und Gefahren aus dem Weg zu gehen. Je mehr sie an sich selbst glaubte, desto mehr kehrte der Optimismus zurück. Dieser wurde umso größer, als sie beobachtete, wie die Mannschaft die Abfahrt des Schiffes vorbereitete: Die Taue wurden gelöst, das sonore Brummen der Dieselmotoren versetzte den Kabinenboden in ein leichtes Zittern.

Nun würde es gleich losgehen, dachte sich Bethany und fühlte, wie die Angst von ihr abfiel. Sie ging davon aus, dass der Mörder ihres Mannes momentan nicht an Bord war. Zumindest hatte sie niemanden gesehen, der dem Mann vom Balkon ähnlich sah. Und während der Fahrt würde der Fremde nicht so leicht an sie herankommen. Das beruhigte sie.

Bloß vor der Einsamkeit der Nacht, die schon bald anbrechen würde, fürchtete sie sich sehr.

Seine ersten Erfahrungen mit dem Klosterleben hatte Paul nun gesammelt, als er sich am Abend in seine Kammer zurückzog: Er hatte – neben der lehrreichen Weinverkostung – der Neugierde halber an einer Gebetsrunde teilgenommen und dabei den Abt kennengelernt: ein stattlicher Ein-Meter-Neunzig-Mann mit weißem Haarkranz, ebenso weißen, buschigen Augenbrauen und einer Stimme, die die Kapelle mühelos bis in den letzten Winkel beschallen konnte. Auch einen Eindruck von der Qualität der Klosterküche konnte Paul gewinnen, und er hatte schon nach seiner ersten Mahlzeit begriffen, dass er in diesem Punkt mit den Klosterregeln würde brechen müssen. Sollte er sich die nächsten zwei Wochen ausschließlich von der klösterlichen Kost ernähren, wäre er am Ende seines Aufenthalts verhungert, so viel stand fest. Daher nahm er sich vor, sich hin und wieder eine Auszeit von seiner Auszeit zu gönnen und in einem der netten Weinlokale in der Umgebung einzukehren.

Während er auf der harten Pritsche seines Bettes lag und den Blick gedankenverloren durchs Halbdunkel des Zimmers gleiten ließ, überfiel ihn ein Gefühl von Wehmut, als ihm die Abendessen mit Katinka in den Sinn kamen. Da sie tagsüber viel zu tun hatte, war ihr gemeinsames Speisen oft die einzige Gelegenheit, miteinander ins Gespräch zu kommen. Deshalb war ihnen die abendliche Zweisamkeit besonders wichtig. Sie nahmen sich Zeit dafür und zelebrierten das Kochen und Genießen zu zweit in ihrer Wohnküche. Damit war es vorerst vorbei. Seit dem Rauswurf aus ihrer Wohnung hatte es weder ein Frühstück noch eine gemeinsame Mittagspause und schon gar kein Abendessen in trauter Zweisamkeit mehr gegeben. Das fehlte ihm sehr – wie vieles andere auch, das die Zeit an Katinkas Seite für ihn so angenehm, erfüllend und wichtig gemacht hatte.

Paul lauschte in die Stille, die dank der abschirmenden Wirkung der dicken Mauern so tief war, dass nicht der geringste Laut bis zu ihm durchdrang. Dieser Umstand brachte es mit sich, dass nichts und niemand einen ablenkenden Einfluss auf die innere Einkehr haben konnte. Das mochte ein Vorteil sein, überlegte Paul, doch konnte es sich auch zu einem Nachteil auswachsen. Jetzt zum Beispiel, da sich Paul mit seiner Traurigkeit über das vorläufige Ende seiner Beziehung mit Katinka alleingelassen fühlte und weder das Brummen eines vorbeifahrenden Autos noch Kinderkichern aus dem Nachbarhaus oder das Miauen einer Katze im Garten für Ablenkung sorgen und ihn auf andere Gedanken bringen konnten. Die undurchdringliche Stille, die karge Einrichtung des Zimmers und das gedämpfte Licht entfalteten ihre Wirkung und zwangen Paul dazu, sich mit seinen ureigensten Problemen auseinanderzusetzen.

Hannes Fink hatte recht gehabt: An diesem Ort, umgeben von uralten Klostermauern, würde er sich seinen inneren Dämonen stellen müssen, ohne eine Möglichkeit zu haben, die Flucht in der Zerstreuung zu suchen. Es gab keinen Ausweg, es sei denn, Paul würde seinen Aufenthalt mit sofortiger Wirkung abbrechen und abfahren. Doch das wäre feige und er würde sich weiter im Kreis drehen. Zu Hause warteten ja nur die hinlänglich bekannten Fragen auf ihn – und ebenso die Einsamkeit.

Während er über sich und die Ungerechtigkeit der Welt nachsann und nach Wegen aus seiner persönlichen Krise suchte, wurde er auf ein Geräusch aufmerksam. Ganz so totenstill wie zunächst angenommen war es hier also doch nicht, dachte er und spitzte die Ohren. Was er hörte, war eine Art leises Tapsen. Nein, kein Tapsen, zumindest nicht das eines Tieres. Wie er nun erkannte, handelte es sich um Schritte. Da ging jemand durchs Treppenhaus. Oder täuschte er sich?

Paul hörte genau hin. Jetzt war es eindeutig: Sohlen auf dem Steinfußboden draußen im Flur. Gleichmäßig, ohne Überschwang und Hast. Jemand, der Zeit hatte und doch genau wusste, wohin er wollte. Etwa zu ihm? Um diese Uhrzeit? Ob Bruder Theobald ihn aufsuchen wollte? Aber warum? Hatte der Mönch ihm noch etwas zu sagen?

Vielleicht handelte es sich auch bloß um einen der anderen Klostergäste, der auf dem Weg in seine Kammer war, überlegte Paul und blieb auf seiner Matratze liegen. Mit der Konzentration auf seine innere Stimme war es nun allerdings vorbei, denn unwillkürlich lauschte er weiter den Schritten.

Für die Spanne eines Gedankens hoffte Paul, dass der Besuch einem der anderen Zimmer gelten sollte. Er wollte nicht, dass ihn heute noch jemand störte. Die Hoffnung schwand, so schnell sie gekommen war. Die Schritte wurden lauter und kamen näher, ohne zu verhalten.

Nur noch wenige Meter bis zu seiner Tür, schätzte Paul und fragte sich: Hatte er abgeschlossen? Nein, daran hatte er nicht gedacht. Warum auch? Was sollte schon passieren in einem Kloster?

Die Schritte hallten von der hohen Decke des Gangs wider. Gleich müssten sie sein Zimmer erreicht haben, spekulierte Paul und wartete darauf, dass der Unbekannte vorbeiging, um doch noch in irgendeinem Raum am Ende des Flurs zu verschwinden.

Doch das tat er nicht. Gerade als die Schritte am deutlichsten zu hören waren, setzten sie plötzlich aus. Der Besucher musste direkt vor Pauls Tür stehen geblieben sein. Also doch Theobald, nahm Paul an und richtete sich auf seiner Pritsche auf. Der Mönch würde sicher nur etwas mitzuteilen haben und nicht lange bleiben.

Paul rechnete mit einem Klopfen oder Rufen. Aber nichts geschah.

Er spürte, wie sich sein Körper anspannte. Irgendetwas stimmte hier nicht, dachte er.

Einige lange Sekunden blieb es still. Dann vernahm er ein leises Quietschen, so als würde jemand am Türknopf drehen. Paul war drauf und dran aufzustehen und nachzusehen, was los war. Doch er witterte Gefahr und blieb auf der Lauer.

Es folgte ein weiteres Quietschen. Das Scharnier der sich öffnenden Tür? Paul konnte es nicht mit Sicherheit sagen. Denn im Zimmer war es zu dunkel, und ein als Windfang dienender Vorhang verhinderte den Blick auf den Eingang.

Pauls innere Anspannung wuchs. Ganz genau sah er hin und konzentrierte sich auf den schweren, dunklen Stoff des Vorhangs, der leise zu schwanken begann. Pauls Hals wurde trocken, seine Fäuste ballten sich wie von selbst. Er fühlte, wie die Unruhe von ihm Besitz ergriff. Nun stand er auf, bereit sich zu wehren. Er sah sich in dem schmalen Raum um. Sein Blick fiel auf einen Briefbeschwerer auf dem kleinen Schreibtisch am Fenster. Das Metall kühlte seine Handfläche und beruhigte ihn wie ein Freund, der einem Mut macht.

Der Unbekannte war jetzt ganz nah. Paul hörte seine Schritte unmittelbar hinter dem Windfang. Was tat er da? Was wollte er von ihm?

Paul atmete flach und lautlos. Er war jetzt hellwach. Jederzeit bereit, den Briefbeschwerer für seine Verteidigung einzusetzen.

Dann ging das Licht an.

Jasmin besuchte das Sportzentrum an der Leyher Straße, weil sie ihr Hobby hier – fast wie im Urlaub – auf Sand praktizieren konnte. Beachvolleyball ging deutlich mehr in die Beine als die Hallenbodenvariante und kam ihrer Kondition zugute. Außerdem verstand sie sich prima mit den anderen Spielerinnen und Spielern, eine bunt gemischte Gruppe aus älteren und jüngeren Freizeitsportlern, die sich mehr oder weniger regelmäßig trafen.

Erschöpft ließ sie sich in einer Spielpause auf eine Bank fallen und zog eine große Wasserflasche aus ihrer Trainingstasche. Dabei wurde sie auf ihr Handy aufmerksam, das brummend vibrierte. Jasmin schielte auf die Nummer und ordnete sie ihrem Assistenten zu. Was Schlelein wohl um diese Uhrzeit von ihr wollte? Es war nach halb zehn. Eigentlich hatte sie ja längst Feierabend und wenig Lust, ihren Sport zu unterbrechen. Aber natürlich überwog ihr Pflichtgefühl. Immerhin steckten sie mitten in einer Mordermittlung.

»Yes?«, meldete sie sich flapsig.

»Chefin, sind Sie das?«, vergewisserte sich der leicht verunsichert klingende Schlelein.

Chefin – wie sie dieses Wort hasste! »Was gibt es?«, fragte sie ungehalten.

»Sie hatten mich beauftragt, mehr über den Elvis-Imitator in Erfahrung zu bringen. Seine Agentur zu kontaktieren und seine Daten zu checken.«

Ja, das hatte sie, doch war sie davon ausgegangen, dass Schlelein das erst morgen erledigen würde. Denn sie hatte nicht damit gerechnet, dass er so bald jemanden bei der Künstlervermittlung erreichen würde.

Schlelein überraschte sie in weiteres Mal mit seinem Eifer – und mit einem handfesten Ermittlungserfolg: »Von der Reederei habe ich den Namen der Agentur erhalten, mit der die Schiffseigner schon seit vielen Jahren zusammenarbeiten. Auch bei der Agentur habe ich jemanden an die Strippe bekommen – gerade noch rechtzeitig, denn die wollten schließen, als ich anrief.« Wie Schlelein erläuterte, habe die Agentur mit nur wenigen Informationen über den Künstler aufwarten können, da er nicht zum Stammpersonal zähle. »Immerhin konnten sie mir die persönlichen

Daten nennen. Zumindest die, die auf seiner Karteikarte notiert waren. Der bürgerliche Name wurde uns bestätigt: Elvis heißt im wahren Leben Klaus Baumann, wohnhaft in Eisenach.«

»Hat Herr Baumann auf seiner Künstlerkarte eine Telefonnummer angegeben?«

»Ja, eine Nummer für ein Handy. Allerdings eines ohne Vertragsbindung. Ich tippe auf eine Prepaid-Karte, die mittlerweile entsorgt worden ist. Jedenfalls ist der Anschluss tot.«

»Okay«, sagte Jasmin. »Gut gemacht. Wissen wir, wie dieser Klaus Baumann unterwegs ist? Irgendwie muss er ja vom Hafen weggekommen sein.«

»Bei der Taxizentrale habe ich nachgefragt. Die haben einige Fahrer genannt, die am Hafen im Einsatz waren. Bei den meisten Touren waren Amerikaner an Bord, die sich die Stadt ansehen wollten. Eine Sammeltaxe wurde von einer Gruppe Besatzungsmitglieder geordert.«

»Und? War unser Mann dabei?«

»Nein, Fehlanzeige.«

»Schade, dann kommen wir auf diesem Wege nicht weiter.«

»Das würde ich so nicht sagen. Ein anderer Chauffeur glaubt, sich an den Fahrgast, den wir suchen, zu erinnern. Besagter Kunde hatte – im Gegensatz zu den Tagestouristen und den Crew-Mitgliedern – einen großen Koffer dabei, woraus sich schließen lässt, dass er die Bootsfahrt nicht fortsetzen wird. Daher ist anzunehmen, dass es sich um Elvis alias Klaus Baumann gehandelt hat. Allerdings war das erst gestern Nachmittag und damit deutlich später, als Baumann von Bord ausgecheckt hatte. Er muss sich also noch eine ganze Weile in der Nähe des Schiffes aufgehalten haben.«

»Mmh. Das muss nicht unbedingt ein Ausschlusskriterium sein. Im Gegenteil: Es belegt, dass es wirklich Baumann gewesen sein kann, den ich beim Ausspähen von Bethanys Kabine überrascht habe. Zeitlich käme es genau hin.« Jasmin war überaus zufrieden mit den neuen Erkenntnissen und erkundigte sich: »Ist bekannt, wo Baumanns Taxifahrt hinging?«

»Ja, laut den Angaben des Fahrers zu einer Autovermietung in der City. Ich habe Name und Adresse vorliegen.«

»Fleißig, fleißig, Herr Kollege. Dann haben Sie sicher auch schon Baumanns personenbezogene Daten in den Computer eingegeben.«

»Ja, alles unauffällig. Auch das polizeiliche Führungszeugnis ist ohne Einträge.«

»Wir bleiben trotzdem am Ball, denn das stillgelegte Handy ist mehr als verdächtig«, entschied Jasmin und sah zu ihren Mitspielern hinüber, die weitermachen wollten.

»Gern. Was soll ich als Nächstes tun? Der Autovermieter hat leider schon geschlossen.«

»Was Sie tun sollen? Nach Hause gehen! Morgen ist auch noch ein Tag.«

Jasmin fühlte sich verpflichtet, ihren jungen Mitarbeiter vor weiteren Überstunden zu bewahren. Immerhin hatte sie als seine Vorgesetzte ja eine Fürsorgepflicht. Dennoch spürte sie ein erwartungsvolles Kribbeln in sich aufsteigen, als sie über Alleinunterhalter Baumann nachdachte. Sein unauffälliger Lebenswandel konnte bedeuten, dass er nichts mit dem Fall zu tun hatte – andererseits konnte er genauso gut eine Ablenkung von der wahren Profession dieses Mannes sein. Eine Tarnung, eine Täuschung. Ganz ähnlich wie sein Auftreten als Elvis Presley.

Geblendet von der aufflammenden Deckenleuchte hielt sich Paul die Hand vor die Augen. Als er sie wieder heruntemahm und in die plötzliche Helligkeit zwinkerte, erkannte er die Silhouette eines kräftig gebauten Mannes vor der Tür. Dieser hatte den Windfang beiseitegeschoben, seine andere Hand lag noch über dem Lichtschalter.

»Wer ... wer sind Sie?« Paul wurde bewusst, dass er noch immer den Briefbeschwerer umklammerte.

»Oh, es tut mir leid, wenn ich Sie erschreckt habe.«

Der Mann kam näher. Er war etwas kleiner als Paul, hatte ein rundes, nichtssagendes Gesicht und zurückgehendes dunkelblondes Haar. Paul schätzte ihn auf Anfang bis Mitte vierzig. Der Mann trug Freizeitkleidung und wirkte alles in allem nicht wie ein Einbrecher. Obwohl sich Paul nicht sicher war, wie denn ein Einbrecher eigentlich auszusehen hatte.

»Balder«, stellte sich der Mann vor und streckte Paul seine Hand entgegen. »Carsten Balder. Ich bin Ihr Mitbewohner. Wir teilen uns diese Kammer.«

Paul legte den Briefbeschwerer beiseite und schlug ein. Sein Lächeln geriet dabei ziemlich bemüht, denn er kam sich albern vor, dermaßen hasenfüßig auf den unerwarteten Besucher reagiert zu haben. »Paul Flemming ist mein Name. Theobald sagte mir, dass Sie heute anreisen wollten. Aber um diese Zeit hatte ich nicht mehr mit Ihnen gerechnet.«

Balder hob seine Schultern. »Ja, eigentlich wollte ich viel früher da sein, aber die Fahrt hierher war die Hölle. Ein Stau nach dem nächsten.«

»Na dann: Herzlich willkommen!« Paul trat einen Schritt zur Seite, damit sich der Neuankömmling in dem Raum umsehen konnte. Doch dem reichte ein flüchtiger Blick, um die Ecke mit seiner Schlafgelegenheit und den schmalbrüstigen Kleiderschrank direkt daneben zu entdecken.

»Bad und WC sind …«, setzte Paul an, wurde aber von Balder unterbrochen.

»… am Ende des Flurs«, setzte dieser den Satz fort und erklärte mit einem wissenden Lächeln: »Ich kenne mich aus. Das ist nicht mein erster Aufenthalt hier. Ich komme immer mal wieder vorbei, wenn ich meine, dass ich es nötig habe.«

»Damit haben Sie mir einiges voraus«, meinte Paul.

»Womit? Damit, dass ich es nötig habe?« Balder lachte über seine kleine Wortspielerei. »Nein, im Ernst: Ich kann das Jakobus-Kloster wärmstens empfehlen. Ein wahrer Tempel der Ruhe und Besinnung.«

»Hoffentlich wird es nicht zu ruhig«, äußerte Paul seine Bedenken. Denn inzwischen war er ganz froh, dass er die Abgeschiedenheit seiner Kammer nicht mehr mutterseelenallein ertragen musste.

»Meinen Sie ruhig im Sinne von langweilig?«, erkundigte sich Balder. »Keine Bange, der erste Eindruck täuscht. Selbst an einem so heiligen Ort wie diesem gibt es nicht nur fromme Sprüche und Bußfertigkeit. Die Mönche sind lebenslustige Gesellen. Sie sollten mal die gemeinsamen Weinproben im Refektorium erleben, oder sind Sie schon in den Genuss gekommen?«

»Ja, einen kleinen Vorgeschmack habe ich bereits bei Bruder Theobald bekommen.«

»Ein wahres Highlight ist es, wenn der Abt persönlich zur Verkostung einer neuen Charge Kerner, Bacchus oder Scheurebe bittet. Dann tauchen plötzlich alle auf, ein Kuttenträger nach dem anderen. Zuerst stehen sie etwas schüchtern am Rande und lassen den Gästen den Vortritt. Bevor sie selbst trinken, singen sie, mehrstimmig und melancholisch. Vor jedem Glas stimmen sie den Gesang aufs Neue an und werden dabei immer inbrünstiger. Auch die Trinksprüche von Bruder Theobald wachsen sich spätestens nach dem dritten Glas in epische Breiten aus. Da bekommt man einen Eindruck, wie seine Osterepisteln aussehen könnten. Und am Ende gibt es meistens weißen Traubenschnaps.«

»Die Weinverkostung, die ich besucht habe, lief weitaus braver ab. Doch es hört sich wirklich vielversprechend an, was Sie erzählen«, fand Paul, der den Schrecken über Balders überraschendes Auftauchen nun vollends überwunden hatte.

»Es hört sich nicht nur gut an, sondern ist es auch!«, meinte Balder voller Überschwang. »Nur an der Klosterküche müssten sie noch arbeiten. Die ist – gelinde gesagt – unter aller Kanone. Aber auch das ist kein Problem, wenn man sich in der Gegend auskennt und weiß, wo die guten Wirtshäuser liegen.«

»Aber ist es nicht Sinn der Sache, im Kloster zu bleiben, um die Welt da draußen für ein paar Tage hinter sich zu lassen?«, wandte Paul ein, obwohl er ja schon selbst mit einem Ausbruch geliebäugelt hatte.

Balder winkte ab. »Ach was!« Er zog einen großen Rollkoffer in seine Schlafnische, behielt aber seine Jacke an. »Sobald die Nachtruhe anbricht, kräht kein Hahn mehr nach den Klosterregeln. Man kann sich für ein paar Stunden davonstehlen, ohne dass es jemandem auffällt.« Seine Augen leuchteten, als er vorschlug: »Sie haben heute sicher auch noch nichts Vernünftiges zwischen die Rippen bekommen. Was halten Sie von einer kleinen Spritztour? Ich kenne einen Gasthof ganz in der Nähe, der auch nach neun warme Küche hat – eine echte Ausnahme in Franken.« Im gleichen Atemzug hielt er Paul erneut seine Hand entgegen und sagte. »Ich bin übrigens der Carsten. Und ich darf dich Paul nennen, ja?«

Pauls neuer Duzfreund hatte nicht übertrieben: Als sie keine halbe Stunde später im Gastraum der *Blauen Traube* saßen und sich das Winzermenü schmecken ließen, merkte Paul, wie seine Lebensgeister zurückkehrten und es ihm gelang, seine trüben Gedanken, die ihm zu dem Klosteraufenthalt bewogen hatten, eine Zeit lang zu vergessen.

Wie fürs fränkische Weinland typisch, spielte das Essen fast schon eine untergeordnete Rolle und wurde von der Qualität des flüssigen Goldes in den Schatten gestellt. So genoss Paul, der Biertrinker, zur Vorspeise einen Escherndorfer Lump. Eine hellgelb leuchtende Riesling-Spätlese, deren Aromen ihn an Apfel, Pfirsich und Zitrone denken ließen und die ebenso spritzig wie lebendig schmeckte. Zum Hauptgang mit Geflügel wählte Paul auf Anraten der Wirtin einen Dertinger Mandelberg, ein trockener Schwarzriesling. Für Paul eine Premiere. Neugierig musterte er das Glas und hielt es gegen das Licht. Helles Ziegelrot mit leicht bräunlichem Einschlag ließ auf einen gereiften Wein schließen, der fruchtige Duft von Erdbeeren sprach jedoch für das Gegenteil. Paul kostete: Der Geschmack von reifen Früchten und einem Hauch von Himbeere machten diesen Tropfen zu einem besonders delikaten Trinkgenuss, dem er sich allzu gern hingab.

Er wählte Käse zum Dessert und ließ sich dazu einen Süßholz bringen, eine im Barrique gereifte Trockenbeerenauslese. Paul schnupperte ausgiebig und meinte kandierte Orangen, Honigwaben und Karamell zu erkennen. Schon der erste Schluck war ein einzigartiger Genuss. Sehr süß, aber von Gott geschenkt!

»Du wirkst zufrieden«, stellte Carsten fest, der sich bei seiner Weinauswahl ebenfalls nicht hatte lumpen lassen.

»Bin ich auch«, meinte Paul und freute sich darüber, dass sein zweiter Tag im Kloster einen so angenehmen Ausklang gefunden hatte. Nun war er bereit, sich mehr auf seinen Stubenkameraden einzulassen und erkundigte sich nach dessen Beruf.

»Handelsvertreter«, antwortete Balder. »Büro- und Schreibwaren. Nichts Aufregendes, aber es ernährt seinen Mann.« Nach einem tiefen Blick in sein fast leeres Weinglas sagte er: »Könnte ich noch mal anfangen, würde ich in Medizintechnik machen. Ein Bekannter von mir verkauft Herzschrittmacher und kassiert deutlich über Hunderttausend im Jahr.«

»Familie?«, fragte Paul.

»Geschieden«, entgegnete Balder. »Nach siebzehn mehr oder weniger glücklichen Jahren. Da wir keine Kinder haben, lief es kurz und schmerzlos über die Bühne.« Er sah auf und musterte Paul forschend. »Und was treibst du so?«

»Im Moment herzlich wenig«, antwortete Paul. Er fasste Vertrauen zu dem leutseligen Schreibwarenvertreter und beschloss, ihm sein Herz auszuschütten. Er erzählte ihm von seiner Schaffenskrise als freiberuflicher Fotograf, den Problemen in seiner Ehe und machte auch aus seinem Kummer um die abtrünnige Stieftochter keinen Hehl. Nur die Gründe für den Bruch mit ihr behielt er für sich. Balder erwies sich als aufmerksamer Zuhörer.

Das Reden tat Paul gut. Mehr noch als der exquisite Wein, den er im Laufe dieses fortgeschrittenen Abends im Übermaß genoss.

Die Rote Bar in der Peter-Vischer-Straße, ziemlich stylisch und mit farbenfrohen Kunstwerken gespickt, war bereits die dritte Station an diesem Abend oder vielmehr in dieser

Nacht. Jedes Mal hatte Katinka einen Cocktail bestellt und spürte die Wirkung des Alkohols nur zu deutlich. Auch ihre Freundin Astrid kicherte mehr als sonst.

Trotzdem war ans Nachhausegehen für Katinka nicht zu denken. Allein in der großen Wohnung an der Kleinweidenmühle würde ihr die Decke auf den Kopf fallen. Dort würde sie die Sehnsucht nach Paul heimsuchen und sie womöglich dazu verführen, die selbst auferlegte Funkstille mit ihm zu brechen. Was sie nicht wollte. Denn im Gegensatz zu Hannah mit ihrer wieder erwachten Großherzigkeit hatte Katinka vor, sich treu zu bleiben, konsequent zu sein und ihren Mann schmoren zu lassen. Zumindest noch ein Weilchen.

Natürlich merkte Astrid sehr bald, dass Katinkas Heiterkeit nur aufgesetzt und ihr in Wahrheit überhaupt nicht danach zumute war, bis nach Mitternacht um die Häuser zu ziehen. »Es ist Paul, richtig?«, fragte Astrid und sah Katinka aus ihren forschenden braunen Augen an. »Er will dir nicht aus dem Kopf gehen. Nicht mal für ein paar Stunden, wenn du dich mit deiner Freundin amüsieren willst.«

»Was soll ich sagen ...« Katinka streckte die Waffen. »Allmählich denke ich, dass ich mir mit Pauls Rausschmiss einen Bärendienst erwiesen habe. Ich leide mehr darunter als er. Diese Trennung auf Zeit ist verflucht schwer durchzuhalten.«

»Du leidest mehr als er? Woher willst du das wissen? Vielleicht geht es ihm dabei noch dreckiger als dir.«

»Glaube ich nicht. Dazu ist er zu phlegmatisch. Paul steckt so etwas weg, er ist ein Meister des Verdrängens und der Ablenkung«, sinnierte Katinka mit stumpfem Blick in ihren halb geleerten Caipirinha-Becher.

»Womit sollte er sich denn ablenken?«, erkundigte sich Astrid und mutmaßte: »Etwa mit einer anderen Frau? Traust du ihm das zu?«

»Nein«, antwortete Katinka. »Obwohl – wer weiß ...?«

»Ernsthaft?«, hakte Astrid nach.

Katinka schüttelte energisch den Kopf. »Nein, schon eher mit einem neuen Kriminalfall. Du weißt ja: Pauls altes Laster ist das Detektivspielen. Obwohl er sich etliche Male eine blutige Nase geholt hat, kann er das Schnüffeln nicht lassen.«

»An ihm ist eben ein Kriminalkommissar verloren gegangen«, versuchte es Astrid zurück auf die humorige Schiene zu bringen.

Doch Katinka blieb ernst, als sie sagte: »Im Moment könnten wir einen wie Paul tatsächlich gebrauchen. Du hast gewiss von dem Toten auf dem Kanalschiff gehört.«

»Der ermordete Amerikaner? Aber sicher. Die Zeitungen sind ja voll davon.«

»Was es für meine Branche nicht leichter macht«, gab Katinka ihre Gedanken preis. »Der öffentliche Druck ruft die Politik auf den Plan – und wenn die Ermittlungen stocken, kann diese einem den Job zur Hölle machen.«

»So schlimm?«

»Schlimmer! Da ist ein Senator an Bord, der durch uns seinen Urlaub verdorben sieht. Mittlerweile hat sich die amerikanische Botschaft in Berlin eingeschaltet und zeigt sich wenig begeistert von der deutschen Polizeiarbeit. Das fällt nicht nur der Kripo auf die Füße, sondern auch der Staatsanwaltschaft. Wir stehen gehörig unter Druck. Ich konnte daher gar nicht anders, als das Schiff weiterfahren zu lassen, obwohl der Fall nicht abgeschlossen ist.«

Astrid sog ausgiebig am Strohhalm ihres Drinks, bevor sie fragte: »Arbeitet unsere Polizei denn wirklich so schlampig, wie es die Amis behaupten?«

»Das kann ich nicht bestätigen. Die Meinungen über den leitenden Ermittler Hauptkommissar Schnelleisen mögen geteilt sein. Aber ich stehe voll und ganz hinter seiner These, dass wir es mit einem Fall von Bandenkriminalität zu tun haben, wahrscheinlich gesteuert aus dem Ausland. Ähnlich wie es bei den meisten Wohnungseinbrüchen und Rauben im Nürnberger Raum derzeit der Fall ist, nur dass es sich bei dem Tatort diesmal um ein Schiff handelt.« Resigniert fügte sie hinzu: »Wenn das zutrifft, stehen die Chancen auf eine Aufklärung bei null. Da muss man realistisch sein. Der vorgeschickte Täter ist inzwischen längst zurück in seinem Herkunftsland«, erklärte Katinka.

Was sie nicht sagte, sondern wohlweislich für sich behielt, war ihre heimliche Hoffnung auf einen Ermittlungserfolg von Jasmin Stahl. Sie traute der talentierten Ermittlerin weit mehr zu als deren Vorgesetztem, würde das aber nicht zugeben. Schon gar nicht gegenüber Astrid. Denn ihre Freundin wusste von der Affäre, die sich Paul vor einigen Jahren geleistet hatte, als er Katinkas beruflich bedingte Abwesenheit dazu ausgenutzt hatte, mit Jasmin ins Bett zu springen. Astrid würde es kaum verstehen, dass Katinka nun auf die Rivalin von einst setzte.

Nein, nein, dachte Katinka. Es war besser, darüber zu schweigen und lieber noch einen Cocktail zu bestellen. Sie stöberte in der Getränkekarte und entschied sich spontan für einen Lady Killer.

Donnerstag, 7. September

Jasmin Stahl war – Timo Schlelein sei Dank! – ein ganzes Stück weitergekommen. Schon in aller Frühe hatte sie einige Telefonate erledigt. Über die Autovermietung, bei der Klaus Baumann vom Taxichauffeur abgesetzt worden war, gelangte sie an weitere Daten über den Entertainer und wusste nun, dass er sich für einen VW-Golf entschieden hatte. Den Wagen hatte er am späten Dienstagnachmittag ordnungsgemäß wieder abgegeben, und zwar bei einer Dependance der Autovermietung in Würzburg. Von dort aus sei er in einen Bus gestiegen, wie ihr der Mann aus der Autovermietung sagen konnte. Das habe er genau gesehen, denn die Bushaltestelle liege direkt gegenüber von seinem Schalter.

Das alles konnte wenig bis gar nichts mit ihrem Fall zu tun haben – oder aber auch alles. Dass Baumanns Künstleragentur so rudimentär über ihn Bescheid wusste, bestärkte Jasmin ebenso in ihrem Verdacht gegen Baumann wie die nicht mehr genutzte Mobilfunknummer. Auch die Wahl von Baumanns Transportwegen, für die er sich nach Verlassen des Schiffs entschieden hatte, ließen sie zumindest stutzen: erst ein Taxi, dann ein Mietwagen, anschließend ein Bus. Der häufige Wechsel von Verkehrsmitteln sprach für eine Verschleierungstaktik. Wollte Baumann mögliche Verfolger abschütteln oder sich den Fragen der Polizei entziehen?

Je länger Jasmin darüber nachdachte, desto stimmiger wurde das Bild: Baumann hatte einen Golf als Mietwagen genommen. Durchschnittliche Mittelklasse und somit unauffällig. Eine gute Entscheidung, wenn er sich im Hintergrund halten und Aufsehen vermeiden wollte.

Ebenso unauffällig waren offenbar seine Papiere, die er dabei vorzeigen musste, denn die Autovermietung hatte sie ja akzeptiert. Jasmin zweifelte jedoch daran, dass sie einer genaueren Überprüfung standhalten würden. Denn wenn Klaus Baumann das war, was sie mehr und mehr vermutete, lautete sein wahrer Name ganz anders. Sie hatte es mit einem Berufsverbrecher zu tun. Seine Identität war womöglich eine ebensolche Täuschung wie seine Auftritte als Elvis. Beides hatte unter Umständen einzig und allein dem Zweck gedient, einen Mord zu begehen und unerkannt davonzukommen.

Jasmin, die sich in ihrem Büro eingeigelt hatte und auf die vor ihr liegenden Tatortfotos starrte, versuchte den Abend des Mordes mit Baumann in der Rolle des potenziellen Täters zu rekonstruieren.

Wie könnte er abgelaufen sein?

Sollte Baumann mit Vorsatz gehandelt und einen zuvor erdachten Plan verfolgt haben, so hatte er anfangs sicherlich an seiner Routine festgehalten. Er war nach der letzten Zugabe seiner Elvis-Show von der Bühne abgetreten und hatte sich beim Barpersonal verabschiedet. Anschließend konnte er ohne Hast zu seinem Quartier gehen, wo er höchstwahrscheinlich die Waffe deponiert hatte, um danach die Kabine der Zielperson aufzusuchen. Baumann hatte von der Bühne aus ja beobachten können, wie Bryan Dexter sich von seiner Frau verabschiedet und die Bar verlassen hatte. Daher durfte er davon ausgehen, ihn schlafend im Bett vorzufinden. Tatsächlich hatte er Dexter in seinem Zimmer angetroffen, zwar noch wach, wofür die Auffindesituation der noch voll bekleideten Leiche sprach, aber das machte keinen Unterschied: Dexter kam wahrscheinlich nicht mehr dazu zu schreien, denn bevor er begreifen konnte, was vor sich ging, hatte Baumann bereits abgedrückt. Ein Schalldämpfer absorbierte den Knall der Schüsse. Seine Flucht zurück in sein Quartier hatte er ebenso ruhig und besonnen vollziehen können wie alles andere. Im menschenleeren Flur war er wahrscheinlich keinem potenziellen Zeugen begegnet. Und selbst wenn, hätte er nur freundlich grüßen und so etwas wie »Endlich Feierabend« murmeln müssen. Niemand hätte Verdacht geschöpft, denn Elvis gehörte ja zum Personal.

Ja, dachte Jasmin und spürte eine prickelnde Aufregung in sich aufsteigen. Genauso könnte es sich abgespielt haben. Noch fehlte ihr dafür zwar jeglicher Beleg, und auch an einem Motiv haperte es, doch vieles von ihrer Theorie ließe sich durch eine Vernehmung von Klaus Baumann überprüfen. Also musste es ihr oberstes Ziel sein, ihn aufzuspüren. Dafür allerdings benötigte sie grünes Licht von ihrem Boss.

Zwei Minuten später stand sie in Hauptkommissar Schnelleisens Büro, eines der größten im Polizeipräsidium. Die Wände waren behängt mit gerahmten Fotos, die Schnelleisen beim Shakehands mit dem Polizeipräsidenten, Oberbürgermeister und Innenminister zeigten. Einen weiteren Blickfang bildete der Wimpel, der auf dem Schreibtisch stand: Er trug die fränkischen Farben Weiß und Rot. Sicherheitshalber hatte er das blauweiße Rautenmuster der Bayern danebengestellt. Man konnte ja nie wissen, wer das Büro betrat und in welchen Teil des Freistaats Schnelleisen sein Weg nach oben noch führen würde. Jasmin konnte sich gut vorstellen, dass ihm die Rolle eines Staatssekretärs in München gut gefallen würde.

Kurz und bündig brachte sie ihr Ansinnen vor und legte dar, dass es neben der Raubmordvariante eine weitere Möglichkeit gebe, der man nachgehen sollte.

»Fangen Sie schon wieder damit an?«, fragte Schnelleisen und rollte mit den Augen.

Jasmin ließ sich nicht beirren und berichtete ihm von ihrer aktuellen Spur und den Schlüssen, die sie daraus zog.

»Wollen Sie mir ernsthaft die Story von einem bezahlten Mörder aufbinden?«, fragte Schnelleisen und machte keinen Hehl daraus, dass er das für eine Schnapsidee hielt. Er drückte seinen Zeigefinger auf eine Akte, die am Rand seines Schreibtisches lag. »Das hier ist das Vernehmungsprotokoll von Bethany Dexter«, sagte er. »Von Ihnen höchstpersönlich geschrieben, liege ich da richtig?«

»Ja, aber ...«

»Mit keinem Wort geht daraus hervor, dass die Dexters in kriminellen Kreisen verkehrt haben, in denen es zu so etwas wie einem gekauften Mord kommen kann. War der Tote nicht in der Möbelbranche tätig? Soviel ich weiß, sind Auftragsmorde da nicht gerade an der Tagesordnung.«

»Das nicht, aber ...«

»Auch sonst gibt es nicht den geringsten Hinweis, der diese Spur unterstützt. Es sei denn, die Witwe hat Ihnen inzwischen gestanden, die tödlichen Schüsse selbst beauftragt zu haben, um früher an ihr Erbe zu kommen.«

»Doch, es gibt Hinweise!«, ging Jasmin dazwischen und bemühte sich, Baumanns Verhalten als möglichst verdächtig darzustellen.

Schnelleisen hörte ihr zu, ließ sich von der Aufzählung der schwachen Indizien jedoch nicht überzeugen. »Das bringt uns nicht weiter, Kollegin«, sagte er schroff. »Ihr Wissen über diesen Baumann ist schlichtweg zu lückenhaft, um irgendjemandem weismachen zu können, er würde sein Geld mit dem Umbringen von Menschen verdienen.«

Diese Abfuhr spornte Jasmin erst recht an. Mutig schlug sie vor, diese Lücken schnellstmöglich zu schließen, und knüpfte ihre Bitte an, die Ermittlungen auf den Raum Würzburg ausdehnen zu dürfen.

Schnelleisen fletschte seine nikotingelben Zähne, als er von ihren Reiseplänen erfuhr. »Ist das die Auffassung der gesamten Soko? Unterstützen die anderen Ihren abenteuerlichen Verdacht?«, wollte er wissen.

»Ich bin noch nicht dazu gekommen, mich mit den Kollegen abzustimmen«, räumte Jasmin ein.

Schnelleisen neigte den Kopf. »Sie werden Ihre liebe Not damit haben, das Team von Ihrer Idee zu überzeugen, zumal ich – wie gesagt – kein Motiv für einen Auftragsmord erkennen kann. Davon abgesehen ist dieser Herr Baumann gründlich kontrolliert worden, als er von Bord ging. Er trug bekanntlich keine Waffe bei sich.«

»Weil er sie längst über Bord geworfen hatte, ebenso wie das Diebesgut, das er zum Schein eingesteckt hatte«, gab sich Jasmin selbstbewusst. »Und das Motiv wird sich früher oder später finden, davon bin ich überzeugt.«

Schnelleisen schüttelte betont langsam den Kopf. »Frau Stahl, Frau Stahl, Sie haben noch viel Arbeit vor sich, wenn Sie diesen Verdacht erhärten wollen, denn die Söldnergeschichte ist sehr dünn. Ist Ihnen bewusst, wie gering die Chancen sind, dass wir es ausgerechnet bei uns in Nürnberg mit einem professionellen Killer zu tun bekommen?«

»Die Statistik mag dagegen sprechen, aber darf man es deshalb ausschließen?«, fragte Jasmin herausfordernd.

»Das nicht. Aber kennen Sie den Background? Neunzig Prozent solcher Taten werden von Laien begangen, die schnelles Geld brauchen. Bekannt ist, dass man beispielsweise in Bulgarien ab zweitausendfünfhundert Euro Bereitwillige auftut, um hierzulande jemanden aus dem Weg räumen zu lassen. Diese Leute morden schnell, meist brutal und ohne große Vorbereitung. Auftraggeber ebenso wie Opfer finden sich zumeist in der Drogenszene, im Rotlichtmilieu oder bei Waffenhändlern. Nicht aber im Möbelgewerbe.«

»Was nicht heißt, dass ...«, setzte Jasmin an.

Doch ihr Chef hob seine Hand und schnitt ihr das Wort ab. »Bezahlte Morde ereignen sich bevorzugt in Berlin, Hamburg oder im Ruhrpott. Aber bei uns? Nein! Noch dazu ist Klaus Baumann kein Bulgare, oder?« Er fuhr mit seiner Handkante über die Schreibtischplatte, als wollte er Jasmins Ideen einfach hinwegfegen. »Ihre Theorie ist auf Vermutungen begründet und sonst auf gar nichts.«

Jasmin war fest entschlossen, ihren Chef zu überzeugen. Sie sah ihn scharf an und fragte: »Was ist denn mit den restlichen zehn Prozent?«

»Wie? Was?« Schnelleisen wirkte begriffsstutzig.

»Sie haben aufgezählt, was für Menschen das Gros der käuflichen Killer stellt. Gescheiterte Existenzen, die wahrscheinlich über den Umweg der Kleinkriminalität zu gedungenen Mördern wurden. Skrupellose Personen, die für das schnelle Geld töten. Nicht genannt haben Sie die Minderheit der *echten* Profis. Was ist mit denen, die das Morden zum Beruf gemacht und perfektioniert haben?«

»Sie meinen die Phantome?« Schnelleisen schluckte deutlich hörbar. »Das sind Pendler zwischen den Welten. Oft ehemalige Legionäre, die das Töten dutzendfach geprobt haben. Menschen, die ihre Identität wechseln wie andere ihre Garderobe. Sie machen alles und scheuen vor nichts zurück, wenn der Preis stimmt.« Er stand auf, drehte sich um und stützte sich auf einem Fensterbrett ab. »Ich kann nur hoffen, dass Sie sich täuschen. Dass Klaus Baumann keines dieser Phantome ist. Denn mit Leuten dieses Kalibers bekommt man es besser nicht zu tun.«

Jasmin stellte befriedigt fest, dass es ihr gelungen war, ihren sturköpfigen Chef ins Grübeln zu bringen. Sie nutzte diese Schwäche und sagte: »Über mögliche Gefahren bin ich mir im Klaren. Sie lassen mich also in dieser Richtung ermitteln?«

Schnelleisen rang mit sich selbst, bevor er sich zu einem Nicken hinreißen ließ.

»Sie möchte waaas?« Katinka meinte nicht richtig gehört zu haben, als Winfried Schnelleisen seinen umständlich vorgebrachten Monolog beendet hatte. Ungläubig betrachtete sie den Telefonhörer in ihrer Hand und winkte ihre Assistentin, die ihr gerade eine Tasse Tee bringen wollte, mit gereizter Geste aus dem Büro. »Habe ich das richtig verstanden, Herr Hauptkommissar? Sie erbitten Rückendeckung durch mich? Grünes Licht für die Entsendung einer Ermittlerin, um eine alles in allem als vage zu bezeichnende Spur in Unterfranken zu verfolgen? Ich dachte, Einzelgänger gebe es nur im Roman oder Film. Polizeiarbeit ist Teamarbeit, oder habe ich da eine aktuelle Entwicklung hin zum Individualismus verpasst?«

Ihr Gesprächspartner am anderen Ende der Leitung druckste herum. »Die Spur ist zugegebenermaßen nicht sehr stark«, räumte der Kripochef ein. »Nichts, wofür ich großartige personelle Ressourcen vergeben könnte.«

»Dennoch wollen Sie eine Beamtin dafür abstellen«, hielt Katinka fest und fügte mit gewissem Unbehagen hinzu: »Wir sprechen hier von Oberkommissarin Stahl, richtig?«

»Das trifft zu«, bestätigte Schnelleisen. »Es war ihre eigene und ausdrückliche Bitte, sie für einige Tage von der Leitung der Soko zu entbinden, damit sie auf eigene Faust in Würzburg ermitteln kann.«

»Frau Stahl ist Ihre Mitarbeiterin. Im Umkehrschluss heißt das, dass Sie ihr disziplinarischer Vorgesetzter sind«, sagte Katinka so sachlich wie möglich. »Es steht Ihnen frei, Ihre Leute so einzusetzen, wie es aus Ihrer Sicht am zielführendsten ist. Warum also bemühen Sie die Staatsanwaltschaft?«

Die Antwort hätte sie sich ebenso gut selbst geben können, dachte Katinka. Sie lautete: weil Schnelleisen die Verantwortung davor scheute, außerhalb seines eigenen Zuständigkeitsbereichs ermitteln zu lassen. Ginge es schief, könnte er immer noch mit dem Finger auf Katinka zeigen und behaupten, sie habe Jasmins Einsatz ja ausdrücklich gebilligt.

Was er wirklich sagte, hörte sich etwas anders an: »Ich halte es für wichtig, dass Sie in diesem Fall über jeden unserer Schritte informiert sind, Frau Blohm. Daher mein Gesuch um Ihre Zustimmung.«

Katinka wog das Für und Wider ab, den Hauptkommissar in dieser Maßnahme zu unterstützen. Das Risiko erschien ihr überschaubar zu sein: Fürs Erste dürften ein paar Tage in Unterfranken ausreichen, während die restlichen Mitglieder der Sonderkommission ihre Ermittlungen von Nürnberg aus fortsetzen konnten. Es wäre daher durchaus vertretbar, Schnelleisen in seinem Anliegen zu bestärken. Allerdings hatte sie noch ein paar inhaltliche Fragen.

»Sie ziehen also in Erwägung, dass wir es mit einem Auftragsmörder zu tun haben? Einem Profikiller?«, klopfte sie Schnelleisens Meinung ab.

»Nicht ich, sondern die Kollegin Stahl«, betonte der Hauptkommissar den entscheidenden Unterschied.

Damit distanzierte er sich von der gewagten Theorie, ohne sie vollends zu verwerfen, dachte Katinka und fragte:

»Was veranlasst Frau Stahl zu der Annahme, dass es sich um einen Profi handelt?«

Der Hauptkommissar legte ihr alle bisher bekannten Hintergründe dar. »Habe ich also Ihr Okay?«, fragte er um Absicherung seiner nächsten Schritte bemüht.

Katinka traute es Jasmin zu, den Sachverhalt schnell zu klären. Einen Versuch war es also wert. »Na schön«, stimmte sie zu. »Schicken Sie Frau Stahl auf die Reise. Das heißt aber nicht, dass der Rest der Truppe die Hände in den Schoß legen darf. Sind wir uns da einig?«

»Voll und ganz«, versicherte der Hauptkommissar unterwürfig.

Nachdem Katinka aufgelegt hatte, fühlte sie sich in ihrer schon lange gefassten Meinung bestätigt: Schnelleisen war ein verantwortungsscheuer Karrierist, der nur auf seinen eigenen Vorteil bedacht war, ohne jemals selbst den Kopf für etwas hinzuhalten. Sie konnte ihn nicht leiden.

»Nett, dass Sie mit anpacken!« Bruder Theobald, dem der Schweiß auf der Stirn stand, nickte Paul dankbar zu.

»Mache ich gern. Außerdem habe ich im Moment sowieso nichts Besseres vor«, sagte er augenzwinkernd und hob eine der Kisten an, mit denen sich der Mönch abplagte. Paul war froh, etwas zu tun zu bekommen, denn das lenkte ihn von seinen Kopfschmerzen ab – Tribut an das ausgiebige Zechen vom Vorabend. »Ehrlich gesagt kommt mir eine Unterbrechung der Langeweile gerade recht.«

»Verwechseln Sie Langeweile nicht mit Muße. Denn deshalb sind Sie ja hier: Um neue Kraft aus der Ruhe zu ziehen«, belehrte ihn der Mönch.

Sie standen am Sockel einer steilen Treppe, deren ausgetretene Stufen zu einer Flügeltür aus dunkler Eiche hinabführten: der Eingang zum klostereigenen Weinkeller, wie Paul bereits wusste. Bei einem morgendlichen Rundgang über den Klosterhof war Paul auf Theobald aufmerksam geworden und hatte beobachtet, wie sich der Geistliche mit Kartons voller Weinflaschen abmühte. Also bot er kurzerhand an, ihm beim Schleppen zu helfen.

»Die dürften ja fürs Erste reichen«, meinte Paul mit Blick auf die vielen Kartons.

»Von wegen!«, entgegnete Theobald. »Unsere Gäste haben Durst – und das Personal ebenso. Diese Charge langt nicht mal bis zum Wochenende. Unser Aushilfskoch hat zu wenig bestellt«, sagte er schulterzuckend. »Kennt sich eben noch nicht aus mit unserer Vorratslogistik. Und einen eigenen Kellermeister können wir uns nicht leisten.«

Das Gewölbe, kärglich beleuchtet von einigen schwachen Glühbirnen an der feucht glänzenden Decke, wurde von drei schulterhohen Holzfässern dominiert. Reiner Zierrat, wie Theobald erklärte. Wein lagere heute nur noch abgefüllt in Flaschen, die sich ein Wandregal mit anderen Getränken und Einmachgläsern teilen mussten.

Nachdem sie ihre Arbeit getan und den neuen Wein verstaut hatten, zog es Paul doch noch mal zu den drei stattlichen Fässern, ein jedes von armdicken Blechkränzen umfasst. Wie an ihrer Gebrauchspatina abzulesen war, hatten sie nicht immer als bloße Dekoration gedient. Paul legte seine Hand mit einer gewissen Ehrfurcht auf das stark nachgedunkelte Holz. »Wann wurden die Fässer das letzte Mal befüllt?«

Theobald stellte sich an seine Seite und kräuselte die Stirn. »Es muss an die vierhundert Jahre her sein, genauer kann das heute keiner sagen. Wohl aber, warum man aufgehört hat, sie zu nutzen.« Paul erfuhr, dass die Fässer einst gezimmert worden waren, um daraus regelmäßig den

Mundsold für Theobalds Ahnen im Mönchsgewerbe ausgeben zu können. »Zweieinhalb Liter Deputatwein pro Tag und Person, angeliefert von den umliegenden Winzern.«

»Keine schlechte Tagesration«, meinte Paul anerkennend. »Und weshalb hat man damit aufgehört? Ist den Mönchen der Durst vergangen?«

»Natürlich nicht, aber der Küfer hatte sich beim Anfertigen der Fässer etwas zu viel Mühe gegeben. Die Behälter sehen nicht nur prächtig aus, sondern verleihen jedem Wein durch die Wechselwirkung mit dem Holz ein ganz besonderes Bukett.«

»Das ist doch nichts Schlechtes.«

»Aus damaliger Sicht war es aber verdächtig. Gerüchte gingen um, dass der Küfer mit dem Teufel im Bund gewesen sein musste, um eine solche Perfektion erreichen zu können. Der ›Beweis‹ wurde geliefert, als der arme Mann eine Treppe hinunterstürzte und sich das Genick brach: Es hieß, der Höllenfürst habe ihn gestoßen, um sich als Gegenleistung für die Hilfe beim Fassbauen die Seele des Küfers zu holen. Danach war angeblich immer dann, wenn aus den Fässern Wein gezapft wurde, ein Schlürfen und Schmatzen zu hören. Die Mönche schlossen daraus, dass der Teufelsküfer mittrank, und legten die Fässer still.«

»Eine gruslige Anekdote«, fand Paul. »Vor allem, wenn man sie hier unten im Gewölbe zu hören bekommt.« Er sah zur steinernen Treppe hinüber. »Sind das die Stufen, die der Küfer hinabgestoßen wurde?«

»Nein. Angeblich ist es draußen am alten Wehrturm passiert. Die Treppe dort ist noch ein ganzes Stück steiler. Wer dort ins Stolpern kommt, hat ganz schlechte Karten. Egal, ob der Teufel seine Hände im Spiel hat oder nicht.«

Mensen und Kantinen waren seine besten Informationsquellen. Ob im Rathaus, wo er Politikern zwischen Bratwurst und Apfelstrudel so manche Vertraulichkeit entlockte, oder beim Oberlandesgericht, wo Anwälte und Richter beim Schäufele Interna preisgaben, die ihnen im Gerichtssaal niemals über die Lippen gekommen wären. Boulevardreporter Victor Blohfeld wusste genau, wie er an den Stoff für seine Zeitungsstorys kam. Das Bild des hageren Reporters im obligatorischen beigen Trenchcoat gehörte an diesen Orten quasi zur Ausstattung, jedermann war seinen Anblick gewohnt.

Ebenso verhielt es sich mit der Mensa des Polizeipräsidiums, zu der sich der alte Hase trotz aller Sicherheitsauflagen immer wieder Zugang verschaffen konnte. Bei ihm drückte man ein Auge zu, zumal Victor Blohfeld jeden Pförtner beim Vornamen ansprach und mit dem Polizeipräsidenten regelmäßig Schafkopf spielte.

»Was gibt's denn Neues?«, fragte er ohne Umschweife einen älteren Kriminaler, von dem er wusste, dass er der Soko Walküre angehörte, und drängte sich mit seinen Sauren Zipfeln dicht neben ihn.

Der andere tauchte ein Stück seines Brezenknödels in eine dunkle Soße und antwortete, ohne aufzusehen: »Wir kommen nicht vom Fleck. Ganz miese Spurenlage. Wenn du mich fragst, sind wir falsch aufgestellt. Die Stahl ist zu grün hinter den Ohren, um die Soko leiten zu können, erst recht ihr Hiwi Schlelein, ein Azubi.«

»Schon klar. Du wärst der bessere Mann auf dem Posten«, raunte Blohfeld dem Grauhaarigen zu. »Wie würdest du die Sache denn angehen? Eine Ahnung, wer den Ami auf dem Gewissen haben könnte?«

»Nun ja, nicht direkt«, wiegelte der andere ab. »Jedenfalls würde ich es nicht so machen wie die Stahl. Die ist auf einer völlig falschen Fährte. Bildet sich da was ein, was gar nicht sein kann. Eine fixe Idee.«

Interessant, dachte Blohfeld und gab sich betont gelassen. Zu gern hätte er mehr darüber erfahren. Doch er musste behutsam vorgehen, um seinen Informanten nicht zu alarmieren. Also suchte er nach einem Zugang durch die Hintertür. »Wahrscheinlich darfst du nicht darüber reden, welche Spur die Stahl verfolgt …«

»Nein. Dienstgeheimnis«, bestätigte sein Gesprächspartner. »Aber selbst wenn du es wüsstest, fiele keine Schlagzeile für dich ab. Ein solcher Unsinn würde nicht einmal in einem Schmierenblatt wie deinem abgedruckt werden.«

Blohfeld schluckte diesen Affront herunter und sagte: »So junge Leute wie Jasmin Stahl müssen ihre eigenen Erfahrungen sammeln, so ist das nun mal. Wahrscheinlich bist du früher auch vorangeprescht, ohne wirklich zu wissen wohin.«

»Aber doch nicht nach Würzburg!«, entfuhr es dem anderen.

»Würzburg?« In Blohfelds Gesicht formte sich ein Fragezeichen. »Vermutet sie dort etwa den Mörder?«

»Das werde ich dir nicht auf die Nase binden. Aber wahrscheinlich spielt es ohnehin keine Rolle. Die Kollegin will bloß Spesen machen und sich für ein paar Tage der Fuchtel des Chefs entziehen.«

»Ein Wunder, dass Schnelleisen ihr eine Dienstreise genehmigt hat«, grübelte Blohfeld über den Sinn des Unterfangens nach. »Dafür muss er ja ein Ermittlungsgesuch an die dortige Dienststelle gerichtet und wahrscheinlich auch die Staatsanwaltschaft informiert haben. Das bedeutet Aufwand und vielleicht auch Unannehmlichkeiten. Passt gar nicht zu Schnelleisen, dass er sich so etwas aufbürdet.«

»Ja, ich wundere mich auch, was er der Stahl alles durchgehen lässt. Aber das wird sich irgendwann rächen. Eines Tages werden sie aufwachen und merken, was sie davon haben, solche Frischlinge zu protegieren und erfahrene Kräfte wie mich aufs Abstellgleis zu stellen.«

Blohfeld nickte gewichtig, wobei er dem anderen damit nur unbewusst zustimmte. In seinen Gedanken war er bei Jasmin Stahl und fragte sich, warum sie ihre Nachforschungen von Nürnberg nach Würzburg verlagerte. Dann rief er sich den üblichen Fahrplan von Flusskreuzfahrtschiffen ins Gedächtnis, die nach ihrem Halt in Nürnberg die Reise meist auf dem Kanal nach Bamberg fortsetzten, um anschließend über den Main nach Würzburg zu gelangen. Auch die *MS Walküre* würde diese Strecke nehmen und in Kürze in der unterfränkischen Metropole festmachen.

War Jasmin Stahl deswegen unterwegs ins fränkische Weinland? Wollte sie das Schiff abfangen, weil sie den Täter noch immer an Bord vermutete?

Es gab nur einen Weg, um das herauszufinden: Blohfeld musste selbst nach Unterfranken fahren. Er würde sich an die Oberkommissarin hängen wie eine Klette, um die Fortschritte ihrer Ermittlungen aus nächster Nähe zu beobachten und im entscheidenden Moment dabei sein zu können. Dann nämlich, wenn die Handschellen klickten.

Sein Entschluss war gefasst. Jetzt musste er seine Recherchereise bloß noch organisieren.

Schon am frühen Nachmittag kam Jasmin an. Nachdem Schnelleisen eher als gedacht eingeknickt war und ihr die Dienstreise genehmigt hatte, hatte sie keine Zeit verschwendet, ihr Team informiert und sich gleich danach in ihren Wagen gesetzt. Am liebsten hätte sie Timo Schlelein an ihrer Seite gehabt, aber zu einer Doppelbesetzung hatte sich der knausrige Hauptkommissar nicht überreden lassen und ihr geraten, sich gegebenenfalls die Unterstützung der Polizeikräfte vor Ort zu holen, die bereits über ihr Kommen informiert waren.

Nun stellte sie ihr Auto in einer Straße ab, von der aus sich ein guter Blick auf die Festung Marienberg bot. Die eindrucksvolle Bergfeste lag – von Weinreben umsäumt – nur einen Steinwurf vom Stadtzentrum entfernt auf einer Anhöhe am Mainufer. Jasmin war zwar nie dort gewesen, konnte sich aber gut vorstellen, was für eine phantastische Aussicht sich von der Burg aus hinab auf die alte Universitätsstadt mit ihren Kuppeln, Türmen und Brücken bieten musste.

Doch deshalb war sie nicht hier, dachte sie und riss sich von dem Anblick los. Nur wenige Schritte von ihrem Parkplatz entfernt lag die Filiale der Autovermietung, bei der sie ihren Besuch telefonisch angekündigt hatte.

»Grüß Gott. Stahl ist mein Name. Kripo Nürnberg«, sagte sie, als sie das Geschäft betrat, dessen Dekor in den gleichen Unternehmensfarben gehalten war wie die Uniform des Mitarbeiters hinter dem Tresen. Jasmin wies sich aus und erkundigte sich nach dem Kunden Klaus Baumann. Die Auskünfte, die sie erhielt, gingen nicht über das hinaus, was sie bereits wusste.

»Sonst können Sie mir nichts über den Mann sagen?«, fragte sie. »Sie waren es doch persönlich, der Papiere und Schlüssel von ihm entgegengenommen hat?«

»Ja, aber für mich ist ein Kunde wie der andere. Das soll heißen: Wir sind angehalten, jeden mit gleicher Zuvorkommenheit zu bedienen.«

»Ist Ihnen wirklich gar nichts an ihm aufgefallen? Wirkte er vielleicht nervös oder fahrig? Erweckte er den Eindruck, dass er es besonders eilig hatte?«

»Nein, es sah nicht so aus, als ob der Kunde in Eile gewesen wäre. Er erkundigte sich nach der nächsten Bus- oder Straßenbahnverbindung und verließ dann die Zweigstelle.«

»Ging er langsam oder schnell aus dem Laden?«

»Ganz normal halt.«

»Trug er etwas bei sich?«

»Ich bin nicht sicher. Einen Koffer, glaube ich.«

»Groß, klein? Rollkoffer oder einen zum Tragen.«

»Ich weiß es nicht. Mittelgroß würde ich sagen.«

Das brachte Jasmin nicht weiter; die Erinnerungen des Autovermieters waren einfach zu schemenhaft. Also ließ sie sich die Haltestelle zeigen, von der Baumann zur Weiterfahrt in einen Bus gestiegen war. Wie Jasmin zu ihrer Erleichterung feststellte, verkehrte hier nur eine Linie. Sie las die nächsten Ziele vom Fahrplan ab und stellte fest, dass der Hauptbahnhof darunter war.

Jasmin biss sich auf die Lippen. Wenn sie Pech hatte, war Baumann vom Bus direkt in einen Zug umgestiegen – mit unbekanntem Reiseziel. In diesem Fall wäre ihre Suche nach ihm an dieser Stelle vorerst beendet und ihr Ausflug nach Würzburg für die Katz gewesen. Doch noch gab sie die Hoffnung nicht auf.

Sie stieg wieder in ihr Auto und fuhr zum Hauptbahnhof, einem Gebäude in der schlichten Nachkriegsarchitektur der Fünfzigerjahre mit verglaster Vorderfront und schlanken Betonsäulen, die das leicht überhängende Dach stützten. Dominiert wurde der Zweckbau von einer riesigen Uhr im puristisch sachlichen Stil. Jasmin wusste, dass der Bahnhof verkehrstechnisch einer der bedeutendsten in Bayern war und den Schnittpunkt mehrerer stark frequentierter Schienenachsen bildete. Falls Baumann sich für die Weiterfahrt per Bahn entschieden hatte, konnte er inzwischen überall sein.

Was nun? Sollte sie ins Bahnhofsgebäude gehen und den wenig erfolgsversprechenden Versuch unternehmen, das kleine Bild des als Elvis geschminkten Baumann aus dem Bordprogrammheft der *MS Walküre* herumzuzeigen? Das würde wenig bringen, denn in »zivil« sah Baumann sicherlich ganz anders aus, doch ein besseres Foto stand ihr nun mal nicht zur Verfügung. Also blieb sie auf dem Vorplatz stehen und schaute sich um. Jasmin versuchte sich in Baumanns Lage zu versetzen und nachzuspüren, was er nach dem Verlassen des Busses gesehen und womöglich gedacht hatte. Dabei wurde sie auf einen weiteren Bau aufmerksam, der ebenfalls ein Relikt aus den Fünfzigerjahren zu sein schien: eine Art Pavillon mit Schaufenstern, die von schwarzlackierten Fliesen umrahmt waren. In den Fenstern hingen große gelbe Schilder mit den schwarzen Lettern TAXI.

Jasmin entschied sich dazu, es zuerst dort zu versuchen. Es war ja nicht auszuschließen, dass Baumann sich statt für den Zug erneut für eine Taxifahrt entschieden hatte.

Sie hatte Glück: Die zunächst zugeknöpft wirkende Frau am Schalter erkannte Baumann trotz seiner Kostümierung auf dem Foto und bestätigte, dass er bei ihr ein Taxi bestellt hatte.

»Ich erinnere mich so genau daran, weil der Mann warten musste«, begründete die Frau. »Normalerweise bekommt man hier am Bahnhof ja immer ein Taxi und kann sofort einsteigen. Aber in diesem Fall waren gerade zwei ICE angekommen und alle Wagen waren belegt. Also habe ich einen anderen Fahrer angefunkt und ihn für den Kunden herbestellt.«

»Hat er Ihnen verraten, wo es hingehen sollte?«, fragte Jasmin und hoffte auf einen weiteren Glückstreffer.

»Leider nicht. Er hat lediglich gesagt, dass er seinen Urlaub in der Gegend verbringen und ausspannen will. Ich glaube, er sagte etwas von viel Ruhe und gutem Wein.«

»Das führt mich nicht weiter«, sagte Jasmin.

»Vielleicht weiß der Fahrer ja mehr«, meinte die Frau.

»Gute Idee. Können Sie in Erfahrung bringen, wer die Tour übernommen hatte?«

Die Frau holte ein Buch mit abgenutztem schwarzem Umschlag unterm Tresen hervor und schlug nach. »Das war Taxi Nummer 109. Adelphos' Fuhre.« Ihre Miene hellte sich auf. »Sie haben gute Chancen, dass er mehr über seinen Fahrgast weiß. Adelphos ist eine ausgesprochene Plaudertasche und stellt seinen Kunden sehr gern Fragen. Mehr als manchem lieb ist.« Wieder ernster erkundigte sie sich: »Weshalb suchen Sie denn diesen Fahrgast? Dem Bild nach zu urteilen ein Künstler, oder? Hat er etwas ausgefressen?«

»Ich möchte mit ihm sprechen. Über die Gründe darf ich Ihnen leider nichts sagen«, entgegnete Jasmin und ahnte, dass sie dem Gesuchten dicht auf den Fersen war.

Dass elektronische Geräte im Kloster unerwünscht waren, war Paul ja bekannt. Dass man aber nicht einmal kurz seine Mails checken und die Nachrichtenlage überfliegen konnte, hielt er nach zwei Tagen Internetabstinenz für eine Zumutung.

Den lieben langen Tag hatte sich Paul ganz brav an die klösterlichen Gepflogenheiten gehalten, war mit dem ersten Hahnenschrei aufgestanden, hatte an der Morgenmesse teilgenommen und neben schweigsamen Mönchen sein karges Frühstück zu sich genommen, bevor er Bruder Theobald beim Schleppen der Weinkisten zur Hand gegangen war. Beim tiefenentspannten Wandeln durch den Kreuzgang war er in sich gegangen, um nach dem – ebenfalls spartanischen – Mittagsmahl ein Kursangebot wahrzunehmen: Meditation für Anfänger.

Nun war er zurück in seiner Kammer, sehnte sich nach einem Hauch moderner Zivilisation und versuchte, sein iPad irgendwie doch noch zum Laufen zu bringen. Aber seine Bemühungen blieben erfolglos. Mürrisch warf er das Gerät auf die Matratze und verzog den Mund.

»Das Klosterleben schränkt einen ziemlich ein, was?«, sprach ihn sein Mitbewohner an, der sich gerade über einen eingeschmuggelten Schokoriegel hermachte. »Aber Kopf hoch. Es gibt für alles eine Lösung.« Der umtriebige Carsten verriet, dass er bei seinem letzten Klosteraufenthalt einen Platz gefunden habe, an dem der Empfang einwandfrei sei. Die Kehrseite der Medaille: Sie müssten einen kleinen Spaziergang machen, um dorthin zu gelangen.

»Wo ist denn der heimliche Hotspot versteckt?«, fragte Paul.

»Auf dem alten Wehrturm. Der dient inzwischen als Wasserspeicher fürs Kloster, aber es führt eine Treppe hinauf, die man benutzen kann«, wusste Carsten.

Das musste die Turmtreppe sein, auf der sich in einem früheren Jahrhundert der Teufelsküfer den Hals gebrochen hatte, mutmaßte Paul, doch es schreckte ihn nicht ab. Er griff nach seinem Pad und sprang auf. »Worauf warten wir dann noch?«

Kurz darauf überquerten sie den Klosterhof und gelangten durch eine schmale Flucht in der Mauer auf einen von

Wildblumen gesäumten Trampelpfad. Dieser führte im Zickzack den kleinen Hügel hinauf, auf dem der zinnenbewehrte Turm thronte. Ein hoch aufragendes Bollwerk, gemauert aus grob behauenem Granit. Die steinerne Bastion aus längst vergangenen Zeiten war nicht ganz stilecht mit einer Stahltür ausgestattet. Diese war nicht verschlossen, sodass die beiden eintreten konnten.

Im Inneren herrschte ein diffuses Halbdunkel, an das Paul sich zunächst gewöhnen musste.

Carsten wies auf eine weitere, sehr viel niedrigere Stahltür hin und sagte: »Dahinter liegen Wasserbecken und Pumpenkammer. Ab und zu verhakt sich der Schwimmer, und im ganzen Kloster liegen die Leitungen trocken. Dann muss jemand hochkommen und die Pumpe wieder in Gang setzen. Meistens übernimmt das Theobald. Der ist nicht nur Gästebetreuer und Weinkenner, sondern erledigt auch Hausmeisterjobs. Mädchen für alles. Oder besser noch: Mönch für alles!« Er lachte breit über den eigenen Witz.

Über eine enge, steile Wendeltreppe gelangten sie auf eine Plattform, von der aus sich ein atemberaubendes Panorama über die sonnenverwöhnte Weinlandschaft bot.

»Wow!«, staunte Paul, hielt sich aber nicht lange mit der tollen Aussicht auf, sondern probierte, sein Pad mit der digitalen Außenwelt zu verbinden.

Carsten hatte nicht zu viel versprochen. Sofort fand sein Gerät ein Netz. Paul rief seine Mails ab, von denen die meisten Spams waren und keine einzige von Katinka oder Hannah stammte. Anschließend ging er ins Internet, um sich die Schlagzeilen der Onlineausgabe von Blohfelds Zeitung anzusehen. Er überflog die Inhalte und kommentierte: »Wie es aussieht, haben sie den Raubmörder immer noch nicht gefasst.«

»Was für einen Raubmörder?« Carsten stellte sich an Pauls Seite, um ebenfalls einen Blick auf den Artikel zu werfen.

»Ein reicher Amerikaner ist auf einem Flussschiff im Nürnberger Hafen erschossen worden«, klärte Paul ihn auf. »Hast du nichts davon mitbekommen?«

»Ach ja, doch. Im Radio haben sie neulich was darüber gebracht. Aber bei all dem Mord und Totschlag auf der Welt geht so eine Meldung heutzutage ja leicht unter.«

»Das ist leider wahr«, pflichtete Paul ihm bei.

Paul las den Bericht bis zum Ende durch, musste jedoch feststellen, dass Blohfeld mehr oder weniger im Nebel stocherte. Entweder war es ihm nicht gelungen, an stichhaltige Informationen über etwaige Fortschritte bei den Ermittlungen zu gelangen, oder aber Jasmin beziehungsweise ihr Boss Schnelleisen hatten den Reporter abblitzen lassen. Wie auch immer: Es gab nicht viel Neues zu vermelden über den Mord auf dem Hotelschiff.

Als er seinen Nachholbedarf am iPad gestillt hatte, stand die Sonne tief am Horizont. Die beiden wollten den Abstieg antreten, da wurde Paul auf etwas aufmerksam: Vom Kloster her sah er jemanden kommen.

»Wer kann das sein?«, fragte er. »Kommt Bruder Theobald, um die Pumpe zu inspizieren?«

»Wohl kaum. Der da unten trägt keine Kutte, sondern Hemd und Hose«, entgegnete Carsten.

»Seltsam, wie er geht. Bleibt immer wieder stehen und schaut sich um«, stellte Paul fest.

»Vielleicht wartet er auf jemanden«, mutmaßte Carsten. »Kann uns doch egal sein. Lass uns aufbrechen!«

Sie hatten den Turm gerade verlassen, als sie auf den Fremden trafen: ein blässlicher, beleibter Mittvierziger mit linkischem Blick. Als Paul und Carsten ihn grüßten, schaute er zu Boden und erwiderte den Gruß kaum hörbar. Dann drückte er sich an ihnen vorbei und verschwand im Turm.

»Ein komischer Kauz«, meinte Paul, als sie weitergingen. »Ob das auch ein Gast ist?«

»Wenn, dann ist es ein Neuer. Ich habe ihn bisher noch nie gesehen.« Carsten tat ein paar Schritte, blieb plötzlich stehen und sagte: »Wenn er neu hier ist, woher weiß er dann vom guten Netz auf dem Turm?«

»Vielleicht von einem früheren Besuch, genauso wie du«, nahm Paul an. »Oder ihm geht es gar nicht ums Telefonieren. Vielleicht hat er andere Gründe für seinen Spaziergang hierher und klettert bloß rauf, um die Fernsicht zu genießen.«

»Meinst du? Mir war der Kerl jedenfalls suspekt. Wie der rumgelaufen ist, wirkte es ja beinahe so, als fühlte er sich von jemandem verfolgt.«

»Im Zweifelsfall vom Abt, der ihm sein Handy abknöpfen will«, scherzte Paul. Doch auch ihm war die Begegnung mit dem Neuankömmling nicht ganz geheuer gewesen.

Das ungute Gefühl begleitete ihn den Rest des Weges, und er war froh, als sie im Klosterhof dem stets gut aufgelegten Bruder Theobald begegneten.

Der gemütliche Mönch, dessen wohlgenährter Bauch sich unter seiner Kutte abzeichnete wie ein Wasserball, erkundigte sich nach ihren Plänen für den Abend. Weil Paul und Carsten mangels konkreter Vorhaben zögerten, lud Theobald sie auf eine Weinprobe bei einem Winzer aus der Nachbarschaft ein – wie sich herausstellte nicht ganz uneigennützig:

»Wie Sie ja wissen, Herr Flemming, reichen unsere Vorräte bei Weitem nicht und müssen aufgefüllt werden. Da an unserem Koch nicht gerade ein Sommelier verloren gegangen zu sein scheint, muss ich das noch einmal selbst in die Hand nehmen – und dabei könnte ich Ihre tatkräftige Hilfe beim Kistenschleppen gebrauchen«, begründete er den Ausflug zum Weinbauern, wobei sich das Wörtchen »muss« eher wie ein »darf« anhörte. »Sind Sie dabei?«

»Warum nicht«, antwortete Paul spontan, und auch Carsten willigte ein.

Nachdem alles so gut angelaufen war, wurde Jasmin nun hart ausgebremst: Adelphos, der Fahrer von Taxi Nummer 109, war nicht aufzutreiben. Seine Schicht hatte vor über einer Stunde geendet, ohne dass er sich noch einmal am Haltepunkt Bahnhof hatte blicken lassen. Mit der Forderung nach Herausgabe seiner Privatadresse oder Telefonnummer scheiterte Jasmin bei der Taxizentrale, wo sie es diesmal mit dem Vorgesetzten der hilfsbereiten Dame vom Taxistand am Hauptbahnhof zu tun bekam. Datenschutz, hieß es. Wenn es ihr so wichtig sei, müsse sie sich eben einen richterlichen Beschluss besorgen. Jasmin war ziemlich frustriert und noch dazu hungrig, und der lange, anstrengende Tag neigte sich dem Ende entgegen. Viel würde sie heute nicht mehr schaffen können. Da sie wenig Aussicht auf den geforderten Richterbrief hatte, beschloss sie, ihre Ermittlungen auf die hemdsärmelige Weise fortzusetzen. Sie schlenderte zum Taxistand und sprach einen Fahrer aus der zweiten Reihe an, der am Kotflügel seines Wagens lehnte und rauchte. Ob er Adelphos kenne, fragte sie frei heraus, ohne sich als Polizistin zu erkennen zu geben.

Der Mann musterte Jasmin und schnippte die Zigarette beiseite. »Sind Sie eine Freundin von ihm?«

Jasmin deutete ein Nicken an, sagte aber nichts.

Damit gab sich der Fahrer fürs Erste zufrieden. »Der saß heute zehn Stunden hinterm Steuer. Macht jetzt bestimmt ein Nickerchen. Versuch's mal bei ihm zu Hause, Süße.«

»Zu Hause ...« Jasmin lächelte etwas dümmlich, um ihrem Gesprächspartner den Eindruck zu vermitteln, sie sei nicht die Hellste. »Ich war noch nie bei ihm. Kenne nicht mal die Adresse.«

Der Fahrer hob seine buschigen Augenbrauen. »Noch nie in seiner Wohnung gewesen? Gibt's denn so was? Normalerweise ist Adelphos schnell dabei, wenn es darum geht, eine Braut abzuschleppen. Vor allem eine so kesse Maus wie dich.«

Kesse Maus – Jasmin war nicht scharf darauf, weitere Sprüche dieser Art zu hören. Dennoch spielte sie ihre Rolle weiter. »Bei mir nimmt er sich wohl mehr Zeit«, sagte sie und ließ die Wimpern klimpern. »Sagst du mir, wo er wohnt?«

Der Chauffeur nickte bereitwillig, beugte sich in den Wagen und holte Block und Stift heraus. »Ich schreib's dir auf, Täubchen. Damit du es nur ja nicht vergisst.« Noch während er mit anzüglichem Grinsen den Kugelschreiber ansetzte, hielt er unerwartet inne. »Moment mal«, sagte er mit plötzlich veränderter Stimme. »Wer sagt denn, dass du wirklich eine von Adelphos' Puppen bist?«

»Na hör mal. Was soll das denn?«, fragte Jasmin. Ihre Überraschung über den Sinneswandel des anderen war nicht einmal gespielt.

»Wenn Adelphos dir nicht gesagt hat, wo er wohnt, kann es einen guten Grund dafür geben.« Das doppeldeutige Lächeln kehrte zurück, als er sagte: »Vielleicht hat er heute Abend schon was mit ner anderen vor. Dein Typ ist nicht gewünscht, Baby.«

So, nun reichte es. Genug war genug! Jasmin legte den Schalter um, indem sie dem Mann ihre Dienstmarke vor die Nase hielt. »Die Adresse. Sofort!«

Ihr Gegenüber war viel zu verblüfft, um ihre Aufforderung nochmals zu hinterfragen. Er wurde blass und kritzelte mit fahriger Schrift den Namen Adelphos Rastapopoulos, eine Straße und Hausnummer auf den Block.

»Na bitte. Es geht doch, Mäuserich.« Jasmin riss ihm den Zettel aus der Hand und ging.

Der Taxerer sah ihr mit offen stehendem Mund nach.

Mit ihrem Wagen hatte sie den Stadtteil Heuchelhof, in dem Adelphos wohnte, bald erreicht. Inzwischen war es dämmrig geworden und die Straßenlaternen flackerten auf. Vor einem mehrstöckigen Wohnhaus fuhr sie an den Rand, stieg aus und suchte die Klingelschilder nach dem passenden Namen ab. Sie fand ihn und drückte auf den Knopf.

Nichts tat sich.

Jasmin wartete einige Momente ab, dann wiederholte sie das Klingeln zweimal hintereinander.

Wieder ohne eine Reaktion.

Sie wollte den dritten Versuch starten, als sich ihr Handy meldete. Es war Schlelein.

»Schieben Sie etwa schon wieder Überstunden?«, fragte sie, ohne ihn zu Wort kommen zu lassen. »Es ist ein wunderschöner Spätsommerabend! Andere Leute in Ihrem Alter hängen jetzt im Wiesengrund ab oder sitzen auf der Terrasse vom *Cinecitta*. Aber Sie hocken im Präsidium und verpassen den schönsten Teil Ihres Lebens.«

»Keine Sorge, ich mache gleich Schluss. Aber ich finde, dass Sie das unbedingt noch heute wissen müssen«, sagte ihr Assistent mit seiner angenehmen, nüchtern kühlen Stimme.

»Was muss ich wissen.«

»Dass Sie recht hatten.«

»Womit?«

»Mit Ihrer Vermutung, dass mit Elvis etwas nicht stimmt. Nun haben wir endlich etwas Handfestes gefunden, ein echtes Indiz.«

»Werden Sie konkreter, bitte.«

»Ich habe bei den Kollegen in Eisenach angefragt. Das ist die Stadt, in der Klaus Baumann gemeldet ist – oder vielmehr gemeldet sein sollte.«

»Was meinen Sie mit ›sein sollte‹?« Jasmin horchte auf. »War der Wohnort, den er bei der Agentur hinterlassen hatte, etwa nur ein Fake?«

»Genau! Ein Mann seines Namens ist in Eisenach zwar registriert, doch es handelt sich definitiv um eine andere Person. Ein Lehrer, der sehr überrascht war, als er von den Kollegen über seinen angeblichen Nebenjob als Entertainer informiert wurde. Das ist nun schon die dritte Merkwürdigkeit neben der nicht vergebenen Telefonnummer und einer falschen Bankverbindung, die Baumann bei der Agentur hinterlassen hatte.«

Jasmin stieß einen leisen Pfiff aus. »Das wird ja immer toller«, sagte sie und bedankte sich für den Hinweis. »Bleiben Sie unbedingt am Ball und nehmen Sie sich den Namen Klaus Baumann vor. Prüfen Sie, ob dieser in einem anderen Zusammenhang noch einmal auftaucht. Möglicherweise benutzt der Gesuchte diesen Decknamen ja schon länger.«

»Klaus Baumann – nicht gerade ein ausgefallener Name. Es wird bei bundesweiter Suche Dutzende Treffer geben«, wandte Schlelein ein.

»Versuchen Sie es trotzdem und achten Sie auf Unstimmigkeiten«, wies Jasmin ihn an. »Aber nicht mehr heute.

Verlassen Sie endlich das Büro und gönnen Sie sich einen schönen Abend.«

»Und Sie?«, kam es zaghaft durch das Handy. »Was machen Sie heute noch?«

Jasmin blickte auf die verschlossene Tür des Mehrparteienhauses. »Ich? Für mich ist heute wohl auch Schluss. Ich werde sehen, dass ich mir ein Zimmer für die Nacht nehme.« Und ich hoffe, dass ich morgen mehr Glück habe, fügte sie im Geiste hinzu.

Die Schleifen des Mains reflektierten glitzernd das glutrote Licht der untergehenden Sonne. Der Fluss lag tief unter ihnen, als Paul, Carsten und Bruder Theobald auf einem schmalen Wirtschaftsweg in Richtung des knapp zwei Kilometer vom Kloster entfernten Weinguts wanderten. Spätestens aus dieser Perspektive wurde klar, dass in dieser Gegend jede Flasche Wein mit Mühsal erarbeitet sein wollte. Rundherum sah Paul nichts als Steillagen und Terrassen, die sich teilweise in kleinste Parzellen aufteilten. Manche Ebenen fassten gerade mal ein Dutzend Rebstöcke. Der Wein wuchs zwischen zerklüfteten Felsen, auf naturgegebenen Plateaus, aufragenden Schieferwänden oder gemauerten Stufen. Hier war viel Handarbeit gefragt, dachte sich Paul und beschloss, seinen nächsten Schluck Frankenwein eingedenk der harten Winzerarbeit besonders zu genießen.

Theobald schien seine Gedanken zu erahnen. Der Mönch blieb stehen und zeigte auf die üppig wuchernden Gewächse: »Es ist keine leichte Aufgabe, ein Weingut zu bewirtschaften – aber eine äußerst erfüllende. Man braucht dafür nicht nur Sachverstand und die notwendigen Fachkenntnisse, sondern vor allem Gefühl.«

»Gefühl?«, fragte Carsten. »Was denn für ein Gefühl?«

Theobald lächelte wissend, bevor er erklärte: »Zum Beispiel ein Gefühl für den richtigen Zeitpunkt zu ernten. Die Frucht schmeckt nämlich immer dann am intensivsten, wenn sie gerade die Vollreife erlangt hat. Doch wann ist diese erreicht? Je nach Wetterlage kann schon ein einzelner Tag den Ausschlag geben. Bei der Lese ist es ganz ähnlich wie an der Börse: Nur mit einem gewissen Mut zum Risiko und sehr viel Fingerspitzengefühl lässt sich das beste Ergebnis erzielen.«

Paul beugte sich vor und wog eine olivgrüne Weinrispe in seiner Hand. »Noch sind die Trauben zu fest.«

»Ja«, bestätigte Theobald, »erst in den kühlen Spätsommernächten findet der eigentliche Reifungsprozess statt. Das spezielle Klima in unseren Breitengraden verleiht unseren Weinen ihren charakteristischen Geschmack: feinfruchtig und viel frischer als diejenigen aus dem Süden, die nur Sonnenschein kennen. Aber man muss aufpassen: Die Trauben brauchen zwar Kälte, Frost jedoch mögen sie gar nicht. Die Unterkühlungsgefahr hält sich allerdings in Grenzen, denn der Würzburger Muschelkalkboden hat ein großes Wärmepotenzial, da er nach Süden ausgerichtet ist, relativ windgeschützt und ausgestattet mit dem Wärmepuffer der Stadt und des Flusses.«

»Apropos Muschelkalk: Schmecken Weine, die auf Kalk und solche, die auf Schiefer wachsen, unterschiedlich?«, interessierte sich Paul. »Sind Mineralien, die im Boden vorkommen, im Wein wirklich wahrnehmbar?«

»Sie meinen nach dem Motto: Der Lehm macht den Wein weich und zart, der Löss schenkt ihm Mineralität und der rote Ton krönt ihn mit feinen Säurearomen? Streng wissenschaftlich betrachtet müsste ich mit Nein antworten«, sagte

Theobald. »Es gibt hinlänglich viele Forschungen, nach denen die aromatische Spiegelung der Bodenbeschaffenheit im Wein nicht bewiesen werden kann.«

»Das hört sich so an, als würde gleich ein Aber folgen.«

»Genau, denn Wein ist nun mal keine rein wissenschaftliche Angelegenheit, sondern ein facettenreiches Genussprodukt, das jede Menge Spielraum für persönliche Interpretationen bietet. Das Zauberwort dafür lautet Terroir. Darunter versteht man die Summe all dessen, was die geschmackliche Identität eines Weins ausmacht. Dazu zählen auch die persönlichen Eindrücke, die ein jeder bei der Verkostung gewinnt. Weiß man um den Boden, auf dem die Reben gediehen sind, meint man eben auch, diesen aus dem Wein herausschmecken zu können. Solche Wahrnehmungen hängen oft mit Bildern zusammen, die man gerade im Kopf hat. Das ist übrigens auch der Grund dafür, dass einem Weine, die einem im Urlaub vorzüglich geschmeckt haben, zu Hause nicht mehr vom Hocker reißen können.«

»Um noch mal auf den Ausgangspunkt zu kommen: Woher weiß der Winzer, wann der richtige Zeitpunkt für die Ernte gekommen ist?«, erkundigte sich Carsten.

»Wie gesagt: Er handelt hauptsächlich nach Gefühl«, gab Theobald sein önologisches Fachwissen preis. »Er kann aber auch auf kleine Tricks und Hilfsmittel zurückgreifen: Zum Beispiel verraten bräunliche Kerne, die sich leicht vom Fruchtfleisch trennen lassen, dass die Lese beginnen kann.«

»Und wenn dann der Startschuss fällt, wird jede Hand benötigt«, ahnte Paul, was Theobald sogleich bekräftigte:

»Stock um Stock, Traube um Traube. Die Erntehelfer brauchen einen wachen Blick und einen geübten Schnitt, denn anders als bei vielen Supermarktweinen werden hier nicht ganze Reihen abgeerntet, sondern es wird partiell gelesen. In die Fässer kommt nur der Saft von ausgewählten Früchten.«

»Das hört sich wirklich nach elender Schufterei an«, meinte Carsten und verzerrte das Gesicht, als ob er selbst einen Finger hätte rühren müssen.

»Richtig, und nach der Lese ist vor der Lese: Schon im Frühjahr müssen die Weinbauern wieder ran: Rebschnitt, Triebkorrekturen und, und, und. Dennoch wird die Mühe belohnt. Ich spreche nicht von Geld, sondern von Erfüllung. Es ist ein gottgegebenes Privileg, ein so herrliches Stückchen Erde bestellen zu dürfen.«

»Mit diesem ganzen Wissen werde ich den Wein gleich umso mehr genießen«, äußerte Carsten, zeigte sich dann jedoch recht verwundert darüber, dass sie kurz darauf anstelle des erwarteten Gasthauses ein schlichtes Bauernhaus erreichten.

»Haben wir uns in der Adresse geirrt?«, fragte er und suchte die Fachwerkfassade mit Blicken ab. »Das ist doch keine Weinschenke. Ich sehe nirgends ein Schild.«

»Nein, eine Heckenwirtschaft«, klärte Theobald ihn auf. »Es ist alte Tradition, dass Winzerfamilien während der Saison ihre Türen öffnen, um dem Gast Gemütlichkeit zu bieten. Mitunter werden auch Scheunen, das Wohnzimmer oder gar das Schlafzimmer ausgeräumt, um Besucher mit den eigenen Weinen und fränkischer Hausmannskost zu bewirten.«

»Das hört sich ausgesprochen authentisch an«, fand Paul und folgte dem Mönch voller Neugierde in das Winzerhaus.

Die Atmosphäre war heimelig und gemütlich, so wie es wohl nur in einem Familienbetrieb vorkommt, wo neben dem Weinbauer und seiner Frau auch die steinalte Großmutter und der Sohn mit anpacken. Wie die Neuankömmlinge von Winzer Karl, einem rotwangigen Mann um die sechzig, erfuhren, hatte er den Weinbau lange Zeit als Nebenerwerbsjob laufen lassen, bis sein Junior Andreas sich entschloss, das Gewerbe professionell zu betreiben. Mittlerweile bewirtschafteten sie immerhin knapp zwei Hektar. Mit jeder Wandergruppe, die ihre Heckenwirtschaft besuchten, fänden sich neue treue Abnehmer für Weinlieferungen, berichtete Karl stolz. Und mit dem nahe gelegenen Kloster habe man darüber hinaus einen verlässlichen Großkunden gewonnen, erklärte der Weinbauer zufrieden und verpflichtete seine Gäste zu einigen Kostproben.

Seine Frau tischte den drei Männern einen spritzig jungen Rosé auf, zu dem sie Brote mit schmackhaftem Kräuterfrischkäse servierte. Später folgte ein charakterstarker Spätburgunder, der dem Gaumen äußerst nachhaltig schmeichelte.

Der Abend war noch jung, und Paul hätte die Gastfreundschaft der Winzerfamilie gern länger genossen. Auch Carsten machte nicht den Eindruck, als ob er schon gehen wollte. Doch Theobald schielte auf die Uhr und bereitete dem Spaß ein Ende: »So langsam wird es Zeit für uns«, sagte er und bat Winzer Karl darum, seine Weinpakete für den Klosterkeller zusammenzustellen.

»Woher die plötzliche Eile?«, erkundigte sich Paul.

»Man soll aufhören, wenn es am schönsten ist«, meinte Theobald mit einem etwas gezwungen wirkenden Lächeln. »Außerdem will ich nicht zu lange fortbleiben vom Kloster.«

»Gibt's sonst vom Abt eins auf den Deckel?«, fragte Carsten flapsig.

»Nicht vom Abt«, sagte Theobald und nahm zwei Weinkartons unter die Arme. Vier weitere hatte er für seine Begleiter vorgesehen. »Es ist mir wichtig, Präsenz zu zeigen. Das bin ich unseren Gästen schuldig.«

»Die Gäste kommen für ein paar Stunden gut und gern allein zurecht, meinen Sie nicht?«, versuchte Paul den Mönch zu dessen Gelassenheit zurückzuführen. Vergebens.

»Nein, wir müssen jetzt gehen«, bestimmte der Mönch und erhob sich. »Ich habe sonst kein gutes Gefühl.«

»Jetzt übertreiben Sie aber mit Ihrem Pflichtbewusstsein, Bruder Theobald«, meldete sich nun auch Carsten zu Wort. »Was soll denn schon passieren?«

Theobald ging zur Tür: »Nichts, worüber Sie sich die Köpfe zerbrechen müssten. Lassen Sie das mal meine Sorge sein.«

Er sprach auf einmal in Rätseln, fand Paul. Auch die stetige gute Laune und Besonnenheit des Mönchs schien wie weggeblasen. »Ich verstehe nicht. Was meinen Sie?«

»Wie schon gesagt: Ich bin verantwortlich für das Wohlergehen unserer Gäste«, wich Theobald aus.

»Und für die Haustechnik und für den Weinkeller und wahrscheinlich noch für viel mehr«, zählte Paul auf. »Selbst ein Mann Gottes sollte mal kürzertreten.«

Dieser Satz zauberte das Lächeln auf Theobalds Lippen zurück. Doch nur für Sekunden. »Ein wahres Wort. Allein, der Zeitpunkt zum Kürzertreten ist der falsche.«

Freitag, 8. September

Die Frühmesse, die laut Pauls Zimmergenossen Carsten zu »unchristlicher Zeit« stattfand, sparten sich die beiden und drehten sich auf ihren harten Pritschen lieber noch einmal um. Doch trotz des auf die Ohren gepressten Kopfkissens machte das dröhnende Läuten, das vom nahen Glockenturm in ihr Zimmer flutete, ein Weiterschlafen unmöglich.

Carsten erging es wohl ähnlich, denn nach einigem Hin- und Herwälzen saß er genau wie Paul auf der Bettkante und guckte dumm aus der Wäsche. »Und was machen wir nun?«, fragte er und gähnte ausgiebig. »Frühstück kriegen wir erst nach der Messe.«

Pauls Blick fiel auf sein iPad. »Lust auf einen Morgenspaziergang? Mich würde interessieren, was es Neues auf der Welt gibt.«

»Schon überredet!« Carsten stand auf und nahm seine Hose von der Stuhllehne.

Über der Wiese, durch die sich der Pfad bis zum Turm schlängelte, lag feiner Dunst. Die Luft war noch kühl und duftete würzig. Paul nahm den morgendlichen Ausflug als Frühsport und spurtete die Treppenstufen bis zur Aussichtsplattform hinauf. Für die Anstrengung wurde er mit einem atemberaubenden Bild belohnt. Die Sicht auf die von Nebelschwaden durchzogenen Reben und auf die zinnoberrot im Licht der aufgehenden Sonne schimmernden Dächer der umliegenden Ortschaften war überwältigend schön. Die liebliche Landschaft vermittelte ein Gefühl tiefer Harmonie.

»Cooler Ausblick, was?«, fragte Carsten, der Minuten nach ihm oben ankam und sich schnaufend auf die Brüstung stützte. »Ich kann mich nicht entscheiden, ob es morgens oder abends schöner ist.«

Paul genoss das Panorama ebenso wie die herrlich frische Luft, bevor er sein Pad zur Hand nahm und auf der Favoritenliste die Website von Blohfelds Blatt auswählte. Die weltpolitischen Schlagzeilen, die in letzter Zeit bloß noch um die Namen Trump, Kim Jong-un und Erdogan kreisten, übersprang er, suchte im Lokalen nach Neuigkeiten und wurde auf eine Meldung aufmerksam, die erst vor kurzer Zeit online gestellt worden war. Paul überflog sie, Carsten las mit.

Der Artikel war mit dem Autorenkürzel VB gekennzeichnet, woraus Paul auf Victor Blohfeld als Verfasser schloss. Der Text befasste sich einmal mehr mit den Ermittlungen im Mordfall auf dem Kanalschiff *MS Walküre*. Während die vorangegangenen Berichte mit Details gegeizt hatten und wenig über die Polizeiarbeit verrieten, sah es nun anders aus. Angeblich habe die Kripo den Bogen nun weiter geschlagen und fahnde jetzt auch außerhalb Nürnbergs nach einem Verdächtigen.

Und dann folgte ein Satz, der Paul elektrisierte und den neben ihm stehenden Carsten merklich nervös machte:

»*Wie aus gut unterrichteten Quellen zu erfahren war, hat die Mordkommission ihre Ermittlungsarbeit nach Unterfranken ausgedehnt. Nach gesicherten Informationen hält sich die Leiterin der Soko Walküre derzeit in Würzburg auf*«, hieß es in der Mitteilung.

Jasmin war in Würzburg? Paul scrollte weiter nach unten, doch blieb Blohfeld seinen Lesern Hintergrundinformationen über den Sinn und Zweck der Ermittlungen am Main schuldig.

»Im Ernst? Die Polizei glaubt, dass der Killer nach Würzburg geflohen ist?« Carsten wirkte blass. Von seiner zupackend agilen Art war nichts mehr zu spüren. Im Gegenteil: Er machte einen verunsicherten, beinahe ängstlichen Eindruck, als er feststellte: »Das ist ja direkt vor unserer Haustür.«

»Es sieht danach aus, ja«, sagte Paul.

Carsten sah ihn besorgt an. »Ein Mörder ganz in unserer Nähe. Hoffentlich passiert da nichts.«

An der überragenden Fernsicht hatten beide Männer jegliches Interesse verloren. Verflogen war ihr morgendlicher Elan, als sie auf das Display von Pauls iPad starrten und darauf zu warten schienen, dass sie dem kurzen Bericht weitere Geheimnisse entlocken konnten. Doch sie blieben auf sich allein gestellt – und begannen zu spekulieren:

»Warum ist der Mörder ausgerechnet hierher geflohen«, fragte Carsten, »und nicht über die Grenze ins Ausland?«

»Vielleicht hatte er das ja vor, ist aber nicht so weit gekommen«, mutmaßte Paul. »Oder er kennt jemanden in der Gegend, bei dem er Unterschlupf gefunden hat.«

»Unterschlupf bei wem? Wenn er Verwandte in der Nähe hat, weiß bald auch die Polizei davon«, wandte Carsten ein. »Da wäre er nicht lange sicher. Genauso wenig wie bei Freunden.«

»Dann ist er woanders untergetaucht. In einem Hotel oder einer Pension zum Beispiel.«

Carsten schüttelte den Kopf. »Schon mal etwas von Meldebögen gehört?«

»Er könnte sich einfach mit einem falschen Namen eingetragen haben.«

»Die meisten Hotels wollen aber auch den Ausweis sehen. Da habe ich als Vertreter ja genügend Erfahrung. Glaub mir: So leicht ist es nicht, unentdeckt zu bleiben.«

»Wo könnte er dann stecken?«, grübelte Paul. »Es müsste ein Platz sein, an dem nicht zu viele Fragen gestellt werden. Am besten ein Ort, an dem generell nicht viel geredet wird und man einfach für eine Weile abtauchen kann.«

Carsten wurde noch bleicher, als er sagte: »Du meinst, so etwas wie ein …«

»… ein Kloster«, führte Paul den Satz zu Ende und er sah es seinem Gegenüber an, dass ihm in diesem Moment der gleiche Gedanke durch den Kopf schoss: »Der Neuzugang von gestern«, spielte Paul auf den eigentümlichen Klostergast an, dem sie auf ihrem Rückweg vom Turm begegnet waren. Doch dann winkte er ab. »Ach was! Ich fange schon an, Gespenster zu sehen. Würzburg ist groß. Der Verdächtige könnte überall sein. Vielleicht ist er auch längst weitergezogen.«

Damit war Carsten jedoch nicht zu überzeugen. Er bat darum, noch einmal den Zeitungsbericht ansehen zu dürfen und wies auf eine Passage hin, die sich näher mit der Person des Tatverdächtigen befasste: Darin ließ Blohfeld durchblicken, dass die Polizei einen etwa vierzigjährigen, mittelgroßen und leicht übergewichtigen Mann im Visier habe, der als Elvis-Imitator in der Schiffsbar aufgetreten sei.

»Um die vierzig, etwas füllig – trifft das nicht genau auf den seltsamen Kerl von gestern Abend zu?«, fragte Carsten und klang alarmiert.

Paul bewahrte sich eine gewisse Skepsis. »Ja«, bestätigte er Carstens Beobachtung, »aber ebenso auf Dutzende andere Männer. Ohne dir zu nahe treten zu wollen: Auch du entsprichst in etwa dieser Beschreibung.«

Carsten fasste sich unwillkürlich an den Bauch. »Zugegeben, ich könnte mal wieder eine Abspeckkur vertragen. Aber als Elvis-Imitator würde ich nie und nimmer durchgehen. Oder kannst du dir vorstellen, dass ich *Love Me Tender* trällere und das irgendjemand gut findet?«

Nein, dachte Paul und musste schmunzeln. Dafür war sein neuer Kumpel nicht der Typ.

Es sei denn, er wäre ein Meister der Verstellung.

Auf dem Rückweg ins Kloster gab sich Paul wortkarg, denn zu vieles spukte ihm im Kopf herum. Und so registrierte er nur beiläufig, dass Bruder Theobald, den sie beim Passieren des Klostergartens trafen, noch immer ungewohnt ernst und in sich gekehrt wirkte. Nicht einmal ein Wort des Grußes kam ihm über die Lippen, als er an ihnen vorbeiging. Seltsam, dachte Paul nur, um die Begegnung gleich darauf wieder zu vergessen.

Hübsch und behaglich war das Zimmer, das Jasmin am Vorabend in einer kleinen Pension in Altstadtnähe bezogen hatte. Tief und fest hatte sie geschlafen – verschlafen! Ihren Handywecker hatte sie glatt überhört, worüber sie sich sehr ärgerte. Denn nun lief sie Gefahr, dass sie Taxifahrer Adelphos abermals verpassen würde. Wenn sie Pech hatte, war seine nächste Schicht schon angebrochen.

Schweren Herzens verzichtete Jasmin auf das Frühstück, das die Pensionswirtin liebevoll für sie hergerichtet hatte. Sie nahm nur einen schnellen Schluck Kaffee zu sich und eilte zu ihrem Wagen, mit dem sie fünfzehn Minuten später den Ortsteil Heuchelhof erreichte.

Wie befürchtet läutete sie wieder vergebens an der Tür des mehrstöckigen Wohnhauses. Immerhin traf sie auf eine auskunftsfreudige ältere Frau, die ebenfalls in dem Mietshaus wohnte und gerade eine Tüte Müll heruntertrug. Von ihr erfuhr Jasmin, dass Adelphos vor seinen Touren mit Vorliebe in einem Bistro ganz in der Nähe einkehrte.

»Dort sehe ich ihn oft stehen«, sagte die Frau. »Er isst ein Hörnchen, trinkt Espresso und liest die *Bild.*«

Jasmin bedankte sich, ließ sich die Adresse des Bistros geben und beeilte sich, dorthin zu kommen.

Diesmal verpasste sie Adelphos nur ganz knapp. Wie der Mann hinterm Tresen ihr mitteilte, war er erst vor wenigen Minuten mit seinem Taxi davongefahren.

Hätte sie doch bloß nicht verschlafen, dachte Jasmin und sah keine andere Möglichkeit, als es abermals über die Taxizentrale zu versuchen. Sie hoffte darauf, Adelphos an einem seiner nächsten Fahrtziele anzutreffen und zumindest kurz mit ihm reden zu können.

Ihr Telefonat mit der Taxizentrale, das sie vom Auto aus führte, verlief positiver als erwartet. Nachdem sie sich vorgestellt und die Nummer des Präsidiums zur Legitimation und für Rückfragen genannt hatte, gab sich ihre heutige Gesprächspartnerin kooperativ und erklärte sich dazu bereit, Adelphos anzufunken. Wenig später meldete sich die Zentrale bei Jasmin zurück und nannte ihr den Parkplatz des Congress Centrums unweit der Friedensbrücke als Treffpunkt. Jasmin sagte zu und gab Gas.

Das Taxi, ein cremefarbener Mercedes Kombi, stand wie verabredet vor der Kongresshalle. Adelphos erwies sich als aufgeschlossener junger Mann, dessen gesunder Teint und krauses schwarzes Haar auf seine griechischen Wurzeln schließen ließen. Jasmin stellte sich und ihr Anliegen vor, woraufhin der Fahrer die Stirn in Falten zog.

»Wissen Sie, wie viele Fahrgäste ich habe? Wie soll ich mich da an einen einzelnen Herrn erinnern?«

»Dieser Kunde ist am Hauptbahnhof zugestiegen. Ihr Taxi wurde extra für ihn angefordert.« Jasmin zeigte ihm das einzige ihr zur Verfügung stehende Bild des Gesuchten.

»Schauen Sie bitte genau hin. Vielleicht kommen Sie dann wieder drauf.«

Adelphos wirkte skeptisch, tat ihr aber den Gefallen. »Elvis?«, fragte er überrascht. »Ich dachte, der ist längst tot.«

»Der Mann, den ich suche, ist als Presley-Imitator aufgetreten. Sehen Sie sich das Bild bitte an und konzentrieren sich auf das Gesicht«, forderte Jasmin ihn auf.

»Ja, die Gesichtszüge kommen mir vage bekannt vor«, sagte er und machte den Eindruck, als würde er angestrengt nachdenken. »Er ist am Hauptbahnhof eingestiegen, sagen Sie?«

»Korrekt«, bestätigte Jasmin. »Und er müsste einen Reisekoffer mit sich geführt haben.«

»Stimmt. Ich habe ihn im Kofferraum verstaut.«

»Prima! Können Sie mir jetzt auch sagen, wohin die Fahrt ging?«

Adelphos klopfte sich mit den Fingerkuppen an die Schläfe, er dachte angestrengt nach. »Es war kein gewöhnliches Ziel, das weiß ich noch. Keine Firmenadresse und kein Hotel, wie es normalerweise bei Fahrgästen der Fall ist, die am Bahnhof zusteigen.«

»Sondern?«, fragte Jasmin. Wenn sich Adelphos an die genaue Adresse erinnern würde, führte diese Jasmin womöglich zu Baumanns Unterschlupf oder – sofern sie es tatsächlich mit einem Profikiller zu tun hatten – zu dessen Auftraggeber. »War es eine Privatadresse? Reihenhaus, Bungalow oder eine Villa?«

»Nein, nein, nichts dergleichen.«

»Dann vielleicht ein öffentliches Gebäude? Ein Museum, das Rathaus oder vielleicht eine Kirche?«

»Kirche?« Adelphos' Gesichtszüge glätteten sich. »Aber natürlich!«, rief er strahlend. »Jetzt weiß ich es wieder.«

»Also eine Kirche«, wiederholte Jasmin und wusste nicht recht, ob sie sich über diese Auskunft freuen konnte. Denn sie hatte nicht die geringste Vorstellung davon, was Baumann in einem Gotteshaus zu tun hatte. Schlimmstenfalls war er durch das Hauptportal hineinmarschiert, um es durch eine Seitentür wieder zu verlassen. Damit hätte sich seine Spur höchstwahrscheinlich verloren.

Bevor sie weiter darüber nachdenken konnte, fügte Adelphos hinzu: »Es war nicht direkt eine Kirche. Also keine der üblichen Sehenswürdigkeiten für Touristen wie der Dom St. Kilian oder die Marienkapelle.«

»Keine der bekannten Kirchen? Was dann?«

»Das Fahrziel lag außerhalb der Stadt«, sagte Adelphos. »Es war ein Kloster.«

Nach seinem bewährten Vorgehen hatte sich Victor Blohfeld Infos über die Ermittlungen der Soko Walküre besorgt, indem er einem weiteren Kripomann Neuigkeiten beim gemeinsamen Essen entlockte. Diesmal nicht in der Kantine des Präsidiums am Jakobsplatz, sondern in der Bäckerei am Weißen Turm, ebenfalls ein beliebter Treffpunkt von Polizisten. Blohfeld spendierte dem Kriminaler einen Thunfischfladen und bekam dafür frisches Material über Jasmin Stahl. So erfuhr er, dass die Oberkommissarin mit ihrer These, den Täter in Würzburg schnappen zu können, noch immer ziemlich allein stand. Im wahrsten Sinne des Wortes, denn Hauptkommissar Schnelleisen hatte bislang keine Verstärkung geschickt.

»Liegt das daran, dass Schnelleisen ihrer hübschen Spürnase nichts zutraut oder vielmehr daran, dass er in ihr eine Konkurrentin wittert, die er kleinhalten will?«, fühlte Blohfeld seinem Bekannten auf den Zahn.

»Ich würde sagen: eine Mischung aus beidem. Kollegin Stahl hat wenig bis gar nichts in der Hand, um ihre Vermutung untermauern zu können. Und dass du eine vertraulich zu behandelnde Sache in deinem Käseblatt breitgetreten hast, wird ihr nicht gerade bei der Arbeit helfen. Wenn der Gesuchte dank dir gewarnt ist und entwischt, kannst du dich auf mächtig viel Ärger einstellen.«

Blohfeld blieb gelassen. »Ärger gehört zu meinem Job. Ich betrachte ihn als Würze des journalistischen Lebens.«

»Schön gesagt. Aber für dich gibt es in diesem Fall trotzdem nicht mehr viel zu holen. Von der Stahl wirst du jedenfalls keine Silbe darüber zu hören bekommen.«

Blohfeld lächelte schief. »Von der Stahl wahrscheinlich nicht – aber von dir.«

»Nein!« Der Kommissar winkte ab. »Keine Chance.«

»Wirklich keine?« Blohfeld ging zur Theke und orderte ein zweites Sandwich mit Thunfisch und extra viel Mayonnaise. Er platzierte die Kalorienbombe unmittelbar vor dem beleibten Ermittler.

»Ich liebe diese Teile«, sagte er und streckte seine Finger danach aus.

»Ich weiß«, meinte Blohfeld und sah ihm beim Essen zu.

»Dafür hast du genau zwei Fragen gut«, sagte der Kripomann kauend. »Teile sie dir gut ein. Mehr wirst du heute nicht aus mir herausholen.«

Das ließ sich Blohfeld nicht zweimal sagen und entlockte dem schlemmenden Ermittler neue Details über den Verdächtigen, hinter dem die Stahl her war. Er erfuhr auch, dass sich die Identität des Mannes als reine Fassade erwiesen hatte, denn ein Kleinkünstler namens Klaus Baumann sei in dem von ihm angegebenen Wohnort gar nicht gemeldet, sondern der Name von einem unbescholtenen

Bürger geborgt. Auch die Überprüfung von Telefon- und Kontonummer sei ins Leere gelaufen. Blohfeld schloss daraus, dass die Polizei es hier mit einem Profi zu tun hatte, der Verschleierungsmethoden anwandte, die man zum Beispiel aus dem terroristischen Umfeld kannte. Nun wusste er auch, warum Jasmin Stahl so scharf darauf war, den Mann zu fassen zu bekommen – und sein eigenes Interesse an diesem schlagzeilenträchtigen Fall wuchs von Minute zu Minute weiter an.

»Mehr sage ich nicht!«, beendete der Kommissar das Gespräch und wischte sich die fettigen Hände an einer Papierserviette ab. Blohfeld hatte ohnehin genug gehört und war jetzt mehr denn je dazu entschlossen, Oberkommissarin Stahl nachzureisen.

Da gab es nur ein Problem: Blohfeld stand derzeit ohne Führerschein da. Nachdem er wiederholt die zulässige Promillegrenze beim Autofahren überschritten hatte, war seine Lizenz bei der letzten Verkehrskontrolle einkassiert worden. Sechs lange Wochen musste er sich mit Bus, Tram und U-Bahn begnügen, und für die Tour nach Würzburg käme bloß der Intercity infrage. Doch damit wäre er vor Ort nicht mobil und könnte der Stahl nicht folgen. Ein Taxi kam nicht in Betracht, das wäre viel zu teuer. Auf diesen Spesen würde er sitzen bleiben. Nein, dachte Blohfeld, ohne den eigenen fahrbaren Untersatz würde das nicht funktionieren. Was er brauchte, war ein williger Helfer: Er suchte einen Dummen, der für ihn den Chauffeur spielen würde. Doch wer käme dafür infrage?

Als Katinka gegen siebzehn Uhr ihr Büro im Oberlandesgericht verließ und zu ihrem auf dem Mitarbeiterparkplatz abgestellten Mini Cabriolet ging, stand es mit ihrer Laune nicht zum Besten. Und das, obwohl es durchaus gute Nachrichten gab: Hannah hatte sich wieder gemeldet und angekündigt, dass der Tag ihrer Heimkehr dicht bevorstand. Zwar nannte sie kein Datum, doch allein die Aussicht auf ihren baldigen Rückflug ließ Katinkas Mutterherz vor Freude hüpfen.

Die Gründe für ihre Gereiztheit fanden sich im Job: Das US-Konsulat hatte sich an den Gerichtspräsidenten gewendet, der wiederum ihr im Nacken saß und sich beinahe stündlich nach den Fortschritten im Fall des toten Amerikaners erkundigte. Sie reagierte darauf ungewöhnlich dünnhäutig, weil sie ebenfalls größte Zweifel an einem baldigen Erfolg der Ermittlungen hatte und keinerlei echte Fortschritte bei der Polizeiarbeit erkennen konnte. Ihr waren die Differenzen im Ermittlungsteam keineswegs verborgen geblieben: Sie wusste sowohl von den Vorbehalten Hauptkommissar Schnelleisens gegenüber Soko-Leiterin Jasmin Stahl wie von deren Alleingang, der Fahndung im Raum Würzburg, der sie selbst ja zugestimmt hatte. Eine Zusage, die Katinka mehr und mehr bereute. Katinka fragte sich, ob sie der eigensinnigen Kommissarin – auf die Paul aus unerfindlichen Gründen so große Stücke setzte – zu viel hatte durchgehen lassen. Ihre sonstigen Ermittlungserfolge hin oder her.

Apropos Paul, dachte Katinka, als sie sich hinters Steuer ihres perlmuttfarbenen Minis setzte. Von Pfarrer Fink, dem sie kürzlich zufällig auf dem Hauptmarkt begegnet war, hatte sie erfahren, dass auch Paul sich in der Nähe von Würzburg aufhielt. In einem Kloster – ausgerechnet! Für einen kurzen Moment kam ihr der Gedanke, dass Jasmins Ermittlungen in Unterfranken auch unter einem anderen Licht betrachtet werden könnten: Ob sie vorhatte, Dienstliches mit Privatem zu verbinden? Witterte sie etwa eine Chance, die Ehekrise im Hause Flemming zu nutzen, um sich an Paul heranzumachen? So wie sie es schon einmal getan hatte, als Katinka für längere Zeit in Berlin zu tun hatte?

Sie verwarf den Gedanken, denn er erschien zu abwegig. Die kurze Affäre von Paul und der Kommissarin lag Jahre zurück, noch vor ihrer Ehe. Inzwischen hatte sich daraus eine Freundschaft entwickelt, rein platonisch, wie Paul ihr mehrfach versichert hatte.

Doch konnte Katinka dem Frieden wirklich trauen?

Sie startete den Motor und fuhr los. Sie fädelte sich in den dichten Feierabendverkehr auf der Fürther Straße ein. Das tat sie nahezu automatisch, denn gedanklich kam sie nicht über ihr aufflackerndes Misstrauen hinweg. Selbst wenn es nicht gerade von Vertrauen sprach, Paul zu verdächtigen, konnte sie nicht anders. Sie würde ab jetzt keine ruhige Minute mehr haben und immer daran denken müssen, was zwischen Jasmin und Paul in Würzburg laufen könnte.

Und sie selbst trug die Schuld daran, warf sie sich vor. Denn war sie es nicht gewesen, die Paul vor die Tür gesetzt und ihn damit vor den Kopf gestoßen hatte? War es nicht allzu menschlich, wenn er darauf mit Trotz reagierte und sich in eine Affäre mit einer anderen stürzte, bloß um sich zu revanchieren und Katinka eins auszuwischen?

Je länger sie darüber nachdachte, desto düsterer wurde das Szenario, das sie sich ausmalte. Als der Mini an der Kleinweidenmühle zum Stehen kam, hatte sich in ihrem Kopf ein Entschluss verfestigt: die Entscheidung, sich nicht tatenlos ihrem Schicksal zu fügen. Sie hatte Paul fortgeschickt, also musste sie es auch sein, die ihn zurückholte.

Ja, dachte Katinka mit leise aufkeimender Hoffnung, sie würde ihren Paul nicht dieser anderen Frau überlassen. Sie würde für ihre Ehe einstehen und kämpfen. Gleich morgen würde sie es angehen, sich freinehmen und selbst nach Würzburg fahren.

Was diese Stahl konnte, das konnte sie schon lange!

Die Teilnehmer des Kurses »Meditation für Anfänger« hatten sich im Parlatorium versammelt und saßen erwartungsvoll im Stuhlkreis unterm altehrwürdigen Kreuzrippengewölbe. Paul schielte auf seine Armbanduhr. Ihr Referent, Bruder Theobald, war seit fast einer Viertelstunde überfällig.

Paul erinnerte sich an die kurze Begegnung mit dem Pater am frühen Morgen und an dessen mürrisch besorgten Gesichtsausdruck. Auch dessen wirre Worte vom Vorabend fielen ihm nun wieder ein. Ob Theobald erkrankt war?

Während die anderen Wartenden keinerlei Initiative zeigten, sondern still auf ihren Plätzen verharrten, beschloss Paul, nach ihrem Kursleiter Ausschau zu halten. Mit hallenden Schritten verließ er den Saal und trat auf den menschenleeren Klosterhof. Die Dämmerung hatte bereits eingesetzt, und er sah, dass im Wirtschaftsgebäude Licht brannte. Paul entschied, es dort zu versuchen und nach dem säumigen Bruder zu fragen.

Mit dieser Entscheidung lag er richtig, denn schon beim Eintreten hörte er Theobalds voluminöse Stimme. Wie Paul aus dem begleitenden Klappern und Scheppern schloss, hielt er sich in der Klosterküche auf. Im Näherkommen nahm Paul noch eine weitere Stimme wahr. Er meinte, dass es sich dabei um den Abt handelte.

»... ist es gewiss nicht unser drängendstes Problem, unseren Speiseplan zu verbessern«, hörte Paul Theobald mit ungewöhnlicher Schärfe sagen.

»Da bin ich anderer Ansicht«, entgegnete der Abt. »Die Beschwerden über die Qualität des Essens reißen nicht ab. Beim Ersatzkoch ist es noch gravierender als bei unserem richtigen.«

»Und ich sage Ihnen: Das Essen sollte momentan unsere geringste Sorge sein«, konterte Theobald.

Paul hatte die Küche fast erreicht, blieb nun aber – neugierig geworden durch das soeben Gehörte – hinter dem Türrahmen stehen.

»Ich werde mich bemühen, dass es besser wird«, hörte Paul eine dritte männliche Stimme, wohl die des ins Kreuzfeuer geratenen Küchenchefs.

»Bemühen allein reicht nicht«, sagte der Abt. »Wenn die ersten Gäste verfrüht abreisen, mache ich Sie dafür verantwortlich.«

»Und ich sage noch einmal, dass wir jetzt ganz andere Prioritäten setzen müssen«, ging Theobald dazwischen. »Wir müssen handeln, und zwar unverzüglich.«

»Verschonen Sie mich endlich mit Ihren Hirngespinsten, Bruder Theobald.« Der Abt schien mit seiner Geduld am Ende zu sein. »Meine einzige Sorge gilt dem Wohlbehagen unserer Gäste, denn auf ihre Zufriedenheit stützt sich die Finanzierung unseres Klosterbetriebs.«

»Auch mir liegt das Wohl unserer Gäste bekanntlich sehr am Herzen«, zischte Theobald. »Aus diesem Grund bitte ich Sie ja, mich anzuhören.«

»Genug!«, setzte der Abt der Auseinandersetzung ein Ende. »Auf uns alle warten Aufgaben, die keinen weiteren Aufschub dulden. Ihre Meditationsstunde hat längst begonnen, Bruder Theobald. Lassen Sie die Teilnehmer nicht länger warten, ansonsten liefern wir ihnen einen weiteren Grund, sich zu beklagen.«

»Aber, hochwürdigster Vater ...«

»Schluss! Finden Sie sich morgen nach der Frühmesse bei mir ein, dann können wir meinetwegen noch einmal darüber reden. Doch nun kommen Sie Ihren Pflichten nach!«

Nach der Meditationsstunde, in der Paul unentwegt über den seltsamen Streit zwischen dem Abt und Bruder Theobald nachdenken musste, schloss sich das gemeinsame Abendessen an. Danach zog sich Paul auf sein Zimmer zurück, wo Carsten bereits auf ihn wartete. Im Gegensatz zu den Vortagen wirkte er heute nicht mehr sehr unternehmungslustig, sondern hockte schlaff auf einem Stuhl. Er glotzte auf eine Motorsportzeitschrift, es machte jedoch nicht den Eindruck, als würde er sie wirklich lesen.

»Heute keine Exkursion in die örtliche Gastronomie?«, sprach Paul ihn an. Nach dem klösterlichen Abendessen – in zähe Schafsdärme gepresster Wurstteig mit hoffnungslos verkochtem Kraut und Brot vom Vortag – hätte Paul in seinem Magen durchaus Platz für eine anständige Mahlzeit und einen Schoppen Wein gehabt. Carsten erweckte zwar nicht den Eindruck, als ob er sich an diesem Abend vom Fleck rühren würde, aber dann rappelte er sich doch noch auf, streckte sich und verkündete:

»Ich gehe etwas Luft schnappen.«

»Auf dem Turm? Oder willst du runter ins Dorf?«, fragte Paul und erwog, sich einem eventuellen Kneipenbesuch anzuschließen.

»Nein, heute ist mir nicht danach. Nur eine kleine Runde drehen. Ich will in Ruhe den Glühwürmchen zusehen.«

»Verstanden«, sagte Paul und begriff, dass Carsten nicht auf Geselligkeit aus war.

Also stellte er sich auf einen ruhigen Abend ein und widmete sich seiner Lektüre, dem lehrreichen Weinkundebuch.

Diesmal blieb er bei einer Anekdote über Dichterfürst Goethe hängen, der im Jahr 1806 durch die Mainlande reiste und seiner Frau Christiane in einem Brief vom guten Würzburger Wein vorschwärmte. Bis zu drei Flaschen hatte der Geheimrat pro Tag konsumiert. Leider war nicht überliefert, von welcher Traube. Weil es ihm schmeckte, aber auch, weil der Wein den Geist des Poeten beflügelte. So stand es zumindest in dem Büchlein, und Paul fragte sich, wie viele Gläser Riesling oder Silvaner wohl im Spiel gewesen sein mochten, als Goethe seinen Werther auf den Leidensweg schickte …

In Ermangelung der Kommunikation mit seinem Zimmernachbarn und durch die schummrige Beleuchtung in ihrem Raum hielt Paul sich nicht lange in der Senkrechten. Bald fielen ihm die Augen zu, und er kippte seitlich auf seine Pritsche. Dabei stieß er mit dem Kopf gegen sein iPad, das vom Kissen rutschte und auf den Boden fiel. Sofort war Paul wieder hellwach und kontrollierte das Display auf mögliche Schäden. Da es keine gab, beruhigte er sich wieder, stand auf und beschloss, sich bettfertig zu machen. Er suchte Zahnbürste, Seife und Handtuch zusammen und öffnete die Tür, um die Waschräume am Ende des Flurs aufzusuchen.

Er hatte diese kaum erreicht, als ihm ein anderer Klostergast, den er von seinem Meditationskurs kannte, entgegenkam: Im Bund seiner Schlafanzughose steckte ein Feinrippunterhemd, um den Mund herum sprudelte der weiße Schaum von Zahnpasta.

»Daf Waffer ift aufgefallen«, gurgelte der Mann. »Ef kommt kein Tropfen auf dem Hahn.« Mit den Worten, dass er sich beim Abt beschweren gehen wolle, ließ er Paul stehen und tapste schimpfend durch den Gang.

Paul fiel sofort die Pumpe im Wasserturm ein. Hatte Carsten nicht gesagt, dass sie mitunter den Dienst versagte? Sofern er es richtig im Gedächtnis behalten hatte, lag es im Aufgabenbereich von Bruder Theobald, sich um solche Dinge zu kümmern. Paul trat an ein Fenster des Säulengangs, von dem aus er freie Sicht auf den vorgelagerten Hügel mit dem alten Wehrturm hatte. Und tatsächlich sah er in der Dunkelheit der mondlosen Nacht einen schwachen Lichtstrahl im Zickzackkurs auf den Turm zusteuern. Das musste der Mönch mit einer Taschenlampe sein, vermutete Paul und beobachtete, wie sich das Licht zügig seinem Ziel näherte und kurz darauf am Fuße des Turms erlosch. Theobald war also angekommen und würde den Taucher der Pumpe freisetzen. Paul schätzte, dass es nicht lange dauern konnte, bis das Wasser wieder floss, und setzte seinen Weg in die Waschräume fort.

Dort breitete er seine Utensilien auf dem Waschbeckenrand aus, fuhr sich mit einer Bürste durch sein zunehmend graues Haar und stellte bei der Musterung von Wangen und Kinn fest, dass die nächste Rasur dringend fällig war. Er drückte einen Streifen Zahnpasta auf den Bürstenkopf und drehte probehalber am Hahn. Doch außer einem tiefen Glucksen tat sich nichts.

Also setzte Paul die Bestandsaufnahme seines Spiegelbilds fort, entdeckte einige zu lange Härchen in den Brauen und etliche neue Falten rings um die Nase.

Paul drehte noch einmal am Hahn. Aber noch immer passierte nichts.

Seltsam, dachte er. So lange konnte es doch nicht dauern, eine streikende Pumpe in Betrieb zu setzen. Zumal wenn man sich auskannte wie Bruder Theobald.

Paul wartete weitere zehn Minuten ab, dann wurde es ihm zu dumm. Er würde selbst nach dem Rechten sehen und Theobald anbieten, ihm zu helfen. Er ließ sein Waschzeug an Ort und Stelle liegen und ging zurück auf sein Zimmer, wo er mangels Taschenlampe sein Handy einsteckte. Das eingebaute Licht hatte ihm schon so manches Mal als Ersatz gedient und sollte ihm den Weg zum Turm aufzeigen.

Paul verließ das Kloster durchs hintere Tor und suchte den Boden nach dem Beginn des Trampelpfades ab. Dann folgte er mehr schlecht als recht der schmalen Spur, den Blick fest auf den Weg zu seinen Füßen geheftet, um nur ja nicht in eine der zahlreichen Stolperfallen zu geraten. Herumliegende Steine und austretendes Wurzelwerk erschwerten ihm das Vorwärtskommen ebenso wie die engen Kurven, die der Pfad beschrieb.

Als er endlich ankam, hatte die Handylampe den Großteil der Akkukapazität aufgebraucht. Er musste sich also beeilen, den Mönch mit seiner Taschenlampe zu erreichen.

Der Wehrturm zeichnete sich als dunkle Silhouette gegen den Nachthimmel ab. Er hatte etwas Bedrohliches an sich, fand Paul und merkte, wie Beklommenheit in ihm aufstieg. Er umrundete den Turm. Auf der Suche nach der Tür ließ er den Lichtstrahl des Handys über die Mauern gleiten. Als er den Eingang schließlich fand, drückte er die Klinke und stieß die schwere Metalltür auf. Das Quietschen der Scharniere hallte durch das Treppenhaus und ließ Paul frösteln.

Er trat ein. Ein feuchter, modrig riechender Luftzug schlug ihm entgegen. Aber wenigstens brannte drinnen Licht. Auch nicht gerade stark, denn das gelbe Glimmen entsprang lediglich einigen betagten Glühbirnen in rostzerfressenen Fassungen an den Wänden. Doch es reichte, um sich orientieren zu können. Paul sah sofort, dass die zweite Tür, die zum Trinkwasserbassin führte, offen stand. Er schaute hindurch und rief:

»Bruder Theobald? Sind Sie noch da drin?«

Keine Antwort.

»Hallo! Hören Sie mich? Kann ich Ihnen irgendwie behilflich sein?«

Nichts war zu hören.

Paul bückte sich und kroch durch die nur hüfthohe Tür in die Pumpenkammer. Auch hier brannte ein leidlich helles Licht, sodass er den kleinen Versorgungsraum und das darin liegende Becken leicht überblicken konnte.

Nun sah er auch Theobald und wusste, warum er nicht auf seine Rufe reagiert hatte: Der Mönch lag mit ausgestreckten Gliedmaßen auf dem Betonboden, der Oberkörper halb ins Wasser hängend. Neben ihm ein Stein, mit Blut getränkt. Auf Theobalds Kopf klaffte eine große, hässliche Wunde.

Eine weitere Nacht, die Jasmin in der Pension verbrachte.

Umsorgt von einer Zimmerwirtin, die bestrebt zu sein schien, ihr jeden Wunsch von den Augen abzulesen, hatte sie Würzburger Knäudele probiert, kleine Griebenwürste mit einer ähnlichen Füllung wie der fränkische Presssack. Diese Kaltspeise hatte Jasmin zum Verdruss der Wirtin bloß mit einem Kanten Brot zu sich genommen und auf ein warmes Essen verzichtet. Und das, obwohl ihre Vermieterin mit Engelszungen auf sie eingeredet und ihr diverse lokale Spezialitäten angeboten hatte, an denen sie – das »zierliche Fräulein« – sich hätte stärken sollen: Lende mit Kartoffelstöpferle, Rindfleisch mit Kren oder Fränkische Schnickerli, andernorts auch Saure Kutteln genannt. Letzteres wäre für Jasmin ohnehin nicht in Betracht gekommen, da es sich dabei um in Streifen geschnittene Innereien von Wiederkäuern handelte, was absolut nicht ihren Geschmack traf.

Jetzt saß sie auf dem Bett ihres liebevoll eingerichteten Zimmers und fühlte sich zur Untätigkeit verdammt. Zwar hatte sie heute viel erreicht und dank Adelphos' Zutun den letzten bekannten Ort ihrer Zielperson identifizieren können, doch seitdem war sie dazu verdammt abzuwarten. Denn nachdem Jasmin die Spur zum Kloster pflichtgemäß nach Nürnberg gemeldet hatte, waren klare Anweisungen erfolgt: »Keine Alleingänge!«, hatte Hauptkommissar Schnelleisen ihr eingeschärft. Auf keinen Fall sollte sie überstürzt handeln und das Kloster auf eigene Faust erkunden. Stattdessen musste sie sich in Geduld üben, bis die nächsten Schritte mit der Staatsanwaltschaft abgestimmt waren. Außerdem sollte sie sich ortskundige Unterstützung sichern und bei der Würzburger Polizei Informationen über das Kloster einholen.

Das hatte Jasmin vor. Doch laut Schnelleisens ausdrücklicher Anweisung erst morgen früh, wenn das Kommissariat wieder besetzt wäre. Bis dahin sollte sie die Füße stillhalten.

Eine Aufgabe, die Jasmin unendlich schwerfiel.

Was für ein Schock! Welch unerwartete, schreckliche Wendung an diesem harmonischen Abend. An Nachtruhe und klösterlichen Frieden war nicht mehr zu denken: Nahezu gleichzeitig mit dem von Paul alarmierten Notarzt trafen ein Streifenwagen und ein Zivilfahrzeug der Polizei ein. Die Polizisten aus dem zweiten Auto kamen vom Kriminaldauerdienst und sahen sich am Ort des Geschehens um. Nachdem der Arzt den Tod Theobalds festgestellt und als wahrscheinliche Ursache einen Schlag auf den Kopf genannt hatte, sprachen die Beamten zunächst mit dem völlig aufgelöst wirkenden Abt. Paul, dem die Sanitäter eine Decke um die Schultern gelegt hatten, durfte bleiben und zuhören. Denn als Entdecker der Leiche wäre er als Nächster mit der Befragung an der Reihe.

»Der Turm ist baufällig«, äußerte sich der Abt. »Immer wieder brechen Stücke aus der Fassade und fallen herab. Wir hätten das längst angehen sollen, aber Bruder Theobald – Gott habe ihn selig – meinte, dass eine Sanierung noch nicht nötig und außerdem viel zu teuer sei. Theobald ist … – Verzeihung: Er *war* bei uns für das Gebäudemanagement zuständig.«

»Sie wollen sagen, dass der Verstorbene seinen Tod durch eigene Fahrlässigkeit verursacht hat?«, fragte der Polizist für Pauls Empfinden reichlich pietätlos.

»Ich suche lediglich nach einer Erklärung für das, was geschehen ist«, rechtfertigte sich der Abt.

Die Beamten nickten, machten sich Notizen und untersuchten noch einmal die Pumpenkammer. Paul stand daneben und konnte dasselbe sehen, was die Polizisten sahen: Am Grund des mit kristallklarem Wasser gefüllten Bassins lagen mehrere weitere Steinbrocken. Von der Größe einer Faust bis hin zu der eines Fußballs. Dazwischen abgebröckelter Putz.

»Diese Anlage gehört geschlossen«, sagte einer der Polizeibeamten streng und wandte sich dem Abt zu. »Sie werden es mit der Staatsanwaltschaft zu tun bekommen.«

»Aber das Gebäude war nicht öffentlich zugänglich«, betonte der Abt. »Sie können hier nicht dieselben Maßstäbe ansetzen, wie im bewohnten Teil des Klosters.«

»Ich lege gar keinen Maßstab an«, stellte der Polizist klar. »Das ist Angelegenheit von Sachverständigen.«

Ja, dachte Paul. Auf den Abt als Hausherrn würden etliche Unannehmlichkeiten zukommen. Paul kannte dieses Spiel ja schon: Zum einen würde man den Toten vermutlich obduzieren, da ein nicht natürlicher Tod festgestellt worden war. Ermittlungen hinsichtlich der Todesursache waren also zwingend. Dabei könnte auch diagnostiziert werden, ob die Verletzung tatsächlich von dem Stein – aus großer Höhe und mit der entsprechenden Wucht – verursacht worden war oder ob es sich um eine Schlagverletzung aus kurzer Distanz handelte. Vielerlei Fragen mussten in diesem Zusammenhang geklärt werden: Wie stark wurde der Schädel zertrümmert? Gab es noch andere Verletzungen, die auf den ersten Blick nicht auffielen? Passte der Stein überhaupt zur Verletzung? Und dann würden die Ermittlungen hinsichtlich direkter oder indirekter Verursacher folgen. Kam Fremdverschulden in Betracht? Zum Beispiel durch Unterlassen, weil das Gebäude unzureichend gegen unbefugten Zutritt abgesichert gewesen war ...

Der Abt mochte von all dem wenig verstehen, dennoch sah er sehr mitgenommen, ja, geradezu verzweifelt aus. Er tat Paul leid.

Paul hatte allerdings kaum Gelegenheit, sich um das Gemüt des Abtes zu sorgen. Denn nun nahmen die Polizisten ihn selbst in die Zange und ließen sich alle Einzelheiten schildern. Sie wollten wissen, weshalb Paul den Wasserturm mitten in der Nacht aufgesucht und wie er den Toten gefunden hatte.

»Der Verstorbene lag demnach in genau dieser Position auf dem Boden, als Sie eintrafen?«, fragte einer der Beamten. Paul bejahte. Daraufhin vergewisserte sich der Polizist: »Und Sie haben ihn nicht angefasst und die Lage verändert?«

»Nein«, sagte Paul. »Ich habe ihn nicht angerührt.« Das stimmte. Nicht einmal den Puls hatte er gefühlt, weil ihn der Anblick des toten Mönchs so sehr verschreckt hatte. Außerdem hatten angesichts von Theobalds starrem Blick für Paul nicht die leisesten Zweifel daran bestanden, dass der Mönch nicht mehr am Leben war.

»Wie lange haben Sie sich in der Pumpenkammer aufgehalten?«, lautete die nächste Frage.

»Nicht lang. Ich würde sagen, es war nicht einmal eine Minute. Ich bin dann gleich wieder raus, habe den Notruf gewählt und im Kloster Alarm geschlagen.«

»Gibt es Zeugen, die Sie auf Ihrem Weg zum Turm gesehen haben?«, fragte ein anderer Ermittler.

Paul nannte den anderen Gast, dem er bei den Waschhäusern begegnet war: »Fragen Sie ihn. Es könnte sein, dass er mir nachgesehen hat.«

Die Beamten hinterfragten noch die eine oder andere von Pauls Angaben, aber schnell war klar, dass es für sie auf einen Unglücksfall hinauslief.

»Oder gibt es etwas, das gegen einen Unfall spricht?«, fragte der ältere der beiden Zivilpolizisten, wohl weil er Zweifel aus Pauls Mienenspiel herauslas.

Ja, die gab es tatsächlich, dachte sich Paul und versuchte einen Zusammenhang mit dem flüchtigen Mörder aus Nürnberg herzustellen. Was, wenn sich der von Jasmin gesuchte mutmaßliche Täter wirklich hier im Kloster versteckt hielt? Womöglich ausgerechnet im Wasserturm, wo er sich in Sicherheit gewähnt hatte, dann jedoch von Bruder Theobald überrascht worden war. Um nicht aufzufliegen, griff er zu einem herumliegenden Mauerstein und zertrümmerte dem Mönch den Schädel. So könnte es sich abgespielt haben, überlegte Paul und stand kurz davor, es dem Ermittler zu sagen. Dieser könnte die Spurensicherung anfordern und nach entsprechenden Hinweisen suchen.

Dann entwickelte Paul noch eine zweite Theorie, genährt von dem heimlich mitgehörten Disput zwischen Theobald und dem Abt. Konnte es sein, dass Theobald den Gesuchten sogar bereits entdeckt hatte und seinen Chef auf die Gefahr aufmerksam machen wollte? Als dieser ihm nicht zuhören wollte, nahm Theobald das Heft des Handelns selbst in die Hand und versuchte, den im Turm versteckten Mörder allein zu stellen, was schiefging und mit Theobalds gewaltsamem Tod endete.

Doch beide Mutmaßungen hatten einen entscheidenden Haken: Wie Paul ja sehr genau wusste, hatte Theobald einen anderen triftigen Grund besessen, um im Dunkel der Nacht den alten Wehrturm aufzusuchen: Die defekte Wasserpumpe war schuld gewesen.

»Also?«, sprach der Polizist den nachdenklichen Paul an. »Gibt es etwas, das Sie uns mitteilen möchten?«

»Nein«, sagte Paul, den seine eigenen Erwägungen nicht überzeugten. »Es gibt nichts, das ich meiner Aussage hinzufügen könnte.«

Es war nach drei Uhr, als er endlich zurück in sein Zimmer durfte. Dort fand er Carsten vor und wollte ihm von dem schlimmen Ereignis berichten. Doch sein Zimmergenosse lag natürlich längst im Bett und schlief tief und fest. Von Theobalds Tod in der Pumpenkammer hatte er offenbar nicht das Geringste mitbekommen.

Sein Schnarchen begleitete Paul für den Rest dieser kurzen Nacht.

Samstag, 9. September

Man konnte kaum leugnen, dass er charmant gewesen wäre: Der Würzburger Kollege, ebenso wie Jasmin ein Oberkommissar, machte keinen Hehl daraus, dass er sie mochte. So wie er sich ins Zeug legte und mit ihr flirtete, entsprach sie wohl voll und ganz seinem Typ. Ob es ihre rötlichen Haare und die Sommersprossen waren, auf die er stand, ihre sportliche Figur oder ihre toughe Art, konnte Jasmin nicht sagen. Aber es war ihr auch egal. Denn sie saß ja nicht hier im Büro der Polizeiinspektion Würzburg, um mit einem – zugegebenermaßen ziemlich attraktiven – Bullen zu schäkern, sondern um sich über Klaus Baumanns Unterschlupf kundig zu machen.

»Selbstverständlich gewähre ich Ihnen Amtshilfe, Kollegin«, sagte ihr Gegenüber, der das Funkeln seiner dunklen Augen ebenso einsetzte wie sein herbes Lächeln, durch das seine männlich markanten Wangenknochen betont wurden.

Keiner von der schüchternen Sorte, dachte sich Jasmin. Aber das war sie ja auch nicht. Außerdem wusste sie sehr genau, was sie wollte – und was sie nicht wollte. Von daher würde sie kein Problem damit haben, mit diesem Womanizer zu kooperieren.

»Seit wir aus Nürnberg wissen, dass der Gesuchte möglicherweise im Raum Würzburg unterwegs ist, halten wir die Augen offen. Leider können wir bisher keinen Erfolg vermelden«, sagte er bedauernd. »Keine unserer Streifen konnte einen Mann Ihrer Beschreibung ausfindig machen. Auch die Sicherheitszentrale, in der die Bilder der stadtweiten Überwachungskameras zusammenlaufen, hat keinen Treffer erzielt.

Natürlich bleiben wir dran, aber Hand aufs Herz: Nachdem ja schon in der Presse darüber berichtet wurde, dass die Polizei hinter ihm her ist und ihn im Raum Würzburg vermutet, wird Ihr Verdächtiger längst über alle Berge sein.«

Ehe der Kollege auf die Idee kommen konnte, ihr den Abbruch des Unternehmens nahezulegen und ihr stattdessen vorzuschlagen, mit ihm essen zu gehen, teilte Jasmin ihm mit, was sie inzwischen herausgefunden hatte: »Ein Taxifahrer, bei dem Baumann am Hauptbahnhof zugestiegen war, hat sich an das Ziel der Tour erinnert. Es war ein Kloster.«

»Ein Kloster?« Der Oberkommissar zog die Brauen hoch. »Was sollte er dort wollen? Etwa eine Beichte ablegen?«

»Wohl kaum. Aber Klöster dienen bekanntermaßen schon seit Jahrhunderten als Zufluchtsstätten. Kein schlechter Schachzug, sich an einem solch bewährten Ort zu verbergen.«

»Ein gutes Argument, Frau Kollegin. Aber wer sagt, dass er sich noch immer dort aufhält?«

»Fahren wir hin und überprüfen es«, schlug Jasmin vor. Dabei wippte sie ungeduldig mit den Füßen, denn für ihren Geschmack lief alles gerade viel zu langsam.

Ihre beherzte Art schien ihrem Gesprächspartner zu gefallen. Er lächelte unternehmungslustig. »Nur zu gern!« Das Lächeln verschwand aus seinem Gesicht, als er anfügte: »Aber Sie wissen so gut wie ich, dass wir ohne richterlichen Beschluss nicht einfach dort hineinplatzen und die Räume durchsuchen können. Schon gar nicht an einem heiligen Ort.« Er suchte nach einer Möglichkeit, um doch noch kurzfristig etwas ausrichten zu können, und fragte: »Was sagt denn Ihr Team in Nürnberg dazu? Haben die eine Idee?«

Keine Ahnung, dachte Jasmin, denn sie wartete immer noch auf klare Instruktionen ihres Chefs. So viel stand jedoch fest: Für die Stürmung eines Klosters auf einen vagen Verdacht hin würde Schnelleisen nie und nimmer die Verantwortung übernehmen. »Das Kloster fällt in Ihren Zuständigkeitsbereich«, spielte Jasmin den Ball zurück und sah den Oberkommissar herausfordernd an. Sie spekulierte darauf, dass er sich keine Blöße geben und ihr die erhoffte unbürokratische Hilfe gewähren würde.

»Also schön. Schauen wir mal, was wir machen können.« Es sah ganz so aus, als würde der Kollege über seinen Schatten springen. Er schob die Ärmel seines Hemds zurück, beugte sich vor und fragte: »Der Taxifahrer hat Ihnen sicherlich die Adresse genannt. Wie heißt das Kloster?«

»Jakobus«, antwortete Jasmin, worauf ihr Gegenüber überraschend heftig reagierte.

»Das Jakobus-Kloster?«, vergewisserte er sich. »Dort hatten wir gerade erst einen Einsatz. Letzte Nacht! Die Kollegen vom Dauerdienst waren draußen. Wegen eines tödlichen Unfalls.«

»Was für ein Unfall?«, fragte Jasmin und war schon vor der Antwort überzeugt: Egal, worum es sich handelte – es gab ganz sicher einen Zusammenhang!

»Mit den Einzelheiten bin ich nicht vertraut. Aber nach dem, was ich gehört habe, ist ein Mönch in einem baufälligen Turm von herabfallenden Trümmern erschlagen worden.«

Jasmin sah ihn eindringlich an. »Wir müssen da hin!«, bestimmte sie. »Unverzüglich.«

Der Oberkommissar zog seine Augenbrauen nach oben. »Unverzüglich – im Sinne von jetzt gleich?«, fragte er und büßte dabei einen Großteil seines entschlossenen Auftretens ein. »Ich brauche dafür zumindest grünes Licht vom Dezernatsleiter.«

»Dann holen Sie es sich! Und am besten auch gleich einen Haussuchungsbeschluss. Wir können nicht warten, bis sich jemand von der Nürnberger Staatsanwaltschaft darum kümmert.«

»Ich werde mein Möglichstes tun«, sagte er und stand auf.

Das werde ich auch, dachte Jasmin, nickte dem anderen zu und ging zur Tür. »Rufen Sie mich auf dem Handy an, wenn es losgehen kann.« Schon während sie dies sagte, wusste sie, dass sie diesen Anruf nicht abwarten würde. Jasmin würde sich allein auf den Weg zum Jakobus-Kloster machen. Und zwar sofort.

»Wir haben noch geschlossen«, sagte Marlen, als sie das Schellen der Türglocke hörte. Die zierliche Frau von Gastwirt Jan-Patrick war gerade damit beschäftigt, im Eisbett einer gläsernen Theke die Filets fangfrischer Speisefische und Flusskrebse auszulegen.

»Ich komme nicht zum Essen«, stellte der Neuankömmling klar, als er den *Goldenen Ritter* betrat.

»Ach, Sie sind das?« Als Marlen Victor Blohfeld erkannte, erweckte sie nicht den Eindruck, sich über sein Kommen zu freuen. »Sie wollen zu meinem Mann?«, fragte sie in verhaltenem Ton.

»Richtig geraten.« Der schlaksige Reporter mit der fahlen Gesichtsfarbe strich sich eine Strähne seines grauen Haars aus der Stirn. »Ich nehme an, er ist in der Küche und verunstaltet mal wieder einen fränkischen Rezeptklassiker.« Ohne auf eine Antwort von Marlen zu warten, ging er an ihr vorbei und zog dabei eine Wolke aus erkaltetem Zigarrenrauch hinter sich her.

Zielgerichtet durchquerte er den Gastraum, wobei er sich unter den niedrigen Querbalken der dunkel gestrichenen

Holzpfeiler hinwegduckte. Wie er wusste, lag die Küche im hinteren Teil des Gebäudes: ein schmaler Schlauch, in dem sich Jan-Patrick und seine Gehilfen im Kochdunst gegenseitig auf die Füße stiegen.

»Blohfeld!« Jan-Patrick wirkte keine Spur erfreuter als seine Frau. »Was haben Sie hier verloren? Fassen Sie bloß nichts an!«

»Keine Bange. Ich möchte mich nur mit Ihnen unterhalten.«

»Ganz schlechter Zeitpunkt für eine Unterhaltung«, sagte der kleine Küchenchef und flitzte wieselflink zwischen Arbeitsplatte und Herd hin und her. »In einer Stunde kommen die ersten Gäste. Bis dahin haben wir noch viel zu tun.«

Blohfeld beobachtete ihn dabei, wie er mehrere Löffel Mehl mit Wasser und Essig verrührte, während ein neben ihm stehender Jungkoch oder Azubi mit einer Bürste inbrünstig ein längliches schwarzes Gemüse abschrubbte, mit einem Karottenhobel schälte und unter klarem Wasser abspülte.

»Schwarze Möhren?«, wunderte sich der Reporter, woraufhin ihn Jan-Patrick finster ansah.

»Keine Karotten, sondern Schwarzwurzeln. Ein zu Unrecht aus der Mode gekommenes heimisches Gemüse. Ich mache eine Lasagne daraus.«

Blohfeld verzog den Mund. »Und das soll schmecken?«

Statt zu antworten, arbeitete Jan-Patrick weiter, ließ die geschälten Wurzeln im Essigsud köcheln, würfelte ein halbes Dutzend entkernte Tomaten und briet gehackte Zwiebel und Knoblauch in einer Pfanne an. Auch die Tomatenwürfel wurden gedünstet und mit Salz, Pfeffer und Zucker abgeschmeckt, bevor sich der Koch an der Soße zu schaffen machte: Eine Mehlschwitze löschte er mit Wasser, Milch und Sahne ab und ließ sie unter Rühren aufkochen.

Noch einmal griff er zu seiner riesigen Pfeffermühle, dann ins Salzfass und schließlich zur Muskatnussreibe.

Der Gehilfe hatte inzwischen eine große Auflaufform eingefettet, in die in mehreren Lagen die Schwarzwurzeln, die Soße, dann große Scheiben gekochter Schinken und abermals Schwarzwurzeln verteilt wurden. Anschließend wieder Soße und zum Schluss eine üppig bemessene Decke aus gehobeltem Käse.

»Und nun ab damit in den Ofen!«, bestimmte Jan-Patrick, der im Eifer des Gefechts seinen ungebetenen Gast vergessen zu haben schien.

Blohfeld hustete in seine Faust, um sich bemerkbar zu machen und sagte: »Da bekommt man ja direkt Appetit.«

»Wenn Sie Hunger haben, setzen Sie sich ins Lokal und bestellen Sie sich etwas aus der Karte wie jeder andere Gast.«

»Essen? Von dieser Lasagnepampe? Mein Appetit verlangt eher nach etwas Hochprozentigem.«

Jan-Patrick stellte sich direkt vor den um Kopflänge größeren Reporter und stemmte seine Fäuste in die Hüften. »Was wollen Sie, Blohfeld?«, fragte er mit lauter Stimme.

»Einen Obstler vielleicht? Schlehengeist wäre nett. Oder, nein, warten Sie: Ich nehme einen Frankenwein«, antwortete Blohfeld mit süffisantem Lächeln.

»Ich warne Sie! Überspannen Sie nicht den Bogen.« Jan-Patricks Augen blitzten angriffslustig. »Rücken Sie endlich raus damit: Warum sind Sie wirklich hier?«

Blohfeld blieb gelassen. »Das war schon mein Ernst: wegen des Weins. Mir ist bekannt, dass Sie Ihre Weine von einem Gut in Unterfranken beziehen. Ganz in der Nähe von Würzburg.«

»Stimmt«, sagte der Wirt knapp. »Und?«

»Ich habe ein wenig gegoogelt und mir die Preisliste Ihres Lieferanten angesehen. Nicht gerade Discounterniveau, was?«

»Qualität hat nun mal ihren Preis.«

»Ja, aber wenn Sie die nächste Charge zu günstigeren Konditionen erhalten würden, hätten Sie nichts dagegen, oder?«, fragte Blohfeld im Säuselton.

»Worauf wollen Sie hinaus?«

»Nun, ich habe vor, besagtes Weingut aufzusuchen. Für eine Story, verstehen Sie?«

»Und weiter?«

»Ich denke mir, dass das dem Winzer gefallen wird und ihn dazu verleiten könnte, Ihnen bei der Berechnung Ihres nächsten Einkaufs entgegenzukommen.«

»Versteh ich nicht. Was habe ich mit Ihrer Story zu tun?«

»Mit der Story nichts. Aber es ist so, dass ich zurzeit gewisse Mobilitätsprobleme habe. Bei mir sprudeln die Ideen für gute Reportagen, aber ich kann nicht dorthin, wo ich sie recherchieren möchte. Und da kommen Sie ins Spiel: Sie werden mich in Ihrem Lieferwagen mit nach Würzburg nehmen – im Gegenzug sorge ich für einen Preisabschlag bei Ihrem Weineinkauf.«

Jan-Patrick stand das Misstrauen ins Gesicht geschrieben. Doch Blohfeld meinte, hinter diese abweisende Fassade blicken zu können: Er war sicher, dass Jan-Patrick geistig längst die Rechenmaschine angeworfen hatte. Es fehlte nur der letzte Anstoß dafür, dass er auf seinen Vorschlag einsteigen würde.

Dieser Anstoß kam überraschenderweise von Marlen. Unbemerkt hatte sie sich zu ihnen gesellt und sagte: »Das klingt ganz vernünftig. Unser Weinkeller ist fast leer, wir könnten Nachschub gebrauchen. Wann soll es losgehen?«

»Sofort!«, rief Blohfeld. »Überlassen Sie die Küche Ihrer Frau und den Gehilfen und klemmen Sie sich hinters Steuer, Jan-Patrick!«

Das Kloster, nicht weit entfernt vom Main und der Stadt gelegen, machte schon von weitem Eindruck. Als sich Jasmin in ihrem Wagen der auf einer Anhöhe gelegenen, gotisch anmutenden Anlage näherte, staunte sie über die Ausmaße ebenso wie über die Vielzahl der Giebel, Türmchen und Zinnen. Geradezu märchenhaft mutete das von sommergrünen Weinreben umschmeichelte Sankt Jakobus an – und wirkte durch seine hohen Mauern und einen vorgelagerten Wehrturm gleichzeitig wie eine uneinnehmbare Trutzburg.

Jasmin war sich ihrer Sache alles andere als sicher. Wenn sie den richtigen Riecher hatte und sich der Gesuchte tatsächlich hinter den klösterlichen Mauern verschanzte, würde sie ihn mit ihrem Auftauchen in offizieller Funktion womöglich aufschrecken und zu Handlungen verleiten, die für sie und jeden anderen in seiner Nähe gefährlich werden könnten.

Entsprechend alarmiert hatte Timo Schlelein reagiert – der Einzige, den sie in ihren spontan gefassten Plan, allein zu handeln, eingeweiht hatte. Bei dem kurzen Telefonat, das sie auf dem Weg hierher mit ihm geführt hatte, hatte er eindringlich an ihr Verantwortungsgefühl appelliert und ihr von dem »Egotrip«, wie er es nannte, abgeraten: »Damit handeln Sie gegen Schnelleisens ausdrücklichen Befehl. Sie sind immerhin ein Cop. Wenn ein Cop so was tut, geht das an die Innenrevision. Das hat garantiert disziplinarische Maßnahmen zur Folge«, versuchte er sie von ihrem Vorhaben abzubringen.

Doch Jasmin ließ sich nicht beirren. Denn es gab einen triftigen Grund dafür, zeitnah und notfalls auch ohne Unterstützung weiterer Polizeikräfte im Kloster aufzuschlagen: das Überraschungsmoment! Wenn die zivil gekleidete Jasmin ohne schwer bewaffnete Kavallerie im Rücken im Klosterhof auftauchen würde, käme Klaus Baumann gar nicht erst auf die Idee, sie mit der Kripo in Verbindung zu bringen.

Das hoffte Jasmin jedenfalls und lenkte ihren Wagen um die letzte Kurve vor der Einfahrt. Sie hatte ihr Ziel beinahe erreicht, als ihr Handy klingelte. Sie ging davon aus, dass Schlelein einen zweiten Versuch unternehmen wollte, sie umzustimmen und wollte den Anruf ignorieren. Doch dann erkannte sie, dass es sich um eine ihr fremde Mobilfunknummer handelte. War das etwa ihr Würzburger Kollege, der Oberkommissar? Jasmin wurde neugierig und steuerte ihr Auto an den Straßenrand. Knirschend kamen die Reifen auf dem geschotterten Bankett zum Stehen.

»Stahl«, meldete sie sich und wartete auf eine Antwort. Doch stattdessen hörte sie nur ein flaches Atmen. »Hallo?«, rief sie. »Wer ist dran?«

Nun erklang eine dünne, unsicher wirkende Stimme: »Frau Kommissarin? Ich muss Sie sprechen. Dringend«, sagte sie auf Englisch.

»Mrs Dexter?«

»Ja, ich bin es, Bethany Dexter«, kam es nach sekundenlangem Zögern durch den Hörer. »Ich muss Ihnen etwas Wichtiges mitteilen.«

Jasmin war von diesem Anruf völlig überrascht. Zwar hatte sie der Witwe des ermordeten Amerikaners ihre Visitenkarte in der Hoffnung überlassen, dass sie ihre Ängste überwinden und sich Jasmin doch noch anvertrauen würde, inzwischen jedoch nicht mehr damit gerechnet. Umso bedeutungsvoller erschien es ihr, dass Bethany nun bereit zu sein schien, ihr Schweigen zu brechen. Auch Jasmin wechselte ins Englische: »Reden Sie! Sie können mir alles sagen, was Ihnen auf dem Herzen liegt.«

»Nein!«, kam es panisch durch den Hörer. »Nicht am Telefon. Ich muss Sie persönlich sprechen. Unter vier Augen.«

»Ich bin allein, niemand hört mit«, entgegnete Jasmin, doch Bethany blieb bei ihrer Bedingung:

»Ich rede nur, wenn wir uns gegenüberstehen. Ich muss sichergehen, dass niemand anderes erfährt, was ich Ihnen anzuvertrauen habe.«

»Also gut«, sagte Jasmin, die ihre Pläne kippen sah. »Wo sind Sie gerade? Noch auf der *MS Walküre*?«

»Ja, auf dem Schiff. Nur an Bord fühle ich mich sicher. Hier gibt man auf mich acht, hier kommt keiner an mich dran.«

»Keiner an Sie dran?«, fragte Jasmin beunruhigt. »Fürchten Sie denn, dass das jemand vorhat?«

»Ich kann dazu nichts sagen. Nicht am Handy. Können Sie zu mir kommen? Möglichst bald?«

Jasmin konnte die nackte Angst der Anruferin geradezu körperlich spüren. »In Ordnung. Wo befindet sich das Schiff jetzt? Was ist der nächste Halt?«

»Würzburg«, platzte es aus Bethany heraus. »In knapp einer halben Stunde machen wir an der Mainlände fest. Das ist nahe der Löwenbrücke. Können Sie dort hinkommen?«, fragte sie mit sich überschlagenden Worten. Flehend fügte sie hinzu: »Ich hoffe, es dauert nicht zu lange, mit dem Auto aus Nürnberg bis hierher. Bitte verlieren Sie keine Zeit.«

»Ich bin nicht mehr in Nürnberg, sondern schon in Würzburg«, sagte Jasmin. »Ich komme sofort.«

Sie drückte das Gespräch weg und schmiss das Handy auf den Beifahrersitz.

»Verdammt!«, fluchte sie vor sich hin und sah durch die Windschutzscheibe zur Klostermauer hinauf. Sie würde ihre Prioritäten verlagern müssen. Der Schutz von Bethany hatte Vorrang. Der Klosterbesuch würde warten müssen.

Mit verbissener Miene riss sie das Steuer herum und gab Gas.

Das Bild des tödlich verunglückten Mönchs wollte Paul nicht aus dem Kopf gehen. Selbst wenn der Unfallhergang plausibel und für jedermann nachvollziehbar war, mochte sich Paul nicht damit abfinden. Er hatte da ein Gefühl, das Zweifel regte. Irgendetwas stimmte nicht, sagte ihm die innere Stimme – und zwar so laut und vernehmlich, dass er sie nicht ignorieren konnte.

Nach – magerem – Frühstück und – langweiliger – Vortragsrunde zum Thema »Selbsterkenntnis, der erste Schritt aus der Krise« klinkte sich Paul aus dem Klosterbetrieb aus, um einen Spaziergang zu unternehmen. Dieser führte ihn wie von selbst zum alten Wehrturm, der bei Tageslicht längst nicht die bedrohliche Wirkung verbreitete, die er in der vergangenen Nacht gehabt hatte. Paul schaute nach oben und blinzelte gegen die Sonne, deren Strahlen sich zwischen den Zinnen verfingen. Ob die Aussichtsplattform weiterhin zugänglich war, fragte er sich. Oder hatte die Polizei den Turm mittlerweile gesperrt? Als alter Hase in Sachen Tatortsicherung wusste Paul, dass in solchen Fällen der Örtlichkeit angepasste Mittel verwendet wurden, um einen unbefugten Zutritt zu verhindern. Da gab es diverse Varianten, vom Abschließen übers Versiegeln bis hin zum Bewachen.

Paul umrundete das marode Mauerwerk und gelangte zu der Stahltür auf der rückwärtigen Seite. Von einem Polizeisiegel oder dergleichen war nichts zu sehen, geschweige denn ein Wache schiebender Polizist. Auch hing nirgends ein Flatterband oder eine sonstige optische Hürde, die Besucher abschrecken würde. Hier waren die Beamten, die letzte Nacht ihren Dienst getan hatten, ziemlich nachlässig gewesen, stellte Paul fest.

Also probierte er es aus und legte seine Hand auf das kalte Metall der Tür. Sie ließ sich ohne Mühe öffnen.

Was nun? Sollte er eintreten? Hineingehen, um seiner Neugierde nachzugeben und sich den Schauplatz der gestrigen Tragödie noch einmal anzusehen? Natürlich wäre es sträflich nachlässig, das zu tun, denn Paul wusste ja jetzt, wie gefährlich der Aufenthalt in dem alten Gemäuer sein konnte. Aber es kribbelte ihm in den Fingern. Er wollte nachlässig sein!

Er trat aus dem gleißenden Sonnenlicht ins dumpfe Halbdunkel des Treppenhauses. Der Weg nach oben war frei, lediglich am Zugang zur Pumpenkammer hing der Hinweis »Betreten verboten!«. Ein Provisorium, das wahrscheinlich sehr bald von einem richtigen Warnschild oder eher noch von einem funktionierenden Sicherheitsschloss abgelöst werden würde.

Paul bückte sich, um durch die niedrige Pforte schlüpfen zu können. Dann knipste er das Licht an, woraufhin sich der kleine Geräteraum vor ihm auftat. Noch immer war es hier kalt und klamm. In der tiefen Verborgenheit dieses Raums hielten sich die Temperaturen selbst im Hochsommer bei konstant sieben oder höchstens acht Grad, bemerkte Paul. Von Bruder Theobalds tragischem Ableben in dieser Kammer war nichts mehr zu sehen. Kein Hinweis auf das schreckliche Ereignis, das sich erst wenige Stunden zuvor an diesem Ort abgespielt hatte. Kaum hatten die Polizeibeamten ihre Ermittlungsarbeiten abgeschlossen, war die Kammer wieder ihrer eigentlichen Bestimmung übergeben worden: Paul sah die Lochblechklappe, die zum Wasserbecken hinabführte. Sie stand offen und er hörte das sonore Summen der Pumpe. Als wäre nichts gewesen, dachte Paul. Traurig, dass der lebenslustige Theobald hier sein Ende finden musste und nicht einmal eine abgelegte Blume an den Verstorbenen erinnerte.

Immerhin: Am Rand der Luke entdeckte Paul Überreste der Markierungen, die die Polizei beim Vermessen des Auffindeorts der Leiche hinterlassen hatte. Er bückte sich danach und sah nun auch die dunkle Verfärbung des Betonbodens. Blut, vermutete er und merkte, wie es ihm schwindlig wurde. Die beklemmende Atmosphäre an diesem Ort des Todes setzte ihm mehr zu, als er es erwartet hatte. Es wurde Zeit, dass er wieder ging.

Paul wollte sich gerade aufrichten, als er einen Stoß in seinem Rücken spürte. Er ließ seine Hände nach unten schnellen, um sich abzustützen, doch es war zu spät. Der Schubs hatte ihn aus dem Gleichgewicht gebracht. Paul kippte direkt auf die Öffnung des Tanks zu. Mit schreckgeweiteten Augen sah er die schwarz schimmernde Oberfläche des Wassers auf sich zurasen, als er in die Tiefe stürzte.

An der Löwenbrücke befanden sich drei Liegeplätze. Zu dem nördlich der Brücke gelegenen Anleger, der Lände 1, gehörten Versorgungseinrichtungen wie Frischwasserzufuhr und Stromanschluss, außerdem gab es eine Haltestelle für Busse, die die Passagiere ins Zentrum fahren würden. Wie Jasmin feststellte, bot die Mainlände den ankommenden Touristen einen besonders eindrucksvollen Blick auf Festung und die Wallfahrtskirche Mariä Heimsuchung, im Volksmund auch Käppele genannt. Die Innenstadt war über die Uferpromenade entlang des Oberen Mainkais leicht zu erreichen, doch Jasmin vermutete, dass die meisten – betagten – Fahrgäste den Bus bevorzugen würden.

Die *MS Walküre* war bereits vertäut. Das ultramoderne Hotelschiff beeindruckte Jasmin einmal mehr durch seine Eleganz, die durch das unaufgeregt charmante Auftreten der ganz in Weiß gekleideten Besatzungsmitglieder noch unterstrichen wurde.

Jasmin passierte die Gangway, die sie zur Schiffslobby führte, und meldete sich bei einem der Stewards an. Kurz darauf wurde sie in die Kabine von Bethany Dexter geführt.

Als Jasmin die Witwe auf dem Bett hocken sah, verschlug es ihr die Sprache: Die hübsche Frau war ein Schatten ihrer selbst. Schmal, bleich, mit verstörtem Blick. Ein mitleiderregender Anblick.

»Endlich! Endlich sind Sie da!«, rief Bethany mit Tränen in den Augen. »Ich hatte solche Angst.«

Jasmin schloss die Kabinentür, setzte sich neben die schluchzende Witwe und legte den Arm um ihre Schulter. »Schon gut. Ihnen wird nichts geschehen«, versuchte Jasmin sie zu beruhigen.

»Danke, dass Sie gekommen sind«, sagte Bethany und lehnte sich an Jasmin.

Diese spürte ihr Zittern. »Es wird Zeit, dass Sie offen mit mir sprechen. Nur wenn ich die wahren Hintergründe kenne, kann ich Ihnen wirklich helfen.«

»Das weiß ich doch, das weiß ich«, entgegnete Bethany und wurde von einem heftigen Weinkrampf erfasst. »Ich habe meine eigene Stärke überschätzt und gedacht, ich könnte mit all dem allein fertig werden. Aber das war ein Irrtum. Nun will ich Ihnen alles sagen, denn ich habe nicht mehr die Kraft, länger wegzulaufen.«

Jasmin hielt sie weiter im Arm, als sich Bethany ihr anvertraute und von den Geschäften ihres verstorbenen Mannes berichtete, die in den letzten Jahren zunehmend von Schutzgeldforderungen einer kriminellen Organisation beeinträchtigt worden seien. Bethany berichtete von mafiösen Strukturen, die krakengleich ihre Tentakel nach Dexters Unternehmen ausgestreckt hätten und in ihrer Gier immer unersättlicher geworden seien. »Mein Mann hat sich lange Zeit gefügt«, sagte sie mit matter Stimme. Anfangs habe Bryan Dexter noch gute Miene zum bösen Spiel gemacht, denn dort, wo sie herkomme, gehörten gewisse Verbindungen zur sogenannten »ehrenwerten Gesellschaft« nun einmal dazu. Doch dann habe es einen Führungswechsel bei der Organisation gegeben, verbunden mit einer Änderung des verbrecherischen Geschäftsmodells: Die Zahlungsforderungen seien radikal in die Höhe geschossen und hätten zuletzt ein ruinöses Maß erreicht. Gleichzeitig verliehen die Schutzgelderpresser ihren Forderungen mit immer härteren Methoden Nachdruck. Als sie so weit gingen, Dexters Familie zu bedrohen, habe er die Reißleine gezogen.

»Bryan ist der Kragen geplatzt. Er hat die Zahlung verweigert und sogar mit der Polizei gedroht«, schilderte Bethany die Zuspitzung ihrer prekären Lage in den Staaten. »Daraufhin haben sie ihm ein Ultimatum gestellt und ihn einzuschüchtern versucht, indem sie sagten, sie würden uns beide töten.« Ihr Mann habe die Drohung nicht ernst genommen, die Forderung der Gangster ignoriert und stattdessen gemeinsam mit ihr diese Schifffahrt angetreten. »In der irrigen Hoffnung, der lange Arm des amerikanischen Syndikats würde nicht bis nach Europa reichen.«

Jasmin nickte grimmig. Sie hatte recht gehabt mit ihrer Vermutung, dass da noch etwas viel Größeres dahintersteckte.

Tränen sammelten sich in Bethanys Augenwinkeln. »Das ist unser Fluch. Wohin wir auch gehen, er wird uns immer wieder einholen. Wir sind nicht die Ersten, denen das passiert, und wir werden nicht die Letzten sein. Seit tausend Jahren geht das so. Alle hundert Jahre bekommt dieser Fluch einen neuen Namen, aber es bleibt dasselbe. Wir zahlen, leben damit und manchmal sterben wir daran. Jetzt wissen Sie es, Frau Kommissarin, aber was können Sie schon tun?«

»Das werden wir sehen«, sagte Jasmin, die sich ungern ins Bockshorn jagen ließ, erst recht von diffusen Bedrohungslagen wie dieser. »Ich brauche Details. Haben Sie irgendwelche Belege dafür, dass Ihr Mann erpresst wurde? Oder können Sie Namen von Personen nennen, die daran beteiligt sind?«

»Belege? Nein. Und Namen ebenso wenig. Aber mein Gefühl sagt mir, dass das Syndikat dahintersteckt.« Bethany sagte, sie gehe davon aus, dass ihr Gatte Opfer eines Auftragskillers geworden sei und dass sie nun auch um ihr eigenes Leben fürchte. »Ich spüre es mit jeder Faser meines Körpers: Dieser Mann – dieser Mörder! – ist noch immer in der Nähe. Er wartet nur darauf, dass ich mich aus meiner Deckung wage. Dann wird er erneut zuschlagen und sein Todeswerk vollenden.«

Jasmin strich der schlotternden Frau übers Haar. »Ganz ruhig. Wir werden es nicht zulassen, dass jemand an Sie herankommt.« Sie sicherte ihr weiterhin polizeilichen Schutz zu, stand auf und zückte ihr Handy. Jetzt war es vorbei mit Alleingängen und der Pflege von beruflichen Eitelkeiten. Jasmin konnte gar nicht anders, als ihren Chef über die neueste Erkenntnis zu informieren und ihr Team hinzuzuziehen.

»Herr Schnelleisen? Stahl am Apparat. Die Fahrt nach Unterfranken hat sich ausgezahlt, der Kreis schließt sich«, leitete sie das Gespräch ein.

»Was für ein Kreis?« Der Hauptkommissar klang – wie meistens – schlecht gelaunt. »Ich hoffe doch sehr, dass Sie wegen des Klosters nichts auf eigene Faust unternommen haben. Wir warten hier noch immer auf Zustimmung durch die Staatsanwaltschaft.«

»Nein, nein. Ich bin an Bord der *MS Walküre*, die inzwischen in Würzburg festgemacht hat, und unterhalte mich mit Bethany Dexter. Dank Mrs Dexters Kooperationsbereitschaft haben wir endlich das Motiv für die Tat: Es geht um Schutzgelderpressung.«

Hätte sie erwartet, dass ihr Chef erstaunt oder gar dankbar reagierte, wurde sie eines Besseren belehrt. Mit herablassendem Tonfall fragte er: »Ach, tatsächlich? Warum rückt die Frau erst jetzt damit heraus? Sind Sie sicher, dass das nicht wieder eine Ausflucht ist?«

»Ich bin sicher, dass wir auf der richtigen Spur sind«, bekräftigte Jasmin die Bedeutung ihrer Meldung.

»Jede Beweiskette ist brüchig, wenn sich irgendwo eine Lüge einschleicht. Sind Sie davon überzeugt, dass Sie den Worten dieser Frau vertrauen können?«

Jasmin warf Bethany einen Blick zu: eine gebrochene Frau, ausgehöhlt von Todesangst. »Ja!«, sagte sie mit fester Überzeugung. »Mrs Dexter befürchtet, dass auch ihr etwas zustoßen könnte. Wir sind dazu verpflichtet, das ernst zu nehmen und sie zu beschützen«, appellierte sie an ihren Chef.

»Das können Sie ja tun, wenn Sie schon dort sind«, zog sich Schnelleisen aus der Affäre.

»Okay, aber dann sorgen Sie bitte dafür, dass Klaus Baumann in Gewahrsam genommen wird. Lassen Sie dieses Kloster durchsuchen.«

Widerwillig sicherte Schnelleisen zu, sich darum zu kümmern.

»Danke«, sagte Jasmin erleichtert. Damit hatte sie eine Sorge weniger.

»Bitte. – Allerdings …«

»Allerdings was?« Ihre Erleichterung verschwand schneller, als sie gekommen war.

»Die zuständige Staatsanwältin Frau Blohm hat kurzfristig ein paar Tage freigenommen, steht also derzeit nicht zur Verfügung. Und eigentlich wäre jetzt ohnehin das Gericht in Würzburg die richtige Adresse, um nach einem Haftprüfungstermin für Baumann anzufragen. Das macht die Sache nicht eben unkomplizierter. Mit einer schnellen Klärung dürfen Sie also nicht rechnen, Frau Kollegin. Bis das durch ist, fließt noch viel Wasser den Main hinunter …«

Er schnappte nach Luft, verschluckte sich und musste husten. Immer und immer wieder.

Das kalte Nass zehrte an seinen Kräften. Paul strampelte mit seinen Beinen und ruderte mit den Armen, um sich mit dem Kopf über der Wasseroberfläche zu halten, doch mit jeder Bewegung wurde er schwächer.

Seine Lage schien aussichtslos. Das Becken, in dem er schwamm, bestand aus nacktem Beton. Mit Algen überzogen und glatt wie Seife boten die Wände keinerlei Möglichkeit, sich daran festzuhalten oder abzustützen. Der Wasserstand war so hoch, dass Paul den Boden nicht mit seinen Füßen berühren konnte, aber gleichzeitig so niedrig, dass er keine Chance hatte, die obere Luke zu erreichen, durch die er in das Bassin gefallen war. Zumindest konnte er sie nicht ertasten, so weit er sich auch streckte. Und sehen konnte er sie auch nicht. Zu allem Überfluss war es hier unten stockdunkel. Denn kaum dass Paul im Wasser gelandet war, war die Klappe der Wartungsluke zugefallen. Nicht ein einziger Lichtstrahl fand den Weg bis ins Bassin hinunter. Paul war auf Gedeih und Verderb darauf angewiesen zu schwimmen, wenn er nicht ertrinken wollte.

Seine Kleidung saugte das Wasser auf wie ein Schwamm. Hose und T-Shirt wurden schwerer und schwerer und zogen ihn starken Armen gleich in die Tiefe. Zwar war es ihm mittlerweile gelungen, seine Schuhe abzustreifen, doch vom Rest seiner Sachen wollte er sich nicht trennen. Denn das Wasser war bitterkalt – er fürchtete, dass sein Körper ohne den Schutz der Kleidung noch schneller auskühlen würde, als er es ohnehin schon tat.

»Hilfe!«, schrie Paul so laut er konnte. Seit er in das Becken gefallen war, hatte er das immer wieder getan. Danach schluckte er jedes Mal Wasser und musste fürchterlich husten. Seine Lungen brannten, doch schlimmer noch waren der Schmerz in seinen Gelenken und die bedrohliche Taubheit seiner Finger.

Er musste etwas tun! Eine Möglichkeit finden, hier herauszukommen. Paul machte zwei kräftige Schwimmzüge, bis er mit den Fingern an die Wand stieß. Seine Hoffnung: auf eine Sprossenleiter oder im Beton eingelassene Bügel zu treffen, auf denen er hinaussteigen konnte. Blind wie ein Maulwurf tastete er die Wand ab, konnte aber keine Stiege finden. Nun versuchte er es an der anderen Mauer, dann an der dritten und an der vierten. Ohne Erfolg. Nach einer zweiten Runde durchs Becken musste er einsehen, dass das Bassin über keine Treppe verfügte. Mit dieser Erkenntnis kehrte der Schmerz in jedes Glied seines Körpers zurück.

Wie lange würde er sich halten können? Paul rief sich das lückenhafte Wissen in Erinnerung, das ihm über ähnliche Situationen bekannt war: Die Überlebenszeit bei zehn Grad und ständiger Bewegung betrug bestenfalls dreißig Minuten, hatte er einmal gehört. Seine Jeans hatte inzwischen das Gewicht von tausend Steinen. Es kam ihm vor, als hätte er sie sich mit einem Bleigürtel um die Taille geschnallt.

»Hallo! Helft mir! Ich bin hier unten im Wassertank!«

Das Rufen strengte ihn an. Dadurch büßte er an Kraft ein. Kraft, die er brauchte, um sich über Wasser zu halten. Wieder verschluckte sich Paul, hustete kläglich. Er warf sein Schulwissen über den wärmenden Stoff, der ihn vor Auskühlung bewahrte, kurzerhand über Bord. Er öffnete die Knöpfe am Hosenbund und versuchte sich von dem Ballast zu befreien. Aber die Jeans klebte auf seinen Beinen wie eine zweite Haut. Paul zappelte und trat, wurde die Hose jedoch nicht los.

Während er seine Schwimmzüge mit nur einer Hand machte, zerrte und riss er mit der anderen an dem Stoff. Immer wieder geriet er dabei mit dem Kopf unter Wasser. Es war ein elendiges Unterfangen, das drohte, ihm die letzten Energiereserven zu rauben. Als er seine Jeans endlich los war, fehlte ihm beinahe die Kraft, sich weiter zu bewegen. Seine Arme versagten allmählich ihren Dienst. Auch gelang es ihm kaum noch, mit den Füßen zu paddeln.

»Hilfe!«, krächzte er. »Warum hilft mir denn keiner?«

Seine Hoffnung schwand, dass man ihn rechtzeitig finden und aus dem Becken retten würde. Mit dem schwindenden Mut verließ ihn auch sein klarer Verstand. Die Gedanken verschwammen.

Es war wie kurz vorm Einschlafen. Surrealistisch und irreal. Plötzlich dachte er – warum auch immer – an Weihnachten und an den behaglichen Lichterglanz. Paul fühlte sich wie eine Kerze. Eine Kerze, deren Licht ganz sachte erlosch.

»Zum Salat von Wildkräutern mit Hüttenkäse passt am besten ein trockener Riesling, ebenso zum Sauerteigbrot mit Räucherforellen-Confit. Den Zander unter der Kerbelhaube serviere ich zu einem Bacchus Kabinett. Mit rosa gebratenem Tafelspitz könnte ein Silvaner Kabinett trocken harmonieren. Und die Knödel vom Ziegenfrischkäse mit Joghurt-Holunder-Creme vertragen sich geschmacklich hervorragend mit einer Rieslaner Auslese. Aber vielleicht bringt mich mein Winzer noch auf weitere neue Ideen. Er ist sehr innovativ.«

Blohfeld verdrehte die Augen. Seit sie mit Jan-Patricks klapprigem Lieferwagen in Nürnberg losgefahren waren, textete Jan-Patrick ihn zu. Der Wirt und Weinliebhaber berieselte ihn ohne Unterlass mit kulinarischen Vorschlägen, indem er Menüfolgen erdachte, die sich mit Frankenwein am besten vertrugen. Außerdem verbreitete er ungefragt Weisheiten über das »fränkische Gewächs«. Ohne dass er sie hören wollte, bekam Blohfeld Informationen über das fränkische Weinland gesteckt, das vom Spessart im Westen, der Rhön im Norden, dem Steigerwald im Osten und dem Taubertal im Süden reichte. Jan-Patrick wies ihn auf die uralte Tradition des Weinbaus in dieser Gegend hin, die mindestens bis ins Jahr 777 zurückreichte und damit sogar die fränkische Biergeschichte in den Schatten stellte. In höchsten Tönen lobte Jan-Patrick die unermüdlichen fränkischen Winzer, die ihren Weinbergen bei Wind und Wetter bestes Traubengut abtrotzten und jedem ihrer individuellen Weine ein einzigartiges Gesicht verliehen.

Blohfeld, der nie viel mit Wein hatte anfangen können und erst recht nicht den Kult um dieses Getränk verstand, registrierte, wie sich die Landschaft entlang der Autobahn allmählich veränderte. Sie wurde hügeliger, und bald tauchten die ersten Reben auf.

»Nicht nur auf das Geschick des Winzers kommt es an, sondern auf die Qualität der Böden, die für pralle Trauben und reiche Ernte sorgen. Auch darin sind wir Franken nicht zu schlagen«, redete Jan-Patrick unverdrossen weiter – wobei er sich mit seiner Prahlerei ganz und gar unfränkisch verhielt, dachte Blohfeld. Von fränkischer Zurückhaltung keine Spur. »Ertrags- und mineralstoffreich müssen sie sein. Wie der Buntsandstein am Untermain, der Muschelkalk am Maindreieck oder der Keuper an den Ausläufern des Steigerwalds. Dazu kommt die Wahl der richtigen Rebsorte und natürlich das milde Klima.«

Klaglos hörte sich Blohfeld die für ihn völlig belanglosen Belehrungen aus dem Fachbereich der Önologie an und wartete auf seinen Moment. Kurz bevor sie die Autobahn verließen, sah er ihn gekommen und sagte: »Ehe wir zum Weingut Ihres Lieferanten fahren, machen wir einen Abstecher in die Stadt.«

Jan-Patrick, der bis eben unverwandt auf die Straße geschaut hatte, warf ihm einen fragenden Blick zu. »Nach Würzburg?«

»Ja. Wir halten am Mainufer«, bestimmte Blohfeld.

»Warum? Haben Sie dort etwas zu erledigen?«

»So könnte man es ausdrücken.«

Blohfeld hatte sich vor der Abfahrt schlaugemacht und wusste, dass die *MS Walküre* inzwischen in Würzburg angekommen sein musste. Ein mobiler Tatort, wie er schmunzelnd feststellte. Für den Täter gewiss ein Vorteil, für die

Polizei dagegen kaum. Er nahm an, dass Jasmin Stahls Aufenthalt in der Stadt unmittelbar mit der Fahrtroute des Hotelschiffs zusammenhing. Entweder vermutete sie den Täter weiterhin an Bord oder aber sie spekulierte darauf, dass er dorthin zurückkehren würde. Womöglich, um Spuren zu beseitigen, den Stand der Ermittlungen auszukundschaften – oder um einen weiteren Mord zu begehen? Blohfeld wusste es nicht, doch es konnte nicht schaden, sich am Hafen umzusehen.

»Das ist ein ziemlich großer Umweg«, bemerkte Jan-Patrick mit wieder aufflammendem Misstrauen. »Kann es sein, dass Sie gar nicht wegen des Weins mit mir unterwegs sind?«

»Ich möchte das jetzt nicht mit Ihnen ausdiskutieren«, sagte Blohfeld flapsig. »Fahren Sie einfach.«

»Aber ich möchte es diskutieren!«, entgegnete Jan-Patrick schroff. »Was soll das für eine Story werden, hinter der Sie in Wahrheit her sind?«

»Sie sollen fahren. Achten Sie auf den Verkehr.«

»Wozu brauchen Sie mich, wenn es Ihnen gar nicht um das Thema Wein geht?«, fragte Jan-Patrick verärgert.

»Ich habe es ja bereits mehrfach gesagt: um zu fahren.«

»Das können Sie doch selbst.«

»Eben nicht«, legte Blohfeld die Karten auf den Tisch. »Habe ich mich vorhin denn nicht klar genug ausgedrückt? Die Polizei hat meinen Lappen einkassiert. Deshalb brauche ich Sie als meinen Chauffeur.«

»Sie haben mich gelinkt«, sagte Jan-Patrick bärbeißig.

»So krass würde ich es nicht ausdrücken. Aber zugegeben: Es läuft darauf hinaus.« Blohfeld machte seinen Fahrer mit dem wahren Grund ihrer Reise vertraut, berichtete von der heißen Spur im Mordfall Dexter und brachte ihm mehr oder weniger schonend bei, dass der geplante Besuch beim Winzer noch eine Weile aufgeschoben werden müsste …

Paul fühlte seinen Körper nicht mehr. Arme, Beine, Rumpf – alles war wie taub. Gleichzeitig wurde er von einer überwältigenden Müdigkeit erfasst, die seine Augen zufallen ließ und ihn mit dem sehnlichen Wunsch nach Ruhe und Schlaf erfüllte.

Dazu gesellte sich ein tiefes Gefühl von Traurigkeit. Wenn er ertrinken würde und sein Leben in diesem kühlen, nassen Grab verlöre, dann verließe er die Welt unverrichteter Dinge. Er würde scheiden mit dem unerträglichen Wissen darüber, zuletzt im Streit mit den für ihn wichtigsten Menschen gelegen zu haben. Unversöhnt mit Katinka und Hannah müsste er nun loslassen und gehen, ohne die Chance zu bekommen, alles wieder ins Reine zu bringen. Auf diese Weise würden die beiden nie erfahren, wie sehr er sie liebte und wie stark seine Sehnsucht nach ihnen war. So vieles, was er ihnen mitteilen wollte, würde auf immer unausgesprochen bleiben.

Unwillkürlich fragte er sich, was er in seinem Leben anders machen würde, sollte er aus diesem Loch doch noch herauskommen. Vieles, dachte er sich. Sehr vieles sogar. Er würde die wahren Werte in seinem Leben nicht länger sträflich vernachlässigen. Gesundheit und Familie – das waren die Kernbereiche, auf die er sich konzentrieren würde. Keine Detektivspielchen mehr, die doch nur dazu dienten, seinem eigenen Ego zu schmeicheln. Ganz und gar würde er sich auf die Partnerschaft mit Katinka einlassen und jeden Tag an ihrer Seite bewusst und intensiv genießen.

Aber diese Vorsätze kamen zu spät. Er würde keine Gelegenheit mehr dafür bekommen, sie umzusetzen. Das eiskalte

Nass ließ ihn nicht mehr los. Zerrte an ihm wie Dutzende klamme Hände. Totenhände.

Das musste ein Kälteschock sein, dachte Paul und versuchte noch mal zu kämpfen. Nur so konnte er sich seine Benommenheit, verbunden mit zunehmender Orientierungslosigkeit, erklären. Um nicht zu ertrinken, musste er sich dazu zwingen, weiter seine Schwimmzüge zu machen, und sich darauf konzentrieren, sein Gesicht aus dem Wasser zu halten. Und er musste sein Äußerstes geben, um seine Atmung in den Griff zu bekommen. Immer wieder sagte er sich, dass es bald vorbeigehen würde. Doch war diese Hoffnung realistisch?

Paul hatte kaum mehr die Kraft zu husten, wenn wieder ein Schwall Wasser durch Mund und Nase strömte. Er hatte mittlerweile jedes Zeitgefühl verloren. Seit wann schwamm er schon im eiskalten Nass? Es kam ihm vor wie Stunden. Doch wie lange war es wirklich her, dass er den Stoß bekommen hatte und kopfüber ins Bassin gefallen war? Wie viel Zeit war verstrichen, seit er unfreiwillig in das Trinkwasserbecken des Klosters eingetaucht war?

Plötzlich durchdrang etwas seine diffusen Überlegungen: Das Wort »Trinkwasser«, das ihm durch den Kopf gegangen war, weckte neue Lebensgeister in ihm – wenn auch nur ganz schwache. Mit einem Mal war ihm die Pumpe wieder eingefallen: die Pumpe, durch die das Kloster mit Wasser aus dem Turm versorgt wurde. Wie er ja wusste, verfing sich mitunter der Schwimmer und setzte sie außer Gefecht. Dann musste jemand kommen und sie instandsetzen, genau wie es Bruder Theobald letzte Nacht versucht hatte. Paul ging davon aus, dass man sie dafür aus dem Wasser ziehen und den Schwimmer freilegen musste. Das wiederum würde bedeuten, dass es eine Art Kabel geben musste, an dem die Pumpe hing – eines, das bis nach oben in die Pumpenkammer führte!

Pauls Gedanken waren schlagartig wieder glasklar. Er sah jetzt eine reelle Chance, aus seinem feuchten Grab zu entkommen. Denn er hatte ein Ziel: Paul musste das Kabel finden, das mit der Pumpe verbunden war!

Bei seinen Versuchen, an den Wänden eine Klettersprosse zu finden, war er zwar an keinem Kabel hängen geblieben, doch das musste nichts heißen, denn da hatte er sich am Rand entlangbewegt. Doch nun wusste er, wonach er suchen musste, und würde es erneut probieren.

Unter Aufbietung seiner allerletzten Kräfte stieß er sich von der Rückwand des Bassins ab und ließ sich zur anderen Seite treiben. Mangels Licht konnte er so gut wie nichts erkennen und musste sich ganz und gar auf seinen Tastsinn verlassen. Paul spreizte die Finger und ließ sie wie einen Fächer durchs Wasser gleiten. In der Hoffnung, auf diese Weise möglichst bald das Kabel zu fassen zu bekommen.

Seine Finger griffen ins Leere. Er fand nichts und wieder nichts. In ihm stieg die Befürchtung auf, der Strom könnte unter Putz verlegt worden sein. Dann wäre er geliefert. Fast hätte er die Hoffnung aufgegeben, da verfing sich seine linke Hand an einem dünnen Strick irgendwo mitten im Becken. Paul umklammerte ihn und hielt ihn fest. Nun fasste er auch mit der anderen Hand zu und atmete auf. Er hatte das Pumpenkabel gefunden!

Mit zusammengekniffenen Augen versuchte er, das Seil zu fokussieren, und meinte vage zu erkennen, dass es schräg nach oben zeigte. Bis zur Luke der Pumpenkammer? Paul war fest entschlossen, es herauszufinden!

Er versuchte die Schmerzen und das Taubheitsgefühl seines Körpers zu verdrängen und hängte sich an das Kabel. Er umfasste es so kräftig wie möglich. Gleichzeitig benutzte er seine Beine, um sich damit an der Wand abzustützen. Darum bemüht, sich Zentimeter um Zentimeter daran hochzuhieven. Das Kabel schien stabil und zugfest genug zu sein, um sein Gewicht zu tragen. Das hoffte er jedenfalls.

Die Anstrengung war enorm. Doch Paul entwickelte schier übermenschliche Kräfte, um sein Leben zu retten. Jetzt hatte er sich schon bis zur Hüfte aus dem Wasser gezogen. Noch zwei oder drei Züge am Seil und er könnte mit den Fingerspitzen den Beckenrand erreichen!

Paul stöhnte und ächzte, gab jedoch nicht auf. Nun war er nur noch um Armeslänge von der Luke entfernt. Noch einmal strengte er sich an, zog fest am Seil und hievte seinen vor Wasser triefenden Körper ein Stück weiter in Richtung Freiheit. Dann erreichte er die Wartungsluke, drückte von unten dagegen.

Zu Pauls übergroßer Erleichterung gab der Deckel sehr schnell nach und klappte auf. Paul trat gegen die Beckenwand, schaffte einen Klimmzug und stützte sich mit den Oberarmen auf dem Rand ab. Gerettet, dachte er. Die Pumpenkammer war erreicht.

Er war kaum wieder bei Puste, da sah er zwei Beine direkt vor sich. Ehe er erkennen konnte, mit wem er es zu tun hatte, packten ihn zwei kräftige Hände. Paul wurde aus der Beckenöffnung gezogen und an den Sockel der Mauer gelehnt.

»Du meine Güte, Paul! Bist du etwa in den Wassertank gefallen?«

Es war Carsten, der sich mit besorgter Miene über ihn beugte.

»Wie bist du ...« Paul musste husten. »Wie hast du mich gefunden?«

»Ich wollte auf den Turm, um meine Mails abzurufen«, sagte Carsten. »Da habe ich die offene Tür zur Pumpenkammer gesehen und mich gewundert.« Er hielt den Kopf schräg und musterte ihn besorgt. »Wie ist denn das passiert? Bist du ausgerutscht?«

Paul, der sich so schwach fühlte, dass er kaum ein Wort über die Lippen brachte, flüsterte: »Nein. Jemand hat mich hineingestoßen.«

Carsten machte große Augen. »Gestoßen? Bist du dir sicher?«

Paul nickte.

»Konntest du sehen, wer es gewesen ist?«

»Nein, dazu ging alles zu schnell.«

Carsten sah ihn nachdenklich an. »Du zitterst. Bist völlig durchgefroren. Wahrscheinlich stehst du unter Schock.«

Obwohl Paul kaum mehr klar denken konnte, wusste er, was Carsten da andeutete. Paul widersprach: »Ich bilde mir das nicht bloß ein. Jemand hat mir einen heftigen Stoß in meinen Rücken versetzt.«

Carsten zog seinen Blouson aus und legte ihn dem schlotternden Paul über die Schulter. Dann reichte er ihm beide Hände und forderte ihn auf aufzustehen: »Wir müssen hier raus. Du musst ins Warme und dir etwas Trockenes anziehen.«

Paul gehorchte und ließ sich von Carsten aus der Pumpenkammer führen.

»Vielleicht war es ein Stein, der sich gelöst und dich getroffen hat«, mutmaßte Carsten, als sie den Turm verließen. »So ähnlich wie bei Bruder Theobald.«

Die Sonne blendete Paul gnadenlos, aber ihre Hitze tat ihm gut. »Nein, kein Stein. Sicher nicht. Außerdem hat irgendwer die Klappe zugeschlagen, als ich im Becken lag.«

Carsten stützte Paul beim Gehen, weil dessen Beine weich wie Wackelpudding waren. »Der Stein könnte abgeprallt und gegen den Deckel gestoßen sein«, suchte Carsten nach einer Erklärung.

»Nein«, blieb Paul bei seiner Meinung. »Da war einer, der nachgeholfen hat. Ich bin mir ganz sicher.« Für ihn war klar, dass ihm jemand nach dem Leben getrachtet hatte, und es kam nur eine naheliegende Erklärung dafür in Betracht: nämlich die, dass auch Bruder Theobald nicht verunglückt, sondern umgebracht worden war und Paul dem Mörder durch seine Nachforschungen zu nahe gekommen war.

»Ich glaube nicht, dass irgendwer außer dir in dem Turm gewesen ist«, versuchte Carsten ihn vom Gegenteil zu überzeugen. »Das alte Gemäuer ist ganz einfach baufällig. Man sollte nicht mehr hineingehen. Lass uns ab sofort einen großen Bogen um den Turm machen. Wie wir ja jetzt wissen, kann es sonst böse enden.«

So wie Carsten den letzten Satz betonte, klang es weniger wie eine Warnung als wie eine Drohung, dachte Paul und wunderte sich über den ungewohnt ernsten Ton, den sein Zimmerkumpel angeschlagen hatte. So kannte er ihn gar nicht.

Sie hatte sich verfahren. Mehrfach. Und dafür gab sie sich selbst die Schuld, denn sie verließ sich viel zu sehr auf die moderne Technik, was zur Folge hatte, dass die eigenen Fertigkeiten allmählich verkümmerten.

Der Navi von Katinkas Mini war kaputt. Oder hieß es das Navi? Egal, dachte Katinka, die sich darüber ärgerte, dass sie für den Fall der Fälle nicht wenigstens einen Autoatlas eingepackt hatte. Säße Paul an ihrer Seite, würde er sich in einer solchen Situation kringelig lachen. Navigieren könne man heutzutage doch mit jedem Smartphone, würde er sagen. Aber leider beschäftigte sich Katinka viel zu wenig mit solchen Dingen, denn alles, was mit Technik zu tun hatte, interessierte sie nicht im Geringsten. Dieses Defizit und die bequeme Einstellung, sich diesbezüglich auf Paul verlassen zu können, rächte sich jetzt.

Fest stand: Ohne die Unterstützung des Navigationsgeräts und mangels Straßenkarte würde sie es schwer haben, dieses vermaledeite Kloster zu finden.

Warum eigentlich Kloster? Erst jetzt, da sie planlos durch das hügelige fränkische Weinland kurvte, ließ sie diese Frage an sich heran. Der Schritt, in ein Kloster zu gehen – und sei es nur für eine gewisse Zeit –, war groß und musste wohlüberlegt sein. Sie wusste, dass dafür zumeist nur Menschen mit ernsthaften Problemen in Betracht kamen: ausgebrannte Manager etwa oder angeschlagene Persönlichkeiten, die sich auf Sinnsuche begaben. Selten Neugierige, die es bloß aus Spaß am Neuen taten und vom Reiz des Unbekannten angelockt wurden.

Katinka fragte sich zum wiederholten Mal: Warum hatte Paul diesen Schritt gemacht? Weshalb hatte er seine komfortable Atelierwohnung am Nürnberger Weinmarkt und sein Dasein im Müßiggang gegen die karge Tristesse eines gottgefälligen Lebens hinter Klostermauern eingetauscht? Was trieb ihn um – und von ihr fort?

Während Katinka ihren Wagen mehr oder weniger ihrem Orientierungssinn folgen ließ, zog sie ihr eigenes Handeln in Zweifel: Sie fragte sich, ob die momentane Schieflage in ihrer Beziehung mit Paul nicht schon viel früher eingesetzt hatte – Monate, wenn nicht Jahre vor der von ihr durchgesetzten Auszeit. Hatte sich die Krise, von ihnen beiden unbemerkt, allmählich angebahnt und war dann plötzlich durchgebrochen? Hatten sie ihre Anzeichen nicht wahrhaben wollen und zu lange weggesehen? Oder aber hatten die Keime für die große Auseinandersetzung von Anfang an in der Institution namens Ehe gesteckt? War es ein Fehler gewesen, den stets nach Freiheit und Entfaltung strebenden Paul überhaupt zu heiraten? Hatte sie ihn mit ihren – zugegebenermaßen konventionellen – Vorstellungen von einem geordneten Familienleben mit Trauschein zu sehr eingeengt?

Tief versunken in die kritische Selbstanalyse vergaß Katinka für den Moment, dass sie am Steuer eines Autos saß. Als die schmale Landstraße scharf nach rechts abknickte, fuhr sie mit ihrem Mini viel zu weit in der Mitte der Fahrbahn. Sie riss die Augen auf und stieß einen spitzen Schrei aus, als sie unmittelbar nach der Kehre einen Lieferwagen frontal auf sich zurasen sah. Der Lenker des entgegenkommenden Fahrzeugs betätigte Lichthupe und Horn gleichzeitig und legte eine Vollbremsung hin. Auch Katinka trat so heftig auf die Bremse, dass die Reifen quietschten. Sie schaffte es gerade so, ihren Wagen zum Stillstand zu bringen. Nun standen beide Fahrzeuge Stoßstange an Stoßstange. Katinka saß regungslos da, beide Hände noch immer fest am Lenkrad. Ihr Hals schwoll an, in den Ohren rauschte das Blut.

Noch einmal davongekommen, dachte sie. Aber es war verdammt knapp gewesen.

»Sind Sie okay?« Der Fahrer des Lieferwagens tauchte neben ihrem Mini auf und klopfte ans Fenster. Ein mittelalter Mann mit Allerweltgesicht, der sie mit einer Mischung aus Sorge und Vorwurf ansah.

Katinka stieß die Tür auf. »Ja, ich denke schon«, sagte sie und schälte sich aus ihrem Sitz. »Aber mein Auto ...«

»Hat nichts abbekommen. Sie haben ja rechtzeitig gehalten«, sagte er. »Glück gehabt.«

Katinka taxierte flüchtig die Front ihres Minis und nickte. »Stimmt. Nicht mal eine Schramme.«

»Sie müssen bloß ein Stück zurücksetzen und können dann weiterfahren«, sagte der Mann und machte Anstalten, wieder zu seinem Kleintransporter zu gehen. »Aber passen Sie ab jetzt besser auf.«

Katinka wollte ihm ein Dankeschön hinterherrufen, als ihr der Schriftzug auf dem Kastenwagen auffiel: *Jakobus-Kloster* stand dort in geschwungenen Buchstaben.

»Einen Augenblick!« Katinka lief dem Mann nach. »Ich sehe gerade, dass Sie zum Kloster gehören.«

»Ja«, entgegnete der Fahrer knapp. »Bin dort Koch. Muss einkaufen für das Abendessen und habe es ziemlich eilig.« Er öffnete die Tür und stellte seinen Fuß auf das Trittbrett. »Warum fragen Sie?«

»Ich bin auf dem Weg dorthin und habe mich verfahren.«

Der Koch hob seine rechte Hand und wedelte mit seinem ausgestreckten Zeigefinger. »Die nehmen keine Frauen auf.«

»Ich möchte jemanden besuchen. Einen Gast.«

»Wird nicht gern gesehen«, meinte ihr Gesprächspartner abweisend und stieg in seinen Wagen.

»Verraten Sie mir trotzdem, wo es langgeht? Bitte.« Katinka klimperte mit ihren Wimpern.

»Bleiben Sie einfach auf der Straße. Nach etwa zwei Kilometern geht es links ab. Das Kloster ist nicht zu übersehen. Liegt auf einem Hügel.«

Er ließ den Motor an und brauste davon.

Eine heiße Dusche und drei Tassen Tee hatten Pauls Lebensgeister wieder wachgerufen. Eingemummelt in einer Decke saß er auf der Bettkante in seiner Kammer und überlegte, wie er nun vorgehen sollte.

Carsten, der ihm nicht von der Seite gewichen war, half ihm dabei: »Was willst du unternehmen? Etwa die Polizei verständigen?«

»Ich denke ja«, antwortete Paul und musste husten. Hoffentlich hatte er sich in dem eiskalten Wasser keine Lungenentzündung eingefangen. »Hier geht etwas nicht mit rechten Dingen zu. Erst Theobalds Tod, dann der Anschlag auf mein Leben ...«

»Anschlag – ist dieses Wort nicht etwas hoch gegriffen?« Carsten versuchte aufmunternd zu lachen, doch das Lachen blieb ihm Halse stecken, als er sagte: »Dieser geflohene Mörder aus Nürnberg – meinst du, er könnte hinter alledem stecken?«

Paul wusste es nicht und hätte höchstens Mutmaßungen äußern können. Er dachte wieder an das Gespräch zwischen Theobald und dem Abt zurück, das er mitgehört hatte: Bruder Theobald hatte dem Abt etwas Wichtiges mitteilen wollen, war aber nicht dazu gekommen, es auszusprechen. Paul konnte sich gut vorstellen, dass es Theobald tatsächlich um den gesuchten Straftäter gegangen war.

Er entschied sich dazu, Carsten in seine Überlegungen einzubeziehen. »Vielleicht war Theobald bei einem seiner Rundgänge etwas aufgefallen. Womöglich hatte er jemanden in der Nähe des Klosters herumstreunen sehen und wollte das dem Abt melden. Doch bevor er etwas unternehmen konnte, hat ihn der Fremde im Turm überfallen und getötet. Unter Umständen hat der Täter dafür ganz gezielt die Trinkwasserzufuhr unterbrochen, um Theobald in die Pumpenkammer zu locken.«

Carsten nickte verzagt. »Das wäre ja furchtbar. Was für eine gemeine, heimtückische Tat.« Er schluckte deutlich hörbar. »Und du meinst, dass sich dieser Mörder noch immer auf dem Anwesen herumtreibt? Dass er sich hier irgendwo verschanzt hat?«

»Ja, das halte ich für möglich«, sagte Paul. »Nach dem, was mir zugestoßen ist, sehe ich darin die einzige Erklärung. Der Täter versteckt sich nach wie vor auf dem Klostergelände. Weil er glaubt, dass ich ihm auf die Schliche kommen könnte, hat er versucht, auch mich aus dem Weg zu räumen.«

»Eine schreckliche Vorstellung«, sagte Carsten. »Er könnte überall sein. Verstecke gibt es in dem alten Gemäuer ja genügend.«

»Ja«, bestätigte Paul und zuckte zusammen, als ihn ein Geistesblitz traf. »Es besteht noch eine andere Möglichkeit: Was, wenn sich unser Mann gar nicht verstecken muss, sondern sich frei bewegen kann?«

»Wie meinst du das?«

»Was, wenn Theobald den Täter kannte, weil er dazugehörte?«

Carsten zog die Brauen nach oben. »Ich verstehe noch immer nicht, worauf du hinaus willst.«

»Ist es nicht ganz einfach? Könnte es nicht sein, dass Bruder Theobald den Gesuchten unter den Hausgästen entdeckt hatte?«

»Unter den Gästen?«, fragte Carsten verwundert. »Wie hätte er ihn erkennen sollen? In der Zeitung war kein Foto des Mörders abgebildet. Alles, was man hat, sind sein Alter und eine grobe Beschreibung, die genauso gut auf dich oder mich zutreffen könnte. Na ja, vielleicht nicht auf dich, dazu bist du zu groß und sportlich. Und selbst diesem Kerl, der sich am Turm so seltsam benommen hat, steht ja das Wort ›Mörder‹ nicht auf der Stirn geschrieben.«

»Stimmt, aber ist es nicht vorstellbar, dass Theobald ihn trotzdem durchschaut hat? Weil er sich durch irgendetwas verraten hat oder ...« Paul stockte für einen Moment der Atem, weil er der Lösung nun ganz nahe zu sein glaubte. »Oder aber Theobald hat etwas im Zimmer des Täters gefunden. Etwas, das auf die wahre Identität des Gesuchten hinweist!«

»Was sollte das denn sein?«

»Ich habe keine Ahnung«, musste Paul eingestehen.

»Dann können wir nichts tun. Aufs Geratewohl sämtliche Zimmer zu durchstöbern, kommt ja wohl nicht infrage?«

»Nicht jedes Zimmer«, entgegnete Paul. »Nur das der Gäste, die kürzlich hier eingetroffen sind. Denn der Mörder kann ja erst nach der Tat in Nürnberg im Kloster angekommen sein.«

Carsten machte große Augen. »Aber das sind ja nur wir beide und ...«

»... und der seltsame Kauz, von dem du gerade gesprochen hast. Der, der uns neulich am Wehrturm begegnet ist«, führte Paul den Satz zu Ende. »Alles, was wir tun müssen, um uns Gewissheit zu verschaffen, ist uns in seiner Kammer umzusehen.«

»Davon wird er nicht begeistert sein«, gab Carsten zu bedenken.

Paul streifte die Decke von seinen Schultern und stand auf. »Probieren wir es aus!«

»Du willst ihn nicht ernsthaft besuchen, oder?« Carsten schien am Verstand seines Zimmergefährten zu zweifeln. »Was, wenn er durchdreht und auf uns losgeht?«

»Ich muss wissen, ob ich richtig liege oder nicht. Das lässt mir sonst keine Ruhe«, gab sich Paul entschlossen. Er zog sich eine neue Hose und ein T-Shirt an und ging zur Tür. »Bist du dabei?«

Carsten war dabei und strebte mit Paul durch den menschenleeren Säulengang. Wie Paul wusste, nahmen die meisten Klostergäste um diese Uhrzeit an einem spirituellen Lehrgang teil. Möglicherweise auch der Neue, aber das würden sie ja gleich sehen.

Sie durchstreiften suchend den Flur und blieben schließlich stehen. Die Zimmertüren sahen alle gleich aus, was Paul vor ein Problem stellte. »Hast du eine Ahnung, welche Kammer es sein könnte?«, fragte er seinen Begleiter.

Auch Carsten musste sich zunächst orientieren, legte sich dann aber auf eine Tür am Ende des Gangs fest. »Dort habe ich ihn neulich verschwinden sehen«, meinte er.

»Sicher?«

»Ziemlich sicher. Hier muss es sein«, sagte Carsten, woraufhin Paul anklopfte.

Nichts rührte sich.

»Er ist nicht da«, sagte Carsten und zupfte Paul am Ärmel. »Lass uns wieder gehen.«

»Moment noch.« Paul pochte erneut ans Türblatt. Dann legte er seine Hand auf die Klinke und drückte sie herunter.

»Was tust du da?«, fragte Carsten und sah sich hektisch nach allen Seiten um.

»Er hat nicht zugesperrt. Das nenne ich Glück. Lass uns einen Blick in das Zimmer werfen.«

»Auf keinen Fall!«

»Bleib locker. Es ist nicht das erste Mal, dass ich so etwas mache.«

Carsten sah ihn entgeistert an. »Aber mein erstes Mal!«

Paul ließ sich nicht beirren und schob die Tür auf. Im Inneren der Kammer war es ebenso dunkel wie in ihrer eigenen. Die schmalen Mauerdurchbrüche, die mehr Schießscharten als Fenstern ähnelten, ließen kaum Tageslicht herein. Doch der Lichtschalter saß an der gleichen Stelle wie in ihrem Zimmer. Paul betätigte ihn und sah den übersichtlichen Raum nun einigermaßen gut beleuchtet vor sich.

Was ihm gleich auffiel, war die penible Ordnung. Während Carsten und er in ihrer Kammer Hefte, Bücher, Waschzeug und Klamotten achtlos herumliegen ließen, hielt der Bewohner dieses Zimmers viel vom Aufräumen. Das machte es für Paul leicht, sich zu orientieren und auf Auffälligkeiten zu achten. Da er weder auf dem Nachttisch noch auf der schmalen Schreibunterlage vorm Fenster etwas Verdächtiges entdecken konnte, nahm er sich den Schrank vor. Er öffnete ihn und schaute hinein.

»Das darfst du nicht«, wandte Carsten ein. »Einfach in fremder Leute Wäsche wühlen – ist so etwas nicht sogar strafbar?«

Paul überhörte den Protest seines furchtsamen Begleiters und schob die Kleiderbügel beiseite. Auf dem Boden des Schranks entdeckte er einen Koffer. Er bückte sich und wuchtete ihn heraus.

»Um Himmels willen!«, entfuhr es Carsten. »Wenn der Typ jetzt zurückkommt, sind wir geliefert.«

Paul ging nicht darauf ein, sondern drapierte den Koffer auf dem Bett. Dann ließ er die Verschlüsse aufschnappen.

»Tu das nicht!«, ermahnte ihn Carsten.

»Doch!«, entgegnete Paul.

Er klappte den Deckel nach oben – und fuhr erschrocken zusammen.

In dem Koffer lag – fein säuberlich zusammengefaltet – ein schneeweißer Anzug, dessen Nähte mit glitzernden Strassperlen besetzt waren. Obendrauf eine Perücke mit einer Haartolle, wie sie nur einer tragen konnte: der King höchstpersönlich.

Sie kam einfach nicht fort von diesem blöden Kahn! Noch immer hing Jasmin auf der *MS Walküre* fest, in Sichtweite der Kabinentür von Bethany Dexter. Längst schon hätte sie ihre Ermittlungsarbeit fortsetzen und dem potenziellen Auftragskiller Klaus Baumann – oder wie auch immer sein richtiger Name lautete – hinterherjagen wollen. Doch sie konnte es nicht verantworten, die um ihr Leben bangende Bethany allein an Bord zurückzulassen, und von der erhofften Verstärkung durch ihren Würzburger Kollegen fehlte jedes Signal.

Jasmin verfluchte den Oberkommissar und ebenso ihren Chef, den lethargisch sturen Winfried Schnelleisen, der es nicht fertigbrachte, nur ein einziges Mal über seinen Schatten zu springen und die Dienstwege abzukürzen. Zum Teufel mit der richterlichen Bestätigung des Haftbefehls für Klaus Baumann und zum Teufel mit seiner Furcht vor Kompetenzüberschreitungen, wenn es darum ging, die unterfränkische Polizei auf Trab zu bringen. Jasmin brauchte jetzt alle verfügbaren Mittel, um gleichzeitig Bethany Dexter zu schützen und Baumann zu stellen. Gefahr war in Verzug – und die Zeit rannte ihr davon.

Sie war drauf und dran, Schnelleisen zum gefühlt hundertsten Mal an diesem Tag anzurufen. Doch jemand anderes kam ihr zuvor: Ihr Handy klingelte.

»Ja?«

»Ich bin es, Paul.«

»Paul?« Auch das noch, dachte sie. Der hatte ihr gerade noch gefehlt. »Ganz schlechtes Timing. Ich bin unterwegs und melde mich, wenn ich zurück in Nürnberg bin«, versuchte sie ihn abzuwimmeln und wollte das Gespräch unterbrechen.

»Es ist eilig!«, rief Paul in den Hörer. »Und wichtig. Lebenswichtig sogar!«

Jasmin stöhnte auf. »Für deine Ehekrise such dir einen anderen Ratgeber. Ich hab jetzt wirklich keine Zeit für so was.«

»Aber ich ... sprechen, weil ... Polizei ...«

»Paul?«, fragte Jasmin und presste das Handy fester an ihr Ohr. »Ich verstehe dich ganz schlecht. Du klingst total abgehackt.«

»Ist es jetzt besser? Hier gibt es bloß einen ganz miesen Empfang.«

»Wo?«, wunderte sich Jasmin. »In deinem Atelier am Weinmarkt? Seit wann ist dort das Netz so schlimm?«

»Ich bin nicht in Nürnberg, sondern in einem Kloster bei Würzburg. Das hatte ich dir doch erzählt.«

»Was?!« Sie riss die Augen auf. »Wo genau liegt dieses Kloster? Wie heißt es?«

Paul nannte ihr den Namen und berichtete in Kürze alles Wesentliche, inklusive seines unfreiwilligen Bades und einer Beschreibung desjenigen, den er dafür verantwortlich hielt. Dann informierte er sie über die Durchsuchung des Zimmers, was zur Folge hatte, dass Jasmin jegliche Farbe aus dem Gesicht wich. Sie suchte Halt an der Reling und stützte sich ab.

»Ihr habt das Kostüm gefunden?«, vergewisserte sie sich und hielt es kaum für möglich. »Und der Kerl, dem es gehört, benimmt sich verdächtig?«

»Ja, genauso ist es«, bestätigte Paul. »Du musst etwas unternehmen. Das ist jetzt Sache der Polizei. Wir sind raus.«

»Sehr richtig, Paul. Ihr seid raus«, sagte Jasmin und überlegte fieberhaft, wie sie das weitere Vorgehen beschleunigen könnte. »Ich habe keine Ahnung, wie du es immer wieder fertigbringst, mir den Täter auf dem Silbertablett zu servieren. Doch ich will mich nicht beschweren, denn ich hatte dich ja um deine Hilfe gebeten.«

Sie schärfte Paul ein, ab sofort die Füße stillzuhalten und keinesfalls selbst aktiv zu werden. Sie wolle alles daran setzen, schnellstmöglich an einen Haftbefehl zu kommen und ein Zugriffsteam zusammenzustellen. Nachdem durch Pauls Fund der Elvis-Garderobe nun die letzten Zweifel beseitigt seien, könne das nicht mehr lange dauern. Bis es so weit sei, solle Paul auf sich und seinen Freund achtgeben.

»Schließ dich in deinem Zimmer ein und komm nicht wieder raus, bevor du meine Stimme hörst!«, sagte sie eindringlich und wiederholte ihren Appell: »Komm bloß nicht auf die Idee, den falschen Elvis selbst zu stellen. Dieser Mann ist ein Profi, ausgekocht und gewissenlos. Lass dich auf nichts ein, verstanden?«

»Verstanden«, kam es prompt zurück. Paul beschrieb ihr den Aufbau des Gästetraktes und nannte die Zimmernummer des Verdächtigen. »Was meinst du: Wie lange werdet ihr brauchen?«

»Wie gesagt: Von hier bis zum Kloster ist es nicht weit, wir kommen so schnell es geht. Versprochen.«

Damit beendete Jasmin das Gespräch. Ihre Verwunderung darüber, wie es Paul geschafft hatte, sich mal wieder ins Zentrum ihrer Ermittlungsarbeit zu bugsieren, verschob sie auf einen späteren Zeitpunkt. Nun kam es darauf an, Bethany Dexters Schutz zu organisieren und ein Team für die Durchsuchung des Klosters und idealerweise Baumanns Inhaftierung zu organisieren. Viel zu tun in kurzer Zeit. Und sie war auf sich allein gestellt. Wie sollte sie das bloß schaffen, fragte sie sich.

Jasmin machte auf dem Absatz kehrt, um zu Bethanys Kabine zu laufen, als sie ein vertrautes Gesicht erkannte. Es gehörte zu einem schlanken jungen Mann, der gerade an Bord kam.

»Timo! Sie schickt der Himmel!« Statt zu fragen, wie es ihrem Assistenten gelungen war, sich aus den Fängen von Hauptkommissar Schnelleisen zu befreien und so bald hierherzukommen, schloss sie ihn impulsiv in die Arme. »Toll, dass Sie da sind.«

Schlelein, der mit einer solch stürmischen Begrüßung wohl nicht gerechnet hatte, versteifte sich und entwand sich der Umklammerung seiner Chefin. »Ich muss Sie sprechen«, sagte er. »Dringend.«

»Schießen Sie los!«

»Wir haben einen Treffer gelandet, was den Gesuchten, Klaus Baumann, anbelangt«, sagte Schlelein und wirkte dabei über die Maßen angespannt. Er berichtete, dass die Soko weiter über Baumann nachgeforscht und dafür auch das Bild an Interpol übermittelt habe. »Interpol ist in erster Linie ja eine Verwaltungsbehörde und Schnittstelle zwischen den Ländern. Fahndungsaufrufe über Interpol decken ganz Europa ab und gehen sogar darüber hinaus.«

»Sie brauchen mir nicht zu erklären, wie Interpol arbeitet«, schnitt Jasmin ihm das Wort ab. »Was genau haben Sie veranlasst und mit welchem Resultat?«

»Wie gesagt: Wir haben Interpol das Bild übermittelt.«

»Etwa dieses schlechte Foto aus dem Programmheft?«, fragte Jasmin, die sich wenig davon versprach.

»Uns steht sonst ja keines zur Verfügung«, rechtfertigte Schlelein das Vorgehen. »Doch dank moderner Technik, sprich Gesichtserkennung, gab es eine Übereinstimmung.«

»Tatsächlich?«, wunderte sich Jasmin. »Den Anforderungen eines biometrischen Passbildes entsprach die Vorlage ja nicht gerade.«

»Es genügte, um eine Entsprechung bei einer Aufnahme zu finden, die am Hauptbahnhof von Zagreb gemacht wurde.«

»Zagreb? In Kroatien?«

»Ja. Das Bild stammt von einer Überwachungskamera und wurde im September 2014 aufgenommen.«

»Das ist drei Jahre her! Was sollen wir jetzt noch damit anfangen?«

»Sehr viel, denn Interpol hält es für das einzig existierende Foto von Adrian Frost.« Mit einer gehörigen Portion Ehrfurcht im Blick sah er Jasmin an.

»Dieser Name sagt mir leider gar nichts«, entgegnete sie. »Wer soll das sein?«

»Bei Interpol steht er schon seit Jahren weit vorn in der Prioritätenliste der zur Fahndung ausgeschriebenen Personen. Wer mit Frost zu tun bekommt, muss mächtige Feinde haben. In gewissen Kreisen soll er gefürchteter sein als der Tod selbst.«

»Ein Auftragskiller«, sah sie sich in ihrer Vermutung bestätigt. »Unser Elvis heißt im wahren Leben also nicht Baumann, sondern Frost.«

»Ja, und er muss ein sehr einsamer Elvis sein. Denn offenbar geht er keinerlei längerfristige Verbindungen ein und wechselt seine Identität wie andere Leute ihre Wäsche.«

Also wirklich eines von Schnelleisens Phantomen, vergegenwärtigte sie sich ihr Gespräch mit dem Hauptkommissar. Das machte die Sache nicht einfacher für sie. Ganz im Gegenteil! Sie ließ die Neuigkeit noch eine Weile auf sich wirken. Dann vergewisserte sie sich: »Sie sind absolut sicher, dass wir es hier mir diesem Frost zu tun haben? Irrtum ausgeschlossen, trotz der miserablen Bildvorlage?«

»Interpol ließ keinerlei Zweifel aufkommen«, blieb Schlelein bei seiner Aussage. »Die sind felsenfest davon überzeugt, dass wir einen ganz dicken Fisch an der Angel haben.«

»Wenn das so ist, ist Frost ein erhebliches Risiko eingegangen, als er sich für das Programmheft hat ablichten lassen«, säte Jasmin letzte Zweifel, die ihr Assistent sogleich zu zerstreuen suchte.

»Ihm ist nichts anderes übrig geblieben, als er auf der *MS Walküre* anheuerte. Jeder Künstler wird mit seinem Porträt in den Prospekt aufgenommen. Hätte er sich geweigert, wäre vielleicht jemand misstrauisch geworden. Davon abgesehen nahm Frost wohl an, dass seine Kostümierung mit Brille und falschem Backenbart ein Erkennen seiner wahren Identität unmöglich machte. Da hat unser Profi den Stand der Technik offenbar unterschätzt.«

»Ein Patzer, der ihm jetzt zum Verhängnis werden könnte«, sagte Jasmin nachdenklich. »Zumindest, wenn wir schnell genug handeln.« Statt mit Schlelein weiter über das Für und Wider der Interpol-Information zu diskutieren, deckte sie ihn mit Aufträgen ein. Sie setzte ihn stichwortartig ins Bild über ihre eigenen neuesten Erkenntnisse und ordnete an, dass er sich um die Bewachung der Witwe kümmern sollte. Zwar halte sich Baumann alias Frost höchstwahrscheinlich in einigen Kilometern Entfernung im Kloster auf, doch zu hundert Prozent sicher sein könne man nicht. Außerdem bestehe die Gefahr, dass es Komplizen gibt. Der Schutz von Bethany genieße daher allerhöchste Priorität.

»Wenn uns ein zweiter amerikanischer Staatsbürger unter den Händen wegstirbt, schickt Trump seine Kavallerie – und das wollen wir alle nicht«, übte sie sich in einem Scherz, der bei Schlelein jedoch nur ein nervöses Grinsen auslöste. Dann wählte sie die Nummer der Nürnberger Staatsanwaltschaft und umging damit ihren direkten Vorgesetzten. Zum Glück geriet sie an einen ebenso schnörkellosen wie verständnisvollen Gesprächspartner, der sie an einen Haftrichter vermittelte. Erneut brachte sie ihr Anliegen vor – und wurde um etwas Geduld gebeten. Nun hieß es abwarten.

Quälend langsam verstrich eine Minute nach der anderen. Dann der erlösende Rückruf: Jasmin bekam grünes Licht!

Als Nächstes musste sie Verstärkung anfordern. Für einen Job wie diesen kam nur das Sondereinsatzkommando infrage, die fähigsten und am härtesten trainierten Beamten.

Alles Weitere sollte wie folgt ablaufen: Als Vorauskommando würde innerhalb kürzester Zeit eine Observationseinheit am Kloster anrücken: eine kleine, zivile Einsatzgruppe als Vorhut. Inzwischen würde das eigentliche Einsatzteam zusammengestellt und ausgerüstet werden. Jasmin nahm an, dass angesichts der von Frost ausgehenden Gefahr zusätzlich Präzisionsschützen und möglicherweise auch Hundeführer dabei sein könnten. Nichts bliebe dabei dem Zufall überlassen: Das SEK würde alles daran setzen, den Zugriff an Ort und Stelle durchzuführen, um eine sogenannte mobile Lage zu verhindern. Keiner war scharf darauf, einen Profikiller mitten durch die Würzburger Innenstadt zu jagen.

Jasmin nickte zufrieden, während sie ihr gedankliches Szenario durchspielte. Die Jungs vom SEK würden das hinkriegen, war sie überzeugt. Das waren Vollprofis – und damit das genaue Gegenteil von dem, was Paul, der Hobbydetektiv, verkörperte, der in diesen Minuten auf sich allein gestellt im Jakobus-Kloster ausharrte und darauf hoffte, dass Jasmin und ihr SEK rechtzeitig zu seiner Rettung eintreffen würden.

»Was hat sie gesagt?«, wollte Carsten wissen, der Paul keinen Zentimeter von der Seite gewichen war.

Um zu telefonieren, hatten sie sich bis zum Wehrturm vorgewagt, waren danach aber auf kürzestem Weg zurück in ihr Zimmer gegangen.

»Dass wir die Tür verriegeln sollen«, sagte Paul und drehte den Schlüssel gleich zweimal im Schloss.

»Und dann? Was können wir sonst tun?« Carsten war dermaßen aufgelöst, dass sein Gesicht noch schwammiger wirkte als sonst. »Die Tür ist bloß aus Holz. Das ist dir klar, oder?«

»Natürlich«, sagte Paul. Er versuchte, Ruhe und Besonnenheit auszustrahlen, merkte jedoch selbst, dass das nicht klappte. »Warum machst du dir Gedanken um die Tür?«

Carsten plusterte sich auf und kam ihm ganz nahe, als er sagte: »Weil man sie eintreten oder Löcher hineinschießen kann!« Er sprach laut und deutlich und spie unzählige Speicheltropfen dabei aus.

Paul ahnte es: Sein Zimmerkumpan stand dicht davor, die Nerven zu verlieren. Seine Haut war käsig, auf der Stirn klebten dicke Schweißperlen. Wenn nicht bald etwas geschah, würde Carsten durchdrehen. Also versuchte Paul zu beruhigen: »Wir sind hier sicher. Indem wir uns still verhalten, bleiben wir unauffällig.« Vorsichtshalber machte er sich aber daran, einen Stuhl vor die Tür zu schieben und mit der Lehne unter dem Griff zu verkanten.

»Zu spät!«, platzte es Carsten heraus. »Das nutzt alles nichts. So was wird einen wie ihn nicht aufhalten.« Mit düsterer Miene fuhr er fort: »Wir waren im Zimmer dieser Bestie! Haben in den Sachen des Killers gewühlt. Er wird das bemerken und ziemlich schnell darauf kommen, wer es gewesen ist. Einer wie er spürt so etwas.«

»Nein, nein, das wird nicht passieren …« Paul sah sich um. Auf der Suche nach weiteren Gegenständen oder Möbeln, mit denen er den Zugang verrammeln konnte.

»Und ob das passieren wird! Sobald er annimmt, dass wir ihm auf die Schliche gekommen sind, macht er kurzen Prozess. Dich hat er doch sowieso schon auf dem Kieker. Vielleicht ist er genau in diesem Augenblick auf dem Weg hierher.« Wie ein Geistesgestörter riss er seinen Kopf hin und her. »Er wird uns erschießen. Oder nimmt uns als seine Geiseln. Es endet mit einem Gemetzel. Einem Blutbad.«

»Jetzt mach mal halblang. Uns wird nichts geschehen. Die Polizei wird bald da sein«, sagte Paul, dem selbst zunehmend unwohl in seiner Haut war.

»Und wenn nicht?« Carsten starrte ihn an, das Gesicht wie zu einer Maske verzogen. »Wenn sie zu spät kommen? Dann ist es aus mit uns. Schluss, vorbei, finito!«

Spätestens jetzt hatte Carsten ihn mit seiner Panik angesteckt. Paul hatte einen gehörigen Respekt vor dem Mörder, zumal er ja bereits einmal schmerzhafte Bekanntschaft mit ihm gemacht hatte. Er tastete seine Jacke nach dem Handy ab und nahm es zur Hand, um in Erfahrung zu bringen, wie lange Jasmin und ihre Truppe brauchen würden.

Doch natürlich hatte er keinen Empfang. Resigniert steckte er das Gerät wieder weg.

»Siehst du: Wir sitzen in der Falle«, sah sich Carsten in seinen Befürchtungen bestätigt. »Wir hocken hier wie auf dem Präsentierteller. Wird ein leichtes Spiel für den Killer.«

Ja, verdammt, Carsten hatte recht. Seine Befürchtungen waren nicht aus der Luft gegriffen! Paul verlor den letzten Rest seiner Besonnenheit. Sich im Zimmer zu verschanzen war gleichbedeutend damit, das Heft des Handelns aus der Hand zu geben. Denn hier gab es nur einen Ausgang. Keinen weiteren Fluchtweg, keinen Plan B. Stünde der Täter vor der Tür, wäre es vorbei mit ihnen. Dieses Risiko konnten, nein, *durften* sie nicht eingehen. Paul suchte nach einer anderen Lösung – und meinte sie im nächsten Moment gefunden zu haben.

»Nein, er wird uns nicht erwischen!«, rief er mit wiederkehrender Entschlossenheit. »So weit lassen wir es nicht kommen.« Mit diesen Worten trat er den Stuhl beiseite und entriegelte die Tür.

»Wie haben Sie das gemacht?«

Jan-Patrick saß im Führerhaus seines Kleinlasters neben Victor Blohfeld, der gerade von einem sehr kurzen Besuch an Bord eines riesigen Flusskreuzfahrtschiffs zurückgekehrt war und zufrieden grinste.

»Was gemacht?«

»Wie Sie es fertiggebracht haben, in nicht einmal zehn Minuten eine Information zu beschaffen, die wahrscheinlich streng vertraulich ist und für die sich andere Journalisten tagelang die Hacken ablaufen müssten?«

Blohfeld lehnte sich zurück, wobei er sein überheblich selbstzufriedenes Lächeln beibehielt. »Das ist nun mal der Job, und ich beherrsche ihn aus dem Effeff.« Augenzwinkernd fügte er hinzu: »Das Privileg der alten Hasen.«

»Ich als Gastronom kann mit alten Hasen nichts anfangen. Die sind zu zäh«, nahm Jan-Patrick ihn auf die Schippe und forderte: »Ich will es wissen: Wie haben Sie in Erfahrung gebracht, dass sich die polizeilichen Ermittlungen auf ein Kloster konzentrieren?«

Blohfeld winkte ab. »Das war eine leichte Übung. Als ich hörte, dass die *MS Walküre* – also der Tatort – inzwischen in Würzburg vertäut liegt, war mir klar, dass ich die werte Kommissarin Stahl ebenfalls dort antreffen würde. Das habe ich zwar nicht, dafür aber einen ihrer Mitarbeiter, einen Grünschnabel. Er schob Wache vor der Kabinentür der Witwe des Mordopfers. Ihn in ein Gespräch zu verwickeln, hat mich nicht die geringste Mühe gekostet. Der kuschte regelrecht vor meinem Presseausweis, so wie das viele Greenhorns tun. Und schwuppdiwupp hatte er sich auch schon verplappert. Das Jakobus-Kloster ist unser nächstes Ziel.« Blohfeld nahm Jan-Patrick fest ins Auge. »Also: Worauf warten Sie noch? Schmeißen Sie den Motor an!«

Jan-Patrick verzog den Mund. »Wissen Sie eigentlich, wie spät es ist?«

Blohfeld warf einen flüchtigen Blick auf seine Armbanduhr. »Es geht auf sechs zu. Warum fragen Sie?«

»Weil mein Magen knurrt. Wir sind seit Stunden unterwegs und haben immer noch nichts gegessen.«

»Fürs Essen ist jetzt keine Zeit.«

»Mit leerem Magen werde ich Sie jedenfalls nicht länger durch die Gegend kutschieren«, entgegnete Jan-Patrick entschieden.

»Okay, okay.« Blohfeld schaute durch die Frontscheibe und streckte den Arm aus. »Ist das dort hinten nicht ein großes M?«

»Nicht Ihr Ernst, oder?«, empörte sich Jan-Patrick. »Sie wollen einen Gourmetkoch in ein Fast-Food-Lokal verfrachten? Vergessen Sie's!«

»Jedenfalls haben wir nicht die Zeit, um in einem richtigen Restaurant einzukehren«, machte Blohfeld klar und wirkte ungeduldig.

Daraufhin verschränkte der Wirt trotzig seine Arme vor der Brust. »Ohne die Aussicht auf ein anständiges Abendessen fahre ich keinen Meter weiter.«

Blohfeld strich sich mit den Händen durch sein strähniges graues Haar. »Sie bringen mich um den Verstand!«, schimpfte er. Doch dann klarten seine Gesichtszüge auf, und er sagte: »Heißt es nicht, dass es sich Mönche in kulinarischer Hinsicht gern gutgehen lassen? Was halten Sie davon, wenn wir die Klosterküche ausprobieren?«

Jan-Patrick setzte zu einer Widerrede an, doch nachdem er sich Blohfelds Vorschlag durch den Kopf hatte gehen lassen, konnte er keinen überzeugenden Einwand finden, zumal ihn die klösterliche Küche tatsächlich reizte. »Na schön«, stimmte er zu. »Fahren wir also zu diesem Kloster. Aber wehe, der Klosterkoch versteht sein Handwerk nicht.«

Als Katinka ihren Mini auf den Klosterhof steuerte, war sie beeindruckt von der architektonischen Vielfalt des Gebäudeensembles. Eine von Mauern umringte Ansammlung kleiner und großer Bauten, ein jedes ein Kleinod.

Während sie durch den menschenleeren Hof ging, um einen Ansprechpartner zu suchen, bewunderte sie jahrhundertealte Architektur. Besonderen Gefallen fand sie an einem kleinen, von einer niedrigen Mauer umfassten Garten. Dort entdeckte Katinka einen gebeugt gehenden Mann in brauner Mönchskutte und hielt auf ihn zu.

»Grüß Gott«, sagte sie und sah sich einem Mann gegenüber, dessen wettergegerbtes Gesicht auf ein Alter jenseits der achtzig schließen ließ. Wie sich herausstellte, machte sie Bekanntschaft mit Bruder Elias, der der Gemeinde nach eigenen Worten schon seit seinem sechzehnten Lebensjahr angehörte und sich ganz und gar dem bußfertigen Leben und der Kräuterkunde verschrieben hatte. Bereitwillig führte er Katinka durch seinen »Bibelgarten«, wie er das liebevoll gepflegte Fleckchen Grün nannte.

»Eine Besucherin – was für eine seltene Ehre«, sagte er verschmitzt. »Willkommen in meinem Garten.« Er erklärte, dass im Mittelalter Klöster die wichtigsten Entwicklungszentren waren und auf diese Weise maßgeblich Einfluss auf den Anbau von Pflanzen und die Ernährung nahmen. »Ebenso wie auf die Medizin«, erläuterte er mit einer freundlichen, weichen Stimme. »Den Alltag entschleunigen, die Schönheit der Natur bewusst wahrnehmen, die Atmosphäre von Ruhe und den Augenblick genießen – das alles gelingt in meinem Bibelgarten wie von selbst. Kein Wunder also, dass die Beliebtheit bei unseren rastsuchenden Gästen von Jahr zu Jahr wächst.«

Das war Katinkas Stichwort: »Genau deshalb bin ich gekommen. Einer Ihrer Gäste ist ein Bekannter von mir.«

»Ein Bekannter?« Bruder Elias runzelte die Stirn.

»Genau genommen handelt es sich um meinen Mann«, ergänzte Katinka lächelnd. »Ich möchte ihn besuchen.«

Das freundlich zugewandte Antlitz des alten Mönchs nahm kritische Züge an. »Bedaure, aber unsere Klosterordnung untersagt Visiten jeglicher Art.« Mit ausweichendem Blick fügte er hinzu. »Damenbesuch auf den Zimmern ist generell nicht gestattet. Das werden Sie sicherlich verstehen.«

»Keine Sorge.« Katinka hob beide Hände. »Ich habe nicht vor, über Nacht zu bleiben. Ich möchte meinen Mann nur sprechen. Das wird doch möglich sein.«

Bruder Elias taxierte Katinka mit höflicher Skepsis. »Junge Frau«, sagte er mit verständnisheischender Stimme, »die Männer, die zu uns kommen, suchen in erster Linie Distanz. Was sie dringend benötigen, ist Abstand von der Arbeit, aber auch vom Privaten. Sie haben das Kloster als kraftvollen Ort des spirituellen Lebens für sich entdeckt und brauchen Zeit, um neuen Mut für ihren Alltag daraus zu schöpfen. Eine Unterbrechung dieses Prozesses ist schädlich und daher nicht gewollt.« Er nahm sie am Ärmel ihrer Bluse. »Darf ich Sie zurück zu Ihrem Wagen begleiten?«

»Nein«, sagte Katinka entschieden und entzog sich ihm. »Ich muss meinen Mann sprechen. Darauf bestehe ich.«

Der alte Mönch sah sie nachdenklich an und schüttelte langsam den Kopf. »Das wäre seinem Anliegen nicht dienlich«, wiederholte er sein Argument für ihre sofortige Abreise. »Sie werden sich und Ihrem Mann schaden, wenn Sie bleiben.«

»Dieses Risiko gehe ich ein!«

»Angriff ist die beste Verteidigung«, machte Paul Carsten Mut – und auch sich selbst.

In geduckter Haltung schlichen beide durch den Gang des Gästetraktes, jederzeit bereit, sich gegen eine plötzliche Attacke zur Wehr zu setzen. Ihr Ziel: das Zimmer des Verdächtigen. Ihre Absicht: ihn dort zu überraschen und festzusetzen.

»Es ist unsere einzige Möglichkeit«, redete Paul auf Carsten ein, während sie sich Meter für Meter der Kammer des falschen Elvis näherten.

Die Sonne stand inzwischen so tief, dass sich ihre glühenden Strahlen den Weg durch die schmalen Fensterschlitze bahnten und die langen Schatten der beiden Männer auf den Steinboden zeichneten.

»Zu zweit haben wir eine reelle Chance gegen ihn«, flüsterte Paul und pirschte voran.

Carsten hielt sich hinter ihm. »Das ist Irrsinn. Gegen einen Profikiller können wir nichts ausrichten. Selbst wenn wir zu zweit sind, ist er uns überlegen«, wehrte er sich gegen Pauls Vorhaben.

»Wenn wir uns verbarrikadieren, haben wir keinen Ausweg. Dann sitzen wir fest, während der Killer tun kann, was er will. Deshalb ist es viel besser, wenn es umgekehrt läuft«, schärfte Paul seinem wankelmütigen Begleiter ein und machte deutlich: »Der Plan ist nicht, den Killer zu konfrontieren oder gar mit ihm zu kämpfen. Der Plan ist, ihn in seinem Quartier einzusperren, bis die Polizei da ist.«

Gleichwohl behielt Paul Jasmins mahnende Worte im Hinterkopf und war besonders auf der Hut. Er war sich des Risikos, dem er sich und seinen Begleiter aussetzte, bewusst, doch für ihn stand fest: Wenn sie sich nicht selbst halfen, käme die Hilfe durch die Polizei höchstwahrscheinlich zu spät.

Seine Befürchtungen bestätigten sich, als sie das Zimmer des potenziellen Mörders erreichten. Die Tür war zwar geschlossen, doch hörten sie auch von außen, dass sich jemand in dem Raum aufhielt. Und dieser Jemand hatte extrem schlechte Laune. Paul und Carsten wechselten einen unschlüssigen Blick, als sie zunächst ein Poltern, gefolgt von einem lautstarken Fluchen hörten.

»Er hat gemerkt, dass wir seine Sachen durchsucht haben«, folgerte Carsten und wurde aschfahl.

»Sieht ganz danach aus«, schloss sich Paul seiner Meinung an.

»Was sollen wir jetzt tun?« Carsten stand die Angst ins Gesicht geschrieben. »Das mit dem Überraschungsmoment können wir jedenfalls vergessen.«

»Was wir tun sollen? Genau das, was wir uns vorgenommen haben«, antwortete Paul mit heiserer Stimme. »Dafür sorgen, dass er nicht aus seinem Zimmer kommt.«

»Wie denn, wenn wir keinen Schlüssel haben? Der steckt bestimmt von innen im Schloss.«

Entweder das oder aber der Kerl hatte ihn abgezogen, überlegte Paul. Wenn die zweite Möglichkeit zuträfe, könnten sie nichts ausrichten. Doch Paul dachte nicht ans Aufgeben, sondern beschloss, den Versuch zu wagen: »Wir müssen jetzt ganz schnell sein: Tür auf, Schlüssel abziehen, Tür wieder zu und von außen zusperren.«

Carsten sah ihn an, als würde er an seinem Verstand zweifeln. »Das ist ein Himmelfahrtskommando.«

»Nein«, widersprach Paul. »Die Hände in den Schoß zu legen und nichts zu tun, wäre eines.«

Carsten stieß einen tiefen Seufzer aus. »Also gut. Dann machen wir es so.« Seinen Worten zum Trotz rührte er sich jedoch nicht vom Fleck.

Es blieb Paul überlassen, ihr Vorhaben in die Tat umzusetzen. Er holte tief Luft und legte seine Hand auf den Türknauf. Dann aber bekam er doch noch Angst vor der eigenen Courage. Er sah sich um und blickte Carsten um Rat suchend an.

»Tu es!«, redete dieser ihm zu.

Paul fasste sich ein Herz und drehte am Knauf. Im nächsten Augenblick ließ er die Tür aufschwingen.

Der Mann wandte Paul den Rücken zu. Er stand über seine Pritsche gebeugt, auf der sein aufgeklappter Koffer lag. Der Mann hatte beide Hände tief darin versenkt. Jetzt, da er Pauls unerwartetes Eintreten bemerkte, richtete er sich mit einer ruckartigen Bewegung auf. Blitzschnell drehte er sich um. Seine Augen funkelten Paul zornig an. Mit seiner rechten Hand hielt er einen Gegenstand fest umklammert. Ehe Paul erkennen konnte, um was es sich handelte, stieß Carsten hinter ihm einen grellen Schrei aus.

»Vorsicht, Waffe!«, schrie er. »Der Kerl hat eine Pistole!«

Ehe auch Paul die Gefahr erkennen konnte, packte Carsten ihn mit einer einzigen flinken Bewegung am Kragen und zerrte ihn zurück in den Flur. Mit der anderen Hand fasste er geistesgegenwärtig nach dem innen steckenden Zimmerschlüssel, bevor er sich selbst in Sicherheit brachte und die Tür zuknallte. Carsten steckte den Schlüssel zurück ins Schloss, und zwar von außen. Zweimal drehte er ihn um. Fast im gleichen Moment hörten sie, wie der Eingeschlossene am Knauf drehte und mit der Faust gegen die Tür trommelte.

»Das war knapp. Aber wir haben es geschafft!«, rief Paul aus und wischte sich über die Stirn. »Gut gemacht, Carsten.«

»Gar nichts ist geschafft«, entgegnete dieser. »Er kann immer noch türmen.«

»Wie denn? Die Fenster sind zu schmal, da kommt er nicht durch.«

Die Proteste von drinnen wurden lauter: »Was soll der Blödsinn? Machen Sie sofort die Tür auf!«, rief der Eingeschlossene.

»Kommt gar nicht infrage! Nicht, bevor die Polizei da ist!«, lautete Carstens Antwort.

»Polizei? Warum Polizei? Sind Sie nicht bei Trost?«

»Mörder!«, zischte Carsten und fletschte die Zähne. »Schmoren sollen Sie und bereuen!«

»Ist das ein schlechter Scherz? Tür auf, sage ich!«

»Wir wissen, wer Sie sind!«, rief Paul durch den Spalt zwischen Tür und Rahmen. »Das Kostüm in Ihrem Koffer hat Sie verraten.«

»Was reden Sie für einen Unfug? Sie sollen mich rauslassen! Sofort!« Wieder hämmerte der Gefangene mit den Fäusten.

Carsten warf Paul einen bangen Blick zu. »Was, wenn er seine Waffe benutzt?«, flüsterte er. »Wenn er aufs Schloss zielt und sich den Weg freischießt?«

»Ich glaube nicht, dass er das Risiko eingeht«, entgegnete Paul. »Ein Querschläger könnte ihn selbst treffen. Als Profi weiß er das.«

»So wütend, wie der klingt, ist er zu allem fähig.« Carsten steckte sich den Daumen in den Mund und biss auf den Nagel. »Wir müssen Hilfe holen. Allein kommen wir nicht weiter. Was wir dringend brauchen, ist Unterstützung!«

»Die Polizei wird sicher bald …«

»Wir brauchen die Hilfe jetzt gleich!«, rief Carsten. »Nicht erst in zwei Stunden.«

»In Ordnung«, stimmte Paul zu. »Aber wie? Unsere Handys können wir hier vergessen. Hast du eine Idee?«

Carsten nahm sich den nächsten Fingernagel vor, während er fieberhaft überlegte. Dann schlug er vor: »Wir müssen uns trennen.«

»Trennen?«, fragte Paul wenig begeistert.

Carsten nickte heftig, »Du bleibst vor der Tür stehen. Ich hole inzwischen Hilfe. Der Abt hat bestimmt einen Festnetzanschluss. Ich wähle den Notruf. Meinetwegen sollen sie Polizei, Krankenwagen und die Feuerwehr gleichzeitig losschicken, Hauptsache es geht schnell.«

»Einverstanden«, sagte Paul mit sorgenvollem Blick auf die Tür. »Aber beeil dich!«

»Auf mich kannst du dich verlassen. Das weißt du doch«, betonte Carsten und lief davon.

Hoffentlich, dachte Paul, während er ihm nachsah.

Jan-Patrick pflegte von Haus aus eine rasante Fahrweise, und wenn der Hunger ihn trieb, fuhr er sogar noch flotter.

Auf einem Hügel inmitten von Weinstöcken erkannte er sein Ziel, das Jakobus-Kloster. Er hielt mit seinem Lieferwagen direkt auf den Torbogen zu und fuhr mit kaum reduzierter Geschwindigkeit hindurch.

Victor Blohfeld unterdrückte einen Aufschrei und klammerte sich an den Haltegriff, als Jan-Patrick in der nächsten Sekunde eine Vollbremsung hinlegen musste. Der Kastenwagen schlitterte über den Kies und kam nur wenige Zentimeter vor einer Frau zum Stehen, die panisch die Arme nach oben riss.

»Misdbridschn!«, fluchte Jan-Patrick auf bestem Fränkisch und schlug wütend auf das Steuerrad. Erst danach sah er noch einmal genauer hin, erkannte das elegante Kostüm der Frau, ihre langen blonden Haare, das schmal geschnittene Gesicht ...

»Halten Sie den Mund!«, ging Blohfeld ihn an. »Um ein Haar hätten Sie Frau Oberstaatsanwältin Blohm überfahren.«

Jan-Patrick schoss die Röte ins Gesicht. Er stieg aus seinem Wagen und ging auf die leichenblasse Katinka zu, die japste wie nach einem Spurt. »Es tut mir furchtbar leid«, sagte er. »Ich konnte ja nicht ahnen, dass ...«

»Genau, er konnte nicht ahnen, Sie an einem solchen Ort anzutreffen«, fiel ihm Blohfeld ins Wort, der ebenfalls ausgestiegen war. »Was haben Sie in einem Kloster verloren, Frau Blohm?«

Nachdem sich Katinka einigermaßen von dem Schreck erholt hatte, sagte sie: »Die gleiche Frage könnte ich euch beiden stellen. Ich bin gekommen, um Paul zu besuchen, der hier ein paar Tage Urlaub macht.«

»Was?«, riefen Blohfeld und Jan-Patrick wie aus einem Mund. »Der ist auch hier?«

»Wie ich schon sagte: Er ist Klostergast auf Zeit.«

»Tja, da sieht man mal wieder, wie klein die Welt ist«, meinte Blohfeld, der sich schnell mit der veränderten Situation angefreundet zu haben schien und wissen wollte, ob Paul Flemming wirklich nur um der Erholung willen zum Klosterbruder geworden sei oder ob mehr dahinterstecke, etwa wieder mal ein Kriminalfall.

»Wie kommen Sie darauf?«, fragte Katinka, doch Blohfeld kam nicht dazu zu antworten.

Ein Mann platzte in ihre Unterhaltung. Er rannte aus einem der Gebäude und wirkte völlig aufgelöst. Nicht besonders groß, mittelalt, etwas pummelig, mit heraushängendem Unterhemd und roten Wangen. Auf dem Treppenabsatz sah er sich kurz um, wirkte für einen kurzen Moment unentschlossen, lief dann jedoch weiter. Als er an der kleinen Gruppe vorbeikam, rief Blohfeld ihm zu: »Wir möchten zu Herrn Flemming. Können Sie uns sagen, wo wir ihn finden?«

Der Mann sah ihn mit einem irren Blick an: eine krude Mischung aus Entsetzen und Furcht. »Da!«, schrie er dann, deutete in einer fahrigen Bewegung auf das Haus, aus dem er gekommen war, und spurtete weiter.

Die drei Nürnberger sahen ihm nach und beobachteten, wie er zu einer Reihe geparkter Autos rannte, in einen der Wagen einstieg und den Motor zum Aufheulen brachte. Kurz darauf fuhr er wie vom Teufel geritten durch das Tor und ließ nur eine Wolke aus Staub und Abgas zurück.

»Donnerwetter. Der hatte es eilig«, stellte Blohfeld treffend fest und wandte sich den anderen zu. »Ihr habt's gehört: Dort müssen wir hin, in dieses Gebäude.«

Das Wüten und Toben, das durch die Zimmertür zu hören gewesen war, ebbte allmählich ab. Der ungestüme Widerstand schien nachzulassen.

Trotzdem gab sich Paul keinen Illusionen hin: Er wusste, dass ihn nur ein schmales Brett aus Holz von einem heimtückischen und zu allem entschlossenen Mörder trennte. Dass dieser damit aufgehört hatte zu schimpfen und mit den Fäusten gegen das Türblatt zu hämmern, musste nicht bedeuten, dass er aufgegeben hatte.

Wer weiß, überlegte sich Paul, vermutlich war der Killer gerade damit beschäftigt, einen Ausweg zu suchen. Vielleicht hatte er Werkzeug dabei, mit dem er die Schrauben der Scharniere lösen könnte. Einen Akkuschrauber, um das Schloss aufzubohren. Oder – Paul verschlug es bei diesem Gedanken vorübergehend den Atem – sollte er gar Sprengstoff im Gepäck haben? Eine kleine Ladung Semtex dürfte reichen, um die Tür in tausend Fetzen zu zerreißen, mutmaßte Paul. So, wie er es schon in Dutzenden Filmen gesehen hatte.

Vorsichtshalber vergrößerte er seinen Abstand zur Tür, ohne sie jedoch aus den Augen zu lassen. Nur ganz kurz schielte er aufs Ziffernblatt seiner Uhr. Wo blieb Carsten bloß? Seinen Anruf musste er inzwischen längst getätigt haben. Warum also kam er nicht zurück? Auch von der versprochenen Verstärkung, um die er sich kümmern wollte, war weit und breit nichts zu sehen.

Allmählich wurde ihm die verdächtige Ruhe in dem Zimmer unheimlich. Was heckte der Mörder aus, fragte sich Paul und lauschte angestrengt in die Stille. Geräusche irgendwelcher Werkzeuge waren nicht zu hören. Erst recht nicht der Knall von Plastiksprengstoff. Was trieb der Mann also in seiner Kammer? Welchen Plan brütete er aus, um sich aus seiner Klemme zu befreien?

Paul trat wieder ein Stück näher. Dann noch eins und noch eins. Schließlich stand er direkt vor der Tür und legte sein Ohr an das Holz. Innen war es mucksmäuschenstill.

Dann hörte Paul ein Knistern und Rascheln. Leise und weich, wie es beim Hantieren mit Stoff entsteht. Was hatte das zu bedeuten? Zog sich der Kerl etwa um? Aber weshalb? Es machte doch überhaupt keinen Sinn, in einer solchen Situation die Garderobe zu wechseln.

Nein, nein, nein, hier stimmte etwas nicht. Irgendetwas braute sich zusammen, und Paul war sicher, dass es nichts Gutes sein konnte.

Katinka, eskortiert vom kleinen, aber zupackenden Jan-Patrick und dem schlaksigen Hänfling Blohfeld, ging auf das Gebäude zu, in dem sie die Räume der Klostergäste vermutete. Nach dem seltsamen Auftritt des Mannes, der fluchtartig das Klostergelände verlassen hatte, wuchsen ihre Sorgen um Paul. Katinka ahnte, dass Paul in der Klemme steckte und er Hilfe gebrauchen konnte.

Die drei hatten den Treppenabsatz gerade erreicht, da hörten sie das Dröhnen von Motoren und rissen ihre Köpfe herum. Alle Aufmerksamkeit galt der Zufahrt, durch die unvermittelt mehrere Fahrzeuge rasten. Schneller noch als wenige Minuten zuvor Jan-Patrick mit seinem Gemüselaster donnerten drei nachtschwarze VW-Transporter durch den Torbogen, dahinter zwei Polizeiwagen.

»Die Bullen!«, rief Blohfeld aus, der die Transporter als Mannschaftswagen eines Spezialeinsatzkommandos erkannt hatte.

Und tatsächlich wurden Sekunden später die Hecktüren aufgestoßen, um ein Dutzend vermummte Gestalten in Kampfmontur auszuspucken. Zielgerichtet kamen sie auf das Nürnberger Trio zu, das ehrfürchtig beiseitetrat. Im Eiltempo trampelte die schwer bewaffnete Sondereinheit an ihnen vorbei, geradewegs in das Gästehaus des Klosters hinein. Katinka, die auf der Treppe kaum Platz zum Ausweichen hatte, kam es so vor, als würde ein Güterzug an ihr vorbeidonnern. Der Boden erzitterte unter dem Gewicht der Männer, begleitet vom lauten Klappern der Ausrüstung und gefolgt von einem Windzug.

»Was nun?«, fragte Jan-Patrick etwas ratlos, kaum dass der Spuk vorbei war.

»Hinterher!«, bestimmte Blohfeld und nahm seine Fotokamera von der Schulter. »Jetzt wird's spannend.«

Katinka hatte nichts dagegen einzuwenden, denn auch sie wollte dabei sein, um zu erfahren, auf wen es das SEK abgesehen hatte – und vor allem, ob Paul etwas damit zu tun hatte. Also schloss sie sich den anderen an und eilte durch das altehrwürdige Treppenhaus, in dem die Stiefelschritte und kurzen Kommandos der Polizisten widerhallten.

Über eine Treppe mit ausgetretenen Steinstufen erreichten sie einen säulengestützten Gang, in den wegen der schmalen Fenster kaum Tageslicht drang. Auch die alten Glühbirnen an der Decke gaben nicht viel her. Dennoch fand sich Katinka dank der geradlinigen Bauweise des Wohntrakts auf Anhieb zurecht und vermutete hinter den Türen zu beiden Seiten des Flures die Zimmer der Klostergäste.

Die Spezialkräfte hatten sich offenbar mit der Immobilie vertraut gemacht und wussten sehr genau, wo sie hinwollten, denn sie stürmten an den ersten Türen vorbei und näherten sich mit Katinka, Jan-Patrick und Blohfeld im Schlepptau dem Ende des Ganges.

Und jetzt sah sie ihn! Katinka fiel ein Stein vom Herzen, als sie Paul im Halbdunkel erkannte. Ganz offensichtlich war er wohlauf und winkte den Polizeitrupp zu sich heran. Er stand direkt neben einem der Zimmer und wies mit aufgeregten Gesten auf die Tür.

Nur zu gern wäre Katinka zu ihm gelaufen und hätte ihn in die Arme geschlossen. Angesichts des Durcheinanders und der Aufregung musste sie sich eingestehen, dass ihre Sorgen um ihn größer waren, als sie es eigentlich wollte. Doch Trost und Versöhnung mussten warten. Die Polizeiarbeit hatte Vorrang.

»Da ist er drin!«, rief Paul mit sich überschlagender Stimme und fügte erleichtert hinzu: »Gut, dass Carsten Balder Sie hat erreichen können.«

Einer der Vermummten, wohl der Truppenführer, trat vor und zog seinen Mundschutz nach unten. »Der Name Balder sagt mir nichts. Wir kommen auf Veranlassung von Oberkommissarin Stahl. Sind Sie Herr Flemming?«

»Der bin ich, jawohl!«

Der kernig auftretende Einsatzleiter zeigte mit seiner behandschuhten Hand auf die Tür. »Adrian Frost hält sich in diesem Raum auf?«

»Wer ist Adrian Frost?«, fragte Paul irritiert.

»Der Klarname des Gesuchten. Ist der Mann bewaffnet?«

»Ja.«

»Befinden sich weitere Personen in dem Zimmer? Gibt es Geiseln?«

»Nein, er ist allein«, antwortete Paul, woraufhin der Kommandeur ihn beiseiteschob und sich seinen Männern zuwandte.

»Sie haben es gehört, Kollegen. Wir gehen nach Plan vor«, bestimmte der Einsatzleiter. »Zugriff jetzt!«

Ehe Paul sich's versah, packten ihn starke Hände an den Oberarmen und schoben ihn aus der Gefahrenzone, noch bevor er den Zimmerschlüssel übergeben konnte. Aber die Beamten hatten ohnehin nicht vor, Zeit mit dem Schloss zu verlieren. Denn gleichzeitig positionierten sich mehrere Männer mit gezückten Pistolen an beiden Seiten des Eingangs, während zwei weitere mit einer Art tragbarem Rammbock anrückten. Der Truppführer zählte mit Fingern herunter, unterdessen holten die Polizisten mit der Rammstange aus, um sie dann zielgenau auf das Schloss krachen zu lassen.

Mit dem Bersten der Tür sprangen die bereitstehenden Spezialkräfte vor, hielten mit ihren Pistolen in die kleine Wohnkammer und stürmten hinein. Dabei brüllten sie »Polizei!«, »Waffe fallen lassen!« und »Hände hoch!«

Paul war wie gebannt und rechnete jeden Augenblick mit einer Schießerei. Doch es fiel kein einziger Schuss. Weder von den Polizisten noch von Frost. An Pauls Ohr drangen lediglich Geräusche, die nach einer kurzen Rangelei klangen. Danach hörte er ein klagendes Wimmern. Paul schloss daraus, dass der Mörder gestellt worden war. So schnell? Konnte das denn sein, wunderte sich Paul.

Von seiner Neugierde übermannt verließ er den sicheren Platz hinter einer der Säulen und ging auf das Zimmer zu, aus dem noch immer leise Klagelaute zu hören waren. Er lugte um die Ecke, um hineinsehen zu können – und mochte kaum glauben, was ihn erwartete: Der überwältigte Profikiller lag ausgestreckt auf dem Boden, die Hände hinter den Rücken gebogen und mit Handschellen fixiert. Damit hatte Paul ja noch gerechnet, nicht aber mit dem eigentümlichen Aufzug des Gefangenen. Zu Pauls großer Verwunderung hatte er sich das Elvis-Kostüm übergestreift. Was für ein kurioses Bild!

»Das ist ihm viel zu groß«, sagte eine weibliche Stimme in Pauls Rücken. Es war Jasmin, außer Atem, aber ganz bei der Sache.

»Was meinst du?«, fragte Paul.

»Das Kostüm! Sieh hin: Die Hosenbeine sind zu lang, genau wie die Ärmel. Außerdem ist es zu weit.«

»Natürlich ist es zu weit!«, rief der Mann auf dem Boden und sah sie mit flehenden Blicken an. »Weil es nicht meines ist. Deshalb habe ich es angezogen. Um zu zeigen, dass man es mir untergeschoben hat.«

Eine schöne Bescherung. Jasmin hatte sich in eine extrem unangenehme Situation gebracht. So unwohl wie jetzt hatte sie sich noch nie in ihrer Haut gefühlt, als sich die Augen eines Dutzends grimmig blickender Polizisten auf sie richteten und zu fragen schienen, ob sie noch Herr der Lage war.

Das war sie nicht. Wahrscheinlich war sie es nie gewesen. Elvis Presley, Klaus Baumann, Adrian Frost oder wie auch immer die Zielperson hieß, hatte sie an der Nase herumgeführt. Und auch Paul war der Täuschung erlegen und schaute mindestens genauso dumm aus der Wäsche wie sie selbst.

»Personalien feststellen«, befahl sie knapp und hoffte, durch diese Anordnung ihre Autorität zu bewahren und etwas mehr Zeit zu gewinnen. Die brauchte sie ebenso dringend wie einen neuen Plan.

Während die Beamten der Aufforderung nachkamen und den völlig derangiert wirkenden Klostergast um seinen Ausweis baten, wandte sich Jasmin an Paul. Sie konnte es nicht verhindern, dass auch Katinka hinzukam. Ebenso wie Blohfeld und Jan-Patrick.

»Erklär mir das, Paul«, forderte sie ihn auf. »Warum hast du diesen Mann für verdächtig gehalten? Und wie – verdammt! – ist er an das Elvis-Kostüm gekommen?«

Paul musste sich sammeln, bevor er dazu fähig war, eine Antwort zu geben: »Er hat sich verdächtig verhalten, schon bei unserer ersten Begegnung. Und als wir das mit dem flüchtigen Mörder hörten, waren wir natürlich alarmiert und in Lauerstellung. Denn das Auftauchen des neuen Gastes im Kloster passte zeitlich genau zu dem, was in der Zeitung stand. Ebenso wie seine Beschreibung. Alles war absolut stimmig. Also haben wir eins und eins zusammengezählt und gehandelt.«

»Wenn Sie eins und eins zusammenzählen, kommt vier oder fünf raus«, ätzte Blohfeld. »Das kennen wir ja schon.«

»Still!«, ermahnte Katinka den Reporter. Sie wandte sich Paul zu und drückte ihn zärtlich am Oberarm. »Ich bin so froh, dass es dir gut geht«, raunte sie ihm zu, um dann lauter fortzufahren: »Bitte erzähle uns, wie es weiterging. Wir brauchen jetzt jede erdenkliche Information.«

»Wir waren fest davon überzeugt, dass wir den Richtigen im Visier hatten. Deswegen sind wir in sein Zimmer gegangen und haben uns dort umgesehen. Als wir dann auf die Elvis-Klamotten gestoßen sind, war für uns alles klar. Das war die Bestätigung unseres Verdachts. Darüber waren wir uns einig.«

»Du redest immer von ›wir‹«, ging Jan-Patrick dazwischen. »Wen meinst du damit?«

»Pluralis Majestatis«, antwortete Blohfeld an Pauls Stelle. »Der Herr spricht von sich gern in der Mehrzahl.«

»Unsinn«, tat Paul diesen müden Witz ab. »Ich spreche von Carsten, meinem Mitbewohner. Wir teilen uns eine Kammer.«

»Carsten?« Jasmin sah ihn auffordernd an. »Erfahren wir ein wenig mehr über ihn?«

Paul seufzte. »Gibt es jetzt nicht wichtigere Dinge zu erledigen, als über meinen Zimmerkumpel zu reden? Immerhin ist der Mörder weiter auf der Flucht. Da gilt es zu handeln.«

»Was kannst du uns über deinen Carsten berichten?«, ließ Jasmin nicht locker.

»Also gut«, fügte sich Paul seufzend. »Mit vollem Namen heißt er Carsten Balder, ist Vertreter und war bereits mehrfach Gast im Jakobus-Kloster. Gute zehn Jahre jünger als ich, einen Kopf kleiner und etwas speckig um die Hüften. Ein netter, etwas einfältiger Kerl. Mitunter quatscht er zu viel, ist aber sonst ganz in Ordnung. Willst du noch etwas anderes über ihn wissen? Vielleicht seine Schuhgröße?«

»Ja, ich will noch etwas anderes über ihn wissen«, sagte Jasmin entschieden. »Wo hält er sich jetzt auf?«

»Wie meinst du das?«

Jasmin schaute sich demonstrativ in alle Richtungen um. »Wie bereits gesagt: Du redest unentwegt von ›wir‹, hast aber allein vor der Tür des mutmaßlich Verdächtigen Wache gehalten. Wo also steckt dein ominöser Freund?«

Paul kratzte sich am Kopf. »Er ist telefonieren gegangen. Wollte euch alarmieren.« Nun blickte sich auch Paul um. »Eigentlich müsste er längst zurück sein.«

»Nicht nur eigentlich«, entgegnete Jasmin verärgert. »Beschreib deinen Zimmerkumpel noch mal ganz genau!«

Der hob beide Hände. »Aber du meinst doch wohl nicht etwa ...«

»Oh doch, Paul! Genau das meine ich«, sagte Jasmin scharf.

»Niemals!«, protestierte Paul. »Da bist du auf dem Holzweg. Carsten hat nichts, absolut nichts damit zu tun. Im Gegenteil: Er hat mir geholfen.«

»Ja, dabei geholfen, einen völlig Unbeteiligten in Misskredit zu bringen und ihm das SEK auf den Hals zu hetzen – während er selbst die Gelegenheit bekam, sich abzusetzen.«

»Das siehst du ganz falsch!«

»Nein, Paul, *du* siehst es falsch! Denk nach und zieh die richtigen Schlüsse. Es sieht ganz danach aus, als hätte dein Zimmernachbar ein falsches Spiel mit dir gespielt.«

»Nein, das mag ich nicht glauben«, entgegnete Paul beinahe trotzig.

»Er hat deine Blauäugigkeit ausgenutzt und dich als seinen Helfer eingespannt.«

»Ich und ein Helfer? Keinesfalls!«

»Aber sicher! Merkst du nicht, wie du ihn immer noch verteidigst? Dank deines Zutuns konnte er den Unschuldigen mimen. Indem du ihn ins Zimmer dieses armen Teufels hier begleitet und die Elvis-Jacke entdeckt hast, hast du seine Tarnung perfekt gemacht. Dein netter Carsten hat dich benutzt, Paul. Sieh es endlich ein.«

»Du irrst dich. Die Initiative, etwas zu unternehmen, ist immer von mir ausgegangen. Und kannst du mir erklären, warum er mir sonst das Leben hätte retten sollen?«

»Du meinst der Vorfall im Wasserturm, von dem du erzählt hast? Das ist die einfachste Sache von der Welt: Erst hat er dich hineingestoßen, um dich anschließend wieder herauszuziehen. Damit hat er sich dein Vertrauen erschlichen und letzte Ungewissheiten ausgeräumt. Ein simpler, psychologischer Trick. Behaupte nicht, dass er nicht funktioniert hätte.«

»Doch, hat er«, lautete die kleinlaute Antwort nach einigen Momenten des Nachdenkens.

»Also sag schon: Wie genau sieht er aus?«

Paul lieferte eine detaillierte Beschreibung von Carsten, woraufhin Blohfeld einen Pfiff ausstieß.

»So ein Kerl ist uns über den Weg gelaufen, als wir angekommen sind«, sagte Blohfeld. »Hatte es verdammt eilig, von hier wegzukommen.«

Daraufhin hielt Jasmin Blohfeld und Paul das Fahndungsfoto vor die Nase. »Ist er das?«, fragte sie eindringlich.

»Ich weiß nicht«, sagte Paul, der sich ganz offensichtlich in die Ecke gedrängt fühlte. »Das Bild ist nicht gerade scharf. Außerdem trägt der Typ auf dem Foto eine Elvis-Perücke und eine fette Sonnenbrille.«

»Geben Sie mal her!« Blohfeld riss ihr das Foto aus der Hand. »Könnte hinkommen. Was meint ihr?« Er zeigte es Jan-Patrick und Katinka, die beide zaghaft nickten.

»Aber das kann doch nicht wahr sein«, sagte Paul und rieb sich die Stirn. »Ausgerechnet Carsten. Ich meine – der ist so ein absoluter Durchschnittsmensch. Harmlos durch und durch.«

»Wohl eher ein Meister des Tarnens und Täuschens. Und Sie sind ihm voll auf den Leim gegangen.«

»Nein, nein, das kann nicht sein«, widersprach Paul, wirkte jedoch selbst immer weniger überzeugt.

»Ihr Kumpel Carsten muss der wahre Killer sein, der dem anderen das Kostüm untergeschoben und den Verdacht damit auf ihn gelenkt hat«, schlussfolgerte Blohfeld.

»Ich fürchte Schlimmstes«, sagte Jasmin mit belegter Stimme. »Dieser Mann ist noch gerissener, als ich es für möglich gehalten habe.« Den Rest ihrer Überlegungen sprach sie nicht aus, hätten sie doch ihre eigene Unzulänglichkeit verraten: Wahrscheinlich hatte Frost ganz gezielt so gehandelt, um im Kloster Polizeikräfte zu binden, die auf der *MS Walküre* nun fehlten. Zwar hatte sie Timo Schlelein dort platziert, doch was sollte ein einzelner, weitgehend unerfahrener Polizeikommissariatsanwärter ausrichten? So hatte Frost freie Bahn, um sein Werk zu Ende zu führen. Wie dieses Ende aussah, war offensichtlich: Er würde die Witwe töten.

Jasmin zückte ihr Smartphone und tippte nervös eine Nummer ein.

»Wen rufen Sie an?«, wollte Blohfeld wissen. »Ihren Chef? Wollen Sie Schnelleisen beichten, in was für einen Schlamassel Sie sich geritten haben?«

Jasmin gab einem der umstehenden Beamten einen Wink, woraufhin dieser Blohfeld energisch am Arm fasste und ihn zur Seite drängte. Dann wartete sie ungeduldig darauf, dass sich Bethany Dexter melden würde, damit sie sie warnen konnte. Doch daraus wurde nichts, denn wie Jasmin feststellen musste, ging ihr Anruf nicht raus. Ihr Handy hatte keinen Empfang.

»Verflucht! So ein Mist!«

Jasmin steckte das Smartphone wieder weg und suchte verzweifelt nach Alternativen. Nach kurzem Nachdenken bat sie den SEK-Einsatzleiter, sein Team zu sammeln und so schnell wie möglich zum Schiffsanleger zu fahren. Der Kommandant war erfahren und abgeklärt genug, um ihren Befehl nicht zu hinterfragen. Nachdem sich Katinka als Vertreterin der Staatsanwaltschaft legitimiert und auch ihr Einverständnis signalisiert hatte, traten die schwarzen Gestalten den geordneten Rückzug an. Wieder schallte das Auftreten ihrer Stiefelabsätze durch den Flur, wurde dann leiser und verhallte schließlich gänzlich, als der Trupp das Gebäude verließ.

Motoren wurden angelassen. Reifen quietschten. Dann kehrte Stille ein.

Die Ruhe währte nicht lang, wie Paul feststellte. Kaum hatte sich der Rauch beziehungsweise der von den Autoreifen aufgewirbelte Staub gelegt, strömten die anderen Gäste und die Mönche aus ihren Quartieren. Es wurde angeregt getuschelt und gemunkelt. Auch Paul wurde mit vielerlei Fragen konfrontiert, deren Beantwortung er sich entzog, indem er auf Jasmin als zuständige Amtsperson verwies.

Damit machte er es sich ziemlich leicht, aber er konnte nicht anders. Nach all dem, was er in den vergangenen Stunden durchlebt hatte, sah er sich nicht imstande, Auskünfte irgendwelcher Art zu geben. Außerdem hatte er Hunger. So großen, dass ihm beinahe schwindelig war.

Damit stand er nicht allein. Jan-Patrick stellte sich an seine Seite und raunte ihm zu: »Wir sind seit heute früh unterwegs, und Blohfeld hat uns aus reiner Bosheit um jeden Gasthof herumgeleitet. Wie schaut es aus? Hat die Klosterkantine noch geöffnet?«

Paul sah auf die Uhr. »Für das Abendessen sind wir leider zu spät dran. Aber vielleicht machen sie heute eine Ausnahme.«

»Klingt gut. Lass es uns versuchen!«

»Aber ich muss dich warnen«, sagte Paul. »Versprich dir nicht zu viel davon. Ein ziemlich mieser Fraß wird einem hier vorgesetzt. Der Koch hat den falschen Beruf gewählt.«

Paul sprach Katinka an und fragte sie, ob sie sie begleiten wollte. Doch ihr war nach dem ganzen Tumult nicht nach Essen zumute. Sie schloss Paul in ihre Arme, drückte ihn fest und sagte so leise, dass es niemand anderes hören konnte: »Es gibt so vieles, was ich dir sagen möchte. Aber es ist nicht der richtige Ort und nicht die richtige Zeit. Wir holen das nach. Ganz bald.« Dann ließ sie von ihm ab und sprach in die Runde: »Geht ihr nur. Ich versuche inzwischen den Abt davon zu überzeugen, dass er seine frauenfeindliche Hausordnung für mich aussetzt und mich die Nacht im Kloster verbringen lässt. Ich habe nämlich nicht die geringste Lust, mir heute noch ein anderes Quartier zu suchen.«

Ihr liebevoller Blick verriet Paul, dass es wohl auch einen anderen Grund dafür gab, dass sie im Kloster übernachten wollte: Er sah ihr die Sehnsucht an und freute sich darüber, dass es ihr offenbar genauso ging wie ihm. Paul zog sie noch einmal an sich und küsste sie auf die Wange. »Bis nachher, mein Schatz«, sagte er und ließ sie wieder los.

»Ich leiste Ihnen so lange Gesellschaft, Frau Blohm«, bot sich Victor Blohfeld an, was Katinka mit einem verhaltenen Lächeln akzeptierte.

»Okay, dann sehen wir uns später!«, rief Paul und folgte dem bereits vorgepreschten Jan-Patrick.

Wie befürchtet war der Speisesaal verwaist. Das kirchenähnliche Gewölbe mit seinen filigranen Pfeilern und der beeindruckenden Kreuzrippenkuppel war in ein schummriges Halbdunkel getaucht. Die langen Tafeln in der Mitte hatte man schon abgeräumt und gesäubert. Hier war für sie nichts mehr zu holen, befand Paul und leitete seinen Freund auf direktem Weg ins Nebengebäude, das die Küche beherbergte.

Doch auch dort hatten sie Pech: Der geräumige, nahezu quadratische Ort, der von einer gewaltigen Abzugshaube über einem nicht minder großen Gasherd geprägt wurde, lag im Dämmerschlaf. Längst hatten der Koch und seine Gehilfen ihre Arbeit eingestellt, die Vorräte verstaut und die Arbeitsplatten blank poliert.

Paul sah sich ratlos um und hörte, wie sein Magen knurrte. »Da kann man wohl nichts machen«, sagte er ermattet.

Auch Jan-Patrick wirkte wenig glücklich, wollte jedoch nicht aufgeben. »Irgendwo muss der Kollege seine Reste aufbewahren«, meinte er und begann damit, die Küche zu durchstöbern.

»Reste?«, fragte Paul und blieb im Eingang stehen. »Ich nahm an, dass alles, was nicht verzehrt wird, als Küchenabfall entsorgt werden muss. Liege ich da etwa falsch?«

»Du hast insofern recht, als sämtliche Speisen, die den Gästen serviert wurden, ausnahmslos in der Biotonne landen. Früher hat der Schweinebauer solche Abfälle geholt, doch so was geht heute nicht mehr«, antwortete Jan-Patrick und suchte zielstrebig weiter nach Essbarem, denn: »Reste aus einer Großküche werden aufbewahrt, wenn sie noch gut sind und das Gesetz, etwa die Hackfleischverordnung, es erlaubt. Sprich: Dinge, die nicht auf einem Teller gelandet sind, dürfen weiterverwertet werden. Zum Beispiel für den berühmt-berüchtigten Eintopf. Meistens handelt es sich um Beilagen, manchmal bleibt aber auch ein Stück Fleisch übrig.«

»Na ja, ich weiß nicht. Das ist doch kein Selbstbedienungsladen. Wenn wir uns einfach etwas nehmen, gibt das bloß Ärger«, sträubte sich Paul. Auf Ärger war er nicht scharf. Nicht heute Nacht! Paul war viel zu sehr mit den Ereignissen der vergangenen Stunden beschäftigt, um sich auf ein neues Konfliktfeld einstellen zu können. Dass sich ausgerechnet der kumpelhafte Carsten als gefährlicher Schurke erwiesen hatte und Paul auf seine Masche reingefallen war, nagte nach wie vor an ihm. Paul zweifelte ernsthaft an der Zuverlässigkeit seiner Menschenkenntnis.

Je mehr er über alles nachsann, desto seltsamer erschien ihm der gesamte Vorgang. Vieles kam ihm in der Nachschau nicht mehr schlüssig vor, ja geradezu unlogisch. Etwas stimmte nicht, fand Paul. Zwar hatte sich Carsten mit seiner überstürzten Flucht verdächtig gemacht, und auch, dass er Paul im Stich gelassen hatte, nahm er ihm übel. Zudem hatte Carsten zweifellos die Gelegenheit dazu gehabt, dem unter Verdacht geratenen Klostergast das Elvis-Kostüm unterzuschieben. Ja, selbst für das Attentat auf Paul im Wasserturm kam Carsten theoretisch infrage. Vieles passte zusammen – und trotzdem mochten sich die Puzzleteile nicht richtig ineinanderfügen. Am meisten störte sich Paul an der Tatsache, dass sich Carsten so gut mit ihm angefreundet hatte. Tat ein Profikiller so etwas? Musste es nicht eher in seinem Interesse gelegen haben, sich im Hintergrund zu halten und zwischenmenschliche Kontakte nach Möglichkeit zu vermeiden? Andererseits: Gerade durch seine Kumpanei erschien Carsten unverdächtig. Nie und nimmer hätte Paul hinter der Maske des harmlosen Schreibwarenvertreters einen Mörder vermutet. Vielleicht war das ja sein Kalkül: eine Rolle, genau wie zuvor die des Entertainers an Bord der *MS Walküre* ...

Eine schmale Hand legte sich auf Pauls Schulter, woraufhin er herumfuhr und in das erschöpft wirkende Gesicht von Jasmin blickte. »Himmel, hast du mich erschreckt!«

»Hab ich mir doch gedacht, dass ich euch zwei hier finde«, sagte sie müde. »Ich wollte euch Ade sagen.«

»Du gehst?«, wunderte sich Paul.

»Ja, hier gibt es für mich momentan nichts mehr zu tun. Das Zimmer mit Frosts Sachen ist gesichert, und die Befragung von dir und den anderen Bewohnern kann bis morgen warten. Wichtiger ist es jetzt, dem Flüchtigen auf den Fersen zu bleiben. Ich werde die Kollegen unterstützen und auf der *MS Walküre* Position beziehen. Wenn es eine Chance gibt, Frost noch einmal zu Gesicht zu bekommen, dann an Bord dieses Schiffes. Ich bleibe am Ball ...« Sie gähnte herzhaft. »... und wenn es mich die ganze Nacht kostet. Denn ich denke, Frost wird alles daran setzen, seinen Job möglichst bald zu Ende zu führen.«

»Indem er die Frau des toten Amerikaners ebenfalls aus dem Weg räumt?«, fragte Paul und schluckte.

»Vieles spricht dafür, ja«, bestätigte Jasmin. Dann sah sie zum emsig nach Vorräten suchenden Jan-Patrick hinüber. »Also haltet die Ohren steif und ruht euch aus. Wir müssen morgen noch so einiges klären.«

Mit diesen Worten ließ sie die beiden Männer allein.

Um diese fortgeschrittene Stunde – es ging bereits auf Mitternacht zu – herrschte kaum noch Verkehr, sodass Jasmin schnell durchkam. Keine Viertelstunde brauchte sie für die Strecke. Als sie die Anlegestelle erreichte, atmete sie auf. Das hell erleuchtete Schiff, das im nächtlichen Ambiente noch größer und majestätischer wirkte als am Tage, war nicht von auffälligen Polizeifahrzeugen gesäumt. Auch an Deck war nicht ein einziger Uniformierter auszumachen. Die Beamten richteten sich also nach Jasmins Vorgaben und hielten sich dezent im Hintergrund.

Erst nachdem sie die Gangway, die das Hotelschiff mit dem Land verband, überquert hatte und die Lobby betrat, erkannte sie den ersten Würzburger Kollegen: Er hatte sich in die Nische hinter der Rezeption gestellt und trat nun hervor.

»Guten Abend, Frau Oberkommissarin«, grüßte er sie. »Bisher alles ruhig.«

»Niemand, der sich dem Schiff genähert hat?«, erkundigte sie sich.

»Niemand, außer ein paar verspäteten Landgängern. Aber die haben wir überprüft, bevor wir sie an Deck ließen.«

»Dass sich heimlich jemand an Bord geschlichen hat, können Sie ausschließen?«

Der Kollege, gute zehn Jahre älter als Jasmin, antwortete mit der gelassenen Routine eines erfahrenen Polizisten: »Wir haben zwei Männer mit Feldstechern positioniert. Einen auf dem Dach des Versorgungscontainers dort drüben und den anderen auf der Mainbrücke. Sie haben alles im Blick, sowohl landseitig wie auch flussseitig. Die Zielperson wird uns ins Netz gehen, wenn sie hier aufkreuzt. Ganz sicher.«

Jasmin bedankte sich für die Information und wusste nicht so recht, was ihr lieber sein sollte: dass sich Frost wirklich blicken ließ oder dass es die Nacht über ruhig blieb.

Sie verließ das Foyer mit seinem übertriebenen Glanz und ging durch den menschenleeren Flur in Richtung der Passagierkajüten. Der marineblaue Teppichboden schluckte jedes Geräusch ihrer Schritte. Die einzigen Töne, die die Nachtruhe an Bord stören konnten, kamen aus der Bar. Dort herrschte offenbar noch Betrieb, was Jasmin aus vereinzelten Lachern und Fetzen von Musik schloss, die an ihr Ohr drangen. Sie legte einen kleinen Abstecher ein und warf einen Blick in den Raum, an dessen Decke sich eine medizinballgroße Discokugel drehte und für funkelnde Lichtreflexe sorgte. Auch heute wurde wieder Livemusik gespielt. Anstelle eines falschen Elvis stand nun jedoch ein Michael-Jackson-Verschnitt auf der Showbühne. Hoffentlich nicht auch einer mit tödlichem Nebenjob, dachte sich Jasmin und verließ die Bar.

Kurz darauf klopfte sie an die Tür von Bethany Dexters Zimmer, vor dem ein finster blickender Uniformierter Wache schob. Wie sie wusste, stand vor der Balkontür ein weiterer Polizist.

Bethany öffnete unverzüglich. Als Jasmin ihr kreideweißes Gesicht sah, erschrak sie. In ihrem weit fallenden, seidenen Nachthemd wirkte die Witwe noch dünner und zerbrechlicher, als sie sie in Erinnerung hatte. Die Angst schien ihr fürchterlich zuzusetzen.

Dennoch glomm Hoffnung in Bethanys Augen, als sie Jasmin fragte: »Haben Sie ihn? Haben Sie die Bestie erwischt?«

Jasmin schüttelte betrübt den Kopf. »Leider nein. Wir waren dicht dran, aber er ist uns durchgebrannt.«

Bethany schluchzte auf. »Dann ist alles verloren.« Sie schwankte und stand offenbar kurz vor einem Zusammenbruch.

Jasmin fasste sie unter die Arme und begleitete sie zum Bett. »Gar nichts ist verloren«, versuchte sie Bethany zu beruhigen. »Wir haben große Fortschritte gemacht und kennen jetzt die Identität des Täters.«

»Sie kennen seinen wahren Namen?«, fragte Bethany mit zitternden Lippen.

Jasmin nickte und sah sie fest an: »Zuletzt nannte er sich Balder, der internationale Haftbefehl gegen ihn lautet jedoch auf den Namen Frost. Dieser Mann hat uns lange genug zum Narren gehalten. Diesmal werden wir ihn uns schnappen.«

Kaum hatte sie zu Ende gesprochen, klopfte es. Gleich darauf erschien Timo Schleleins Kopf in der Tür. »Chefin? Neue Nachrichten.«

»Was gibt es?«

»Wir haben ihn geschnappt. Carsten Balders Wagen konnte von einer Polizeistreife auf der A 3 gestoppt werden.«

Jasmin hörte, wie Bethany ein leises Jauchzen entfuhr. Ihre eigene Freude war begrenzt, denn Schleleins Miene wirkte extrem zurückhaltend. Außerdem wunderte sie sich darüber, dass ein Profi wie Frost nicht längst das Fahrzeug gewechselt und die Autobahn anstelle von verschwiegenen Nebenstraßen genutzt hatte.

Schlelein winkte sie zu sich heran, woraufhin sich Jasmin bei Bethany entschuldigte und das Zimmer verließ.

»Es ist wieder der Falsche«, erklärte Schlelein und schien ratlos. »Ganz eindeutig nicht unser Mann.«

»Ich versteh nicht …«

»Wir haben die Daten von Carsten Balder überprüft. Wir haben ihn im Schnellverfahren durchleuchtet. Und wie soll ich sagen? Balder ist zweifelsfrei derjenige, für den er sich ausgibt.«

»Sie meinen, sein Vertreterjob ist keine Scheinidentität?«

»Nein!«, machte Schlelein deutlich. »Alle seine Angaben sind korrekt. Name, Anschrift, Beruf. Wir haben sogar mit seiner Ex-Frau telefoniert. Die war in heller Aufregung, hat aber bestätigt, dass es ihr geschiedener Mann ist, den wir gestellt haben.«

»Oh Mann!« Jasmin wusste nicht mehr, wo ihr der Kopf stand. »Warum, zum Teufel, ist er dann abgehauen?«

»Eine Kurzschlussreaktion, wie er es selbst nannte.« Schlelein sah sie betreten an. »Balder hatte schlicht und einfach Angst. Angst vor dem wahren Mörder, der noch immer auf freiem Fuß ist.«

Den Abt davon zu überzeugen, ein Auge zuzudrücken und Katinka die Genehmigung zu geben, die Nacht unter dem Klosterdach zu verbringen, war nicht das Problem. Der stattliche Geistliche, dessen sonore Stimme ebenso ehrfurchtsgebietend war wie seine äußere Erscheinung und die getragene Art, sich zu artikulieren, hatte Katinka und Blohfeld in seinen Privatgemächern Platz nehmen lassen und sie angehört. Doch Katinka merkte gleich, dass das Oberhaupt des Klosters nicht bei der Sache war. Zu schnell stimmte er ihrem Anliegen zu, und zu unruhig flitzten seine Augen hin und her. Ob es an den Vorfällen lag, die die klösterliche

Ruhe so brachial gestört hatten? Wohl nicht nur, denn nach längerem Zögern sagte er mit belegter Stimme:

»Es ist noch nicht vorbei.«

Katinka wechselte einen Blick mit Blohfeld. Der wirkte irritiert. Aber nur kurz. Dann interpretierte er das Gehörte und fragte: »Sie glauben, die Polizei ist nicht auf der richtigen Spur?«

Der Abt, dessen trauriger Blick seinen ganzen Kummer widerspiegelte, hob und senkte langsam seine breiten Schultern. »Ich weiß es nicht mit Sicherheit. Aber es steht zu befürchten.«

Auch Katinka war jetzt wieder hellwach und ganz bei der Sache: »Klären Sie uns bitte auf. Was veranlasst Sie zu dieser Vermutung?«

Der Abt atmete schwer, und man merkte ihm an, dass etwas auf seinem Gewissen lastete. »Bruder Theobald ...«, setzte er an.

»Theobald?« Katinka versuchte, diesen Namen unterzubringen. »Ist das nicht derjenige, der den letzten Polizeieinsatz ausgelöst hatte? Wegen des Unfalls im Turm?«

»Ja. Wobei ich immer weniger glaube, dass es sich um einen Unfall gehandelt hat«, verkündete der Abt.

»Nun mal Klartext«, preschte Blohfeld vor. »Welchen Zusammenhang sehen Sie zwischen diesem Unfall oder Nicht-Unfall und der Fahndung nach Ihrem flüchtigen Hausgast?«

»Ich fürchte keinen«, antwortete der Abt betreten. »Genau darin liegt die Krux.« Mit einem Stöhnen veränderte er seine Sitzposition und erläuterte: »Bruder Theobald – Gott sei seiner Seele gnädig – war kurz vor seinem Tod bei mir vorstellig geworden. Er bestand auf eine spontane Aussprache, was ungewöhnlich ist. Denn für jeden unserer Brüder sind normalerweise festgesetzte Sprechzeiten vorgesehen. Damit wollen wir unnötige Diskussionen vermeiden und den kommunikativen Austausch auf ein Notwendiges begrenzen. Nicht zuletzt zum Wohl unserer Gäste, denen wir in erster Linie Ruhe bieten möchten.«

»Schön und gut«, ging Blohfeld dazwischen und wippte mit seinen Knien. »Kommen Sie bitte auf den Punkt: Was wollte Theobald so Dringendes von Ihnen?«

»Es ging ihm um einen Verdacht. Einen ausgesprochen schwerwiegenden Verdacht«, lautete die Antwort des Abtes.

»Nennen Sie ihn uns«, forderte Katinka ihn auf.

»Das fällt mir nicht leicht. Denn – da bin ich ganz offen – ich habe Bruder Theobald keinen Glauben schenken wollen. Seine Idee oder vielmehr seine Ahnung erschien mir einfach zu abwegig. Zumal er jeglichen Beweis für seinen Verdacht schuldig blieb.«

Katinka und Blohfeld sahen den Abt erwartungsvoll an. Keiner wagte es mehr, ihn abermals zu unterbrechen. Sie fürchteten, dass er dann nur weiter abschweifen und um den heißen Brei herumreden würde.

So aber überwand er endlich seine Skrupel und gab die Theorie des verstorbenen Mönchs wieder: »Theobald vermutete als Erster, dass der entflohene Mörder unter unserem Dach Unterschlupf gefunden haben könnte. Was unseren Bruder dazu veranlasst hatte – ob ein konkreter Vorfall oder eine Eingebung – lässt sich leider nicht mehr rekapitulieren. Jedoch war er sich seiner Sache sehr sicher. Und noch eines behauptete er steif und fest, als er mich neulich aufsuchte: nämlich dass der Gesuchte mitnichten in den Reihen unserer Gäste zu suchen sei.«

»Sondern?«, fragte Katinka alarmiert.

Blohfeld sprang auf. »Etwa einer vom Personal?«

»Leider ja«, sagte der Abt und legte seine Hand auf seine Brust. »Bruder Theobald war davon überzeugt, dass der Täter einer von uns ist.«

»Wie lange dauert das denn noch?«, fragte Paul unleidlich. »Bald bin ich verhungert.«

»Gleich ist es so weit.« Jan-Patrick war endlich fündig geworden: Ein schmaler, spärlich beleuchteter Kühlraum in einer kaum einsehbaren Nische der Klosterküche war vollgestellt mit Behältnissen in allen Formen und Größen. Ein Blick hinein zeigte, dass Jan-Patrick richtig gelegen hatte und es sich um bereits zubereitetes Gemüse, aber auch Nudeln, Reis und Kartoffeln handelte. Weiter hinten lagerten Käselaibe, darüber hingen Wurstwaren.

»Ein Schlaraffenland«, freute sich Jan-Patrick, »wenn auch ein ziemlich unordentliches. In meiner Küche dürfte es ein solches Durcheinander nicht geben.«

Paul, der sich immer noch im Hintergrund hielt, meldete Bedenken an: »Meinst du, wir dürfen uns einfach bedienen? So etwas sehen die hier sicher nicht gern.« Am liebsten hätte er – knurrender Magen hin oder her – auf dem Absatz kehrt gemacht und sich in seine Kammer zurückgezogen, wo sicher schon Katinka auf ihn wartete. Denn von Minute zu Minute erschien es ihm unwahrscheinlicher, dass man bei Carsten Balder wirklich hinter dem Richtigen her war. Alles in ihm stemmte sich gegen diese Vorstellung. Gleichzeitig suchte er angestrengt nach einer anderen Lösung.

»Ich glaub, mir ist der Appetit vergangen«, sagte er frustriert über die eigene Phantasielosigkeit und auch in Hinblick auf die späte Stunde. »Außerdem ist Essenklauen nicht mein Ding.«

Doch das ließ Jan-Patrick nicht gelten. »Wir befinden uns in einer Ausnahmesituation und haben daher ein Recht, uns selbst zu bedienen«, setzte er sich über Pauls Zweifel hinweg. »Außerdem weiß ich, was ich tue. Ich bin vertraut mit den Hygienevorschriften, und mir ist klar, wo ich hinlangen darf und wo nicht.«

Paul schaute Jan-Patrick dabei zu, wie er mit geübten Griffen verschiedenste Zutaten auf zwei Tellern portionierte und die Reste so geschickt herrichtete, dass sie sogar einigermaßen appetitlich aussahen. Gedanklich war er trotzdem nicht recht bei der Sache. Wieder und wieder überlegte er, was er oder vielmehr Jasmin übersehen haben könnten.

»Wir brauchen bloß noch einen Konvektomaten oder eine Mikrowelle und dann *bon appétit*!«, flötete Jan-Patrick und trug die Teller aus der düsteren Speisekammer. Im Neonlicht der Küche verflüchtigte sich seine erwartungsfrohe gute Laune jedoch abrupt.

»Was ist los?«, erkundigte sich Paul, dem der Stimmungswechsel nicht entging.

Jan-Patrick knallte die Teller auf eine Ablage, griff zu einer Gabel und piekte sie in eine der Kartoffeln. Diese zerfiel ebenso wie einige Möhrenscheiben, bei denen Jan-Patrick das Gleiche versuchte. Lustlos spießte er anschließend ein Brokkoliröschen auf und führte es zu seiner Nase. Nach skeptischem Schnuppern biss er vorsichtig hinein, nur um die Kostprobe gleich darauf in die Spüle zu spucken.

»Pfui Teufel!«, ärgerte sich Jan-Patrick und kippte sein Essen in einen Eimer mit Küchenabfällen. »Alles völlig verkocht und total versalzen.«

»Ich habe ja gesagt, dass wir hier keinen Sternekoch beschäftigen«, wandte Paul ein, dem momentan ein paar weiche Kartoffeln lieber gewesen wären als gar keine.

»Sternekoch?« Jan-Patrick lachte auf. Er nahm sich Pauls Teller vor, auf dem sich ein Spaghettinest kringelte. Jan-Patrick hatte eine Portion Parmesan darauf gehobelt, den er nun ebenfalls einer kritischen Prüfung unterzog, um festzustellen, dass der Käse ranzig roch und die Nudeln einen schalen Beigeschmack nach Spülwasser aufwiesen. Auch Pauls Portion landete in der Tonne.

»Das, was ich hier sehe, ist so lausig, dass es nicht mal dem Minimalstandard eines Azubis im ersten Lehrjahr entspricht«, echauffierte sich Jan-Patrick. »Ich wage zu behaupten, dass derjenige, der den Laden schmeißt, alles Mögliche ist, aber bestimmt kein Koch.«

Paul wollte gerade vorschlagen, dass sie sich alternativ ja auch eine Salami aus der Vorratskammer holen könnten, als er auf eine Bewegung im Türrahmen aufmerksam wurde. Gleichzeitig mit Jan-Patrick schaute er sich um – und erkannte den Küchenchef, dem es die Zornesröte ins Gesicht getrieben hatte.

»Verdammt«, fluchte Paul leise vor sich hin und stieß seinen Freund an. »Hoffentlich hat er uns nicht belauscht.«

Der Koch trat ein, musterte beide aus schmalen Augen.

»Was haben Sie hier zu suchen?«, fragte er unfreundlich und sah sich in der Küche um. Dann blieben seine Blicke an der Tür zur Speisekammer haften, die nur angelehnt war. Mit wenigen schnellen Schritten durchmaß der Mann die Küche und verschwand im Vorratsraum.

»Der ist sauer«, bemerkte Jan-Patrick kleinlaut.

»Sauer ist gar kein Ausdruck!«, bekräftigte Paul. »Was würdest du denn sagen, wenn jemand deine Kochkünste so kritisiert, wie wir es mit seinen gerade getan haben?« Kaum hatte er das letzte Wort ausgesprochen, fuhr ihm der

Schreck in die Glieder. Plötzlich hatte er gefunden, wonach er die ganze Zeit über in Gedanken gesucht hatte. Von dieser Erkenntnis wurde er kalt erwischt – und spürte einen Anflug von Panik.

»Wir müssen hier raus!«, rief er und packte Jan-Patrick am Arm.

Sein Freund sah ihn fragend an. »Wieso? Glaubst du, er reißt uns die Köpfe ab, bloß weil es uns nicht geschmeckt hat? So schlimm wird es schon nicht werden.«

»Doch! Sogar noch viel schlimmer!« Paul versuchte ihn aus der Küche zu zerren.

Aber es war zu spät: Der Koch erschien in der Tür zur Vorratskammer. In der Hand hielt er eine Pistole.

Jasmin konnte sich nicht daran erinnern, sich bei den Ermittlungen in einem einzigen Fall dermaßen oft getäuscht zu haben. Sie hatte immer wieder danebengelegen, falsche Entscheidungen gefällt und teils massive Polizeikräfte eingesetzt, ohne ein Resultat zu erzielen. Kripo-Chef Schnelleisen würde ihr die Ohren langziehen, wenn sie zurück nach Nürnberg käme. Und das wäre wahrscheinlich die mildeste Variante. Jasmin musste ernsthaft mit disziplinarischen Maßnahmen rechnen. Denn ihr Vorgehen konnte nicht anders als laienhaft bezeichnet werden, gestand sie sich reumütig ein.

Jetzt saß sie wieder hinterm Steuer ihres Wagens und raste zurück zum Kloster. Ohne Begleitung, weil sie es nicht riskieren wollte, abermals unnötigerweise Polizeibeamte zu binden. Lediglich zu Bethanys Schutz hatte sie zwei Kollegen der Würzburger Polizei an Bord der *MS Walküre* abgestellt, wohingegen das Sondereinsatzkommando nach einem kurzen Besuch am Kabinenschiff wieder in seine Kaserne eingerückt war.

Warum es sie heute Nacht noch einmal zum Kloster zog, wusste sie selbst nicht zu sagen. Glaubte sie ernsthaft, dass sich der wahre Frost weiterhin dort versteckt hielt? War es nicht viel wahrscheinlicher, dass er gar nicht vorhatte, Bethany zu töten, sondern längst über alle Berge war? Schon vor Tagen abgetaucht mit einer weiteren falschen Identität? Womöglich bereits im Ausland, fern jeder Zugriffsmöglichkeit durch die deutsche Polizei?

Sie wusste es nicht. Eigentlich wusste sie überhaupt nichts mehr. Schon gar nicht, warum sie wie eine gesengte Sau über die Straße jagte und jede Geschwindigkeitsvorschrift außer Acht ließ.

Warum hatte sie es dermaßen eilig? Was glaubte sie, im Kloster vorzufinden?

Keine Ahnung, gab sie sich selbst die Antwort und merkte, dass sie mit jedem zurückgelegten Kilometer unruhiger wurde. Schließlich hielt sie es nicht mehr aus. Sie brauchte Informationen, um zu wissen, wie es weitergehen sollte. Sie brauchte Klarheit. Sofort!

Mit einer Hand am Steuer hangelte sie mit der anderen nach ihrem Handy. Jasmin wählte Pauls Nummer.

Nun war es raus: Adrian Frost, ein wahrer Meister der Verkleidung, hatte sich mitnichten als biederer Schreibwarenvertreter getarnt, sondern war in die Rolle des Kochs geschlüpft. Wie auch immer er es gedeichselt hatte, diesen Job so kurzfristig zu ergattern: Ihm war damit die perfekte Tarnung gelungen. Diese hätte auch noch ein Weilchen gehalten, dachte Paul, wenn er und Jan-Patrick nicht in die Küche eingedrungen wären. Jetzt legte Frost es offensichtlich darauf an, sie daran zu hindern, ihre Erkenntnis weiterzugeben.

Paul und Jan-Patrick hatten sich in Deckung gebracht und lehnten an der Seite der Spüle, auf der sich Töpfe und Pfannen stapelten. Der metallene Unterbau bot einen gewissen Schutz, außerdem hatten sie sich mit Topfdeckeln und Suppenkellen bewehrt.

Ein zweifelhafter Schutz, wie Paul wusste. Ein flüchtiger Blick auf die Pistole hatte ihm gereicht, um sie als vollautomatische Schusswaffe zu identifizieren. Hierbei handelte es sich um ein Modell, das nicht nur einzelne Schüsse, sondern Serienfeuer abgeben konnte. Blieb der Abzug durchgezogen, wurden die Projektile durch den Lauf gejagt. So lange, bis die Munition im Magazin erschöpft war. Frost würde sie beide durchsieben, dachte Paul und fühlte seinen Puls in den Schläfen pochen.

Jan-Patrick sah Pauls besorgten Blick und Paul machte ihm den Ernst der Lage klar: »Das Ding ballert so lange, bis das Stabmagazin leer ist. Ist so etwas wie ein entfesselter Selbstlader. Ziemlich gefährliches Teil.«

»Das klingt nicht gerade beruhigend. Verdammt, ich mach mir gleich in die Hose.«

»Wir sitzen in der Falle«, zischte Paul Jan-Patrick zu, der sich unter einem besonders ausladenden Deckel zu verbarrikadieren versuchte. »Bis zum Ausgang schaffen wir es nicht. Aber wenn wir hierbleiben, sind wir genauso geliefert.«

Beide lauschten in die Stille, die nur vom Tropfen eines Wasserhahns durchbrochen wurde. Warum geschah nichts? Was hatte Frost vor, fragte sich Paul. Wartete er ab, bis sie sich rührten und aus ihrer Deckung wagten? Wie die Katze auf der Lauer? Jederzeit zum Angriff bereit?

»Wir haben ihn gesehen, er uns aber noch nicht. Er weiß also nicht, wo wir stecken«, vermutete Jan-Patrick. »Die

Küche ist zu groß und verwinkelt, um sie vom Speiseraum aus überblicken zu können.«

»Gut«, flüsterte Paul und legte seinen Zeigefinger auf die Lippen. »Ganz leise. Vielleicht findet er uns nicht.«

Pauls Handy durchkreuzte ihren Plan.

Beide zuckten zusammen. Wie konnte das sein, fragte sich Paul? Die ganze Zeit über hatte er innerhalb des Klosters keinen Empfang gehabt, und ausgerechnet jetzt kam ein Anruf zu ihm durch? Verfluchte Technik, dachte Paul. Er starrte auf das Display und erkannte Jasmins Nummer. So schnell es ging, drückte er das Gespräch weg. Doch Frost war bereits auf sie aufmerksam geworden! Deutlich waren seine Schritte zu hören, die schnell näher kamen. Suchend zwar, aber entschlossen. Frost wusste nun, dass sie sich definitiv noch in der Küche aufhielten. Es war nur eine Frage von wenigen Sekunden, alle Gänge zu durchkämmen und sie aufzustöbern.

»Was jetzt?«, fragte Paul der Panik nahe.

»Wegrennen!«, zischte Jan-Patrick.

»Dann knallt er uns ab wie Schießbudenfiguren.«

»Wir müssen es wenigstens versuchen! Wenn wir hier hocken bleiben, haben wir keine Chance. Er kann jede Sekunde um die Ecke biegen.«

Sein Freund hatte absolut recht, fand Paul. Jeder Moment konnte ihr letzter sein. Denn die überschallschnellen Projektile würden das dünne Blech ihrer Deckelrüstung wie Papier durchschlagen. »Okay«, flüsterte er zurück. »Wagen wir einen Ausbruch.«

»Moment! Wir müssen erst für Ablenkung sorgen«, wisperte Jan-Patrick. »Seine Aufmerksamkeit auf etwas anderes bringen. Und dann losrennen.«

Paul nickte. Er dachte an einen Trick, den er schon oft im Kino gesehen hatte: Man wirft einen Stein, der beim Aufprall Lärm erzeugt und von sich selbst ablenkt. Das müsste auch hier funktionieren. Sollten sie es wagen?

Ja, gab sich Paul selbst die Antwort. Der Entschluss war gefasst. Er bekam eine Suppenkelle zu fassen und holte zum Wurf aus.

Das war der Moment, in dem Frost die Spüle umrundet hatte. Paul verschlug es den Atem, als er sah, wie der Killer seine Pistole auf ihn richtete.

Warum hatte er sie einfach weggedrückt?

Jasmin blickte verwundert auf ihr Handy. Schnell mischte sich Sorge in ihre Verblüffung. Hatte sie ihn bei irgendetwas gestört? Oder gab es eine andere Erklärung dafür, dass er nicht mit ihr sprechen konnte? War er womöglich in Bedrängnis? Aber durch was oder durch wen?

Jasmin erwog, es abermals zu versuchen und Pauls Nummer noch einmal zu wählen, aber dann sah sie schon die Silhouette der Klosteranlage mit ihren Spitzdächern, Türmchen und Zinnen sich gegen den sternenklaren Nachthimmel abzeichnen. In wenigen Minuten würde sie da sein.

Mit ihrem Wagen fädelte sie auf das schmale Straßenband ein, das in eng geschwungenen Kurven die Kuppe hinaufführte, auf der das Kloster thronte. Deutlich zu flott lenkte sie das Auto über die Serpentinen. Trotz voller Konzentration machten die Räder zweimal Anstalten auszubrechen. Jasmins waghalsige Fahrweise war mehr als grenzwertig.

Doch sie konnte nicht anders. Instinktiv spürte sie, dass sie sich zu beeilen hatte. Sie würde schnell sein müssen. Sehr schnell sogar, sonst würde sie zu spät kommen. Die Tatsache, dass Paul das Telefongespräch nicht angenommen hatte, befeuerte ihre Sorgen. Sie wurde gebraucht – und das unverzüglich.

Die Reifen quietschten, als sie in die nächste Kurve steuerte. Das war die vorletzte. Jasmin sah die Toreinfahrt des Klosters schon vor sich.

Die Stoßfänger des Wagens wurden gefordert, als sich das Gewicht in der Kehre voll auf die linke Seite verlagerte. Jasmin hielt das Lenkrad mit beiden Händen fest umklammert und arbeitete gegen das Zerren der Fliehkraft an. Diesmal aber hatte sie ihr Können als Fahrerin überschätzt. Das Tempo war schlichtweg zu hoch.

Die Vorderreifen gehorchten nicht länger auf ihr Kommando, rutschten aufs unbefestigte Bankett, pflügten sich in Gras und Erde. Jasmin versuchte gegenzusteuern – doch vergebens.

Der Wagen geriet ins Schleudern.

Drehte sich um die eigene Achse.

Rauschte mit dem Heck voran in die Rebstöcke.

Kam mit abgewürgtem Motor zum Stehen.

Jasmin schlug mit dem Kopf gegen das Seitenfenster. Benommen fasste sie sich an die Schläfe. Ihre Hand war voller Blut.

Nun war es vorbei. Aus und vorbei. Paul registrierte, wie sich Jan-Patrick an ihn presste. Und wie er zitterte. Angstschweiß lag in der Luft.

Die Mündung der Waffe hielt direkt auf Pauls Kopf zu. Er machte sich keine Illusionen darüber, seinem Schicksal doch noch entrinnen zu können. Selbst wenn er zur Seite springen oder sich nach hinten fallen lassen würde, wären Frosts Kugeln schneller und würden ihn erwischen. So oder so: Es gab kein Entrinnen.

»Bitte«, flehte Jan-Patrick um sein Leben. »Bitte verschonen Sie uns. Was haben Sie davon, wenn Sie auch uns töten?«

Zum Beispiel zwei lästige Zeugen weniger, dachte Paul. Außerdem würde es Frost einen zeitlichen Vorsprung verschaffen, wenn er sich ihrer entledigen und anschließend aus dem Kloster flüchten würde. So unangenehm es auch sein mochte: Es wäre erschreckend logisch, wenn der Killer jetzt keine halben Sachen machen, sondern sein Ding durchziehen würde, dachte Paul. Frost schien lediglich noch abzuwägen, wie laut die Schüsse sein würden und ob sie jemand anderen aufmerksam machen könnten. Denn wie Paul aus flatternden Augen beobachtete, zog Frost einen Schalldämpfer aus seiner Kitteltasche und schraubte ihn auf.

Jasmins Hände zitterten, als sie in ihrer Tasche nach einer Packung Tempo suchte. Sie legte zwei der Papiertaschentücher übereinander und presste sie auf die Platzwunde an ihrer Stirn. Dabei lehnte sie den Kopf zurück und merkte, dass sich alles um sie drehte.

Es hatte sie voll erwischt. Sie tippte auf eine Gehirnerschütterung. Auch die Rippen taten ihr weh, denn beim Aufprall auf den Weinberg war sie mit einem kurzen, harten Ruck fest in den Gurt gepresst worden.

Doch für Selbstmitleid war nicht die richtige Zeit. Jasmin hatte eine Mission zu erfüllen, die keinen Aufschub duldete. Also riss sie sich zusammen und raffte sich auf.

Sie legte die Hand auf den Türöffner, um auszusteigen. Als sie ihn betätigen wollte, spürte sie einen Widerstand. Sie versuchte es erneut und drückte gleichzeitig fest gegen die Tür. Noch immer tat sich nichts. Entweder hatte sich der Rahmen verzogen und blockierte das Schloss oder aber die Tür steckte in der aufgeworfenen Erde fest. Jasmin nahm ihre Füße dazu und trat fest dagegen. Ebenfalls ohne Resultat.

Unter Schmerzen hievte sie sich hoch und setzte sich auf den Beifahrersitz um. Doch nur um festzustellen, dass auch die zweite Tür klemmte. Selbst mit aller Kraft wollte es ihr nicht gelingen, sie aufzustoßen. Schließlich versuchte sie, die Scheiben herunterzulassen, um durch eine der Fensteröffnungen zu kriechen, doch die automatischen Fensterheber waren außer Funktion. Sie saß in der Klemme.

»So ein Mist!«, schimpfte sie.

Es würde ihr nichts anderes übrig bleiben, als zu versuchen, das Sicherheitsglas einzuschlagen. Dafür brauchte sie einen harten, spitzen Gegenstand. Bis sie einen solchen gefunden hätte, wären weitere kostbare Minuten verstrichen ...

Jasmin wurde bewusst, dass sie in ihrer Rolle als Retterin so oder so zu spät kommen würde. In welcher Gefahr Paul auch immer schweben mochte – mit ihrer Hilfe durfte er nicht mehr rechnen.

Vielleicht wäre das die letzte Gelegenheit gewesen, sich aus dem Staub zu machen. Die zwei oder drei Sekunden, die der Killer zum Aufbringen des Schalldämpfers benötigte, hätten möglicherweise ausgereicht, um aufzuspringen und davonzulaufen. Doch Paul versagten die Beine. Ebenso schien es Jan-Patrick zu gehen, der schlotternd vor Angst an Ort und Stelle verharrte.

»Bitte ...«, setzte er erneut an, bevor seine Stimme den Dienst versagte.

Auch Paul war nicht mehr dazu imstande, sich in irgendeiner Form zu artikulieren. Er fiel in eine Art Starre. Er konnte nichts dagegen tun. Es war, als hätte sein Körper bereits kapituliert, während sein Geist noch dagegen anzukämpfen versuchte. Aber es war ein aussichtsloser Kampf, an dessen Ende Paul als Verlierer dastehen würde. Es gab nichts mehr, dass ihn retten konnte. Nichts, das das Unabwendbare aufhalten würde.

Wirklich nichts?

Es tat einen enormen Schlag, als ein marmornes Schneidbrett gegen den Schädel des falschen Kochs prallte. Nahezu gleichzeitig entglitt die Pistole seinen Fingern und fiel scheppernd zu Boden. Mit verdrehten Augen sank Frost in sich zusammen.

Damit machte er den Blick auf die Person hinter sich frei. Auf denjenigen, der das Brett geschwungen und so beherzt damit zugeschlagen hatte.

Es war Victor Blohfeld, dessen Gesichtsausdruck sich nicht zwischen selbstgefälliger Zufriedenheit und dem Schreck über die eigene Courage entscheiden konnte.

Epilog

»Auch das Gniedla hat eine Seele«, schalt Jan-Patrick seinen Gast, der am Kopfende der langen Tafel saß, die im *Goldenen Ritter* eigens für den großen Anlass eingedeckt worden war.

Gemeint war Victor Blohfeld, der sich mal wieder nicht mit der gebotenen Anerkennung über das köstlich duftende Menü des emsigen Küchenmeisters hermachte, sondern ungebührlich mit der Gabel darin herumstocherte.

Aufgetischt worden war der fränkische Klassiker: Schäufele mit Kloß. Dargereicht mit einem fränkischen Weißwein aus Würzburger Hanglage, geboten waren die beliebten Gewächse Müller-Thurgau und Bacchus. Auch Rotweine stellte Jan-Patrick zur Wahl, darunter die tiefdunkle Rebsorte Domina und den etwas leichteren Dornfelder. Jeder wollte die Neuerwerbungen aus Jan-Patricks Weinkeller probieren, Blohfeld jedoch scherte aus und bestand auf ein Zirndorfer Landbier.

»Probieren Sie wenigstens mal«, versuchte es Jan-Patrick und hielt ihm eine Rotweinflasche hin.

»Nichts gegen Dominas. Ich weiß ihre Qualitäten durchaus zu schätzen«, scherzte der eigensinnige Reporter. »Aber ein Roter aus Franken ist wie Weißbier aus Norddeutschland. Passt einfach nicht.«

»Da liegen Sie falsch!«, entgegnete Jan-Patrick. »Franken hat im Ausbau von Rotweinen in den letzten Jahren enorme Fortschritte gemacht. Sie finden hierzulande ganz ausgezeichnete Tropfen mit einem Geschmacksvolumen so vollmundig, wie es sonst nur die Südeuropäer hinbekommen.«

»Ich passe trotzdem. Bringen Sie mir das Bier. Oder sagen wir gleich zwei, denn ich habe einen gescheiten Durst.«

Das fränkische Mahl in großer Runde mit Katinka, Paul, Pfarrer Hannes Fink, Blohfeld und der am Kopf bandagierten Jasmin war auf Wunsch einer einzelner Dame einberufen worden: Hannah war zurückgekehrt! Nach mehr als einem Jahr im Ausland hatte sie ihren Worten Taten folgen lassen, ihre Auszeit in Lateinamerika für beendet erklärt und den Flieger nach Nürnberg bestiegen. Nicht nur das fand Paul erstaunlich – denn er hatte sich inzwischen mit dem Gedanken vertraut gemacht, dass sein blond gelocktes Stieftöchterchen sich ein für alle Mal von ihrer Heimat losgesagt hatte.

Erst recht überraschend war für ihn die herzliche Art, mit der Hannah ihn nach ihrer langen Abwesenheit begrüßt hatte. Als wäre nichts geschehen und ihr großer Krach vergeben und vergessen, hatte sie sich ihm in der Ankunftshalle des Flughafens in die Arme geworfen und ihn minutenlang festgehalten. In den Tagen nach ihrer Heimkehr hatten sie so viel zusammen gelacht und gescherzt wie lange nicht mehr. Paul war der glücklichste Mensch der Welt, als er erkannte, dass Hannah – die ihm so viel bedeutete wie eine leibliche Tochter – ihm ehrlich und aufrichtig verziehen hatte.

Die zuvor ungestüme und emotional wechselhafte Hannah schien während ihrer ausgedehnten Südamerikareise gereift und vielleicht auch geläutert worden zu sein. Sie konnte Paul verzeihen, weil sie dank des großen Abstands und des gänzlich anderen Lebens auf der anderen Seite des Globus ein neues Gefühl dafür entwickelt hatte, wie das Leben spielt. Ihre Nürnberger Probleme bewertete sie – mit Abstand betrachtet – inzwischen als weniger schmerzlich:

Den Verlust ihres Alexanders hatte sie überwunden. Ihre alles umfassende Erkenntnis: Das Leben ging weiter!

Weil Paul sein Glück kaum fassen konnte, hatte er sie wiederholt gefragt, ob denn wirklich wieder alles im Reinen mit ihnen beiden sei. Irgendwann hatte Hannah in der für sie typischen Art geantwortet: »Wir sind jetzt wieder *best friends*. Find dich damit ab.«

Das tat Paul nur zu gern. Eine zentnerschwere Last schien von seinen Schultern genommen worden zu sein, und er freute sich darüber, dass Katinka, Hannah und er nun wieder eine Familie waren. Eine *heile* Familie.

Das heutige gemeinsame Tafeln im Kreise ihrer alten Freunde gab den würdigen Rahmen für die große Versöhnung ab. Paul wollte diesen Abend in vollen Zügen genießen und an nichts anderes denken als die gelungene Familienzusammenführung. Doch daraus wurde nichts. Denn der Fall des getöteten Amerikaners Dexter störte ihre Kreise – und zwar in Form von Jan-Patricks schier unerschöpflichem Wissensdurst:

»Was ich in Bezug auf diesen Frost noch immer nicht verstehe ...«, setzte er an und wurde von Paul harsch unterbrochen.

»Bitte nicht schon wieder! Es stand doch alles haarklein in Blohfelds Zeitung. Warum lässt du uns nicht endlich in Frieden mit dieser Sache?« Paul tunkte demonstrativ ein Stück Kloß in die Bratensoße und ließ es in seinem Mund verschwinden. »Ich will in Ruhe essen und genießen«, sagte er kauend. »Dafür solltest gerade du als Koch Verständnis haben.«

»Na hör mal«, empörte sich Jan-Patrick. »Immerhin hätte mich dieser Kerl um ein Haar erschossen. Da ist es doch nur natürlich, wenn ich mich für die Hintergründe interessiere.«

»Die Hintergründe sind schnell erzählt«, übernahm Blohfeld an Pauls Stelle das Antworten. »US-Kartell erpresst Businessman Dexter. Businessman verweigert Schutzgeldzahlung, woraufhin Kartell Berufskiller Frost einschaltet, um das Ehepaar Dexter zu liquidieren. Frost erledigt seinen Auftrag nur zur Hälfte, da er Dexters *wife* verpasst. Für ein späteres Nachholen reist er dem Hotelschiff voran und wartet in der Nähe auf seine zweite Chance. Und zwar indem er als Küchenchef im nahe gelegenen Jakobus-Kloster anheuert.«

»Na bitte!«, rief Jan-Patrick. »Da haben wir die erste Ungereimtheit. Wie soll denn das funktioniert haben? Was ist mit dem echten Klosterkoch passiert? Wie konnte es Frost gelingen, ihn von heute auf morgen zu ersetzen?«

»Oh nein, nicht noch mehr Fragen«, stöhnte Paul. »Verschone uns damit an diesem schönen Abend.«

»Ich will es aber wissen! Immerhin handelt es sich um einen Kollegen.«

Paul gab seinen Widerstand auf und legte sein Besteck beiseite. »Na schön«, sagte er, »du sollst es erfahren: Man hat den echten Koch im Keller seines Hauses aufgefunden. Gefesselt und nur mit einer kleinen Wasserflasche zurückgelassen, an die er kaum herankam. Der arme Mann war nach vier Tagen in dieser Lage völlig dehydriert und musste ins Krankenhaus gebracht werden. Inzwischen geht es ihm wieder besser.«

»Hat denn die ganze Zeit niemand nach ihm geschaut?«, wunderte sich Jan-Patrick.

»Nein, denn bevor Frost seinen Job übernahm, hatte man den echten Koch mit vorgehaltener Waffe dazu gezwungen, sich telefonisch im Kloster krankzumelden. Wegen Grippe, und die kann ja bis zu einer Woche dauern. Da der Mann allein lebt, fiel auch sonst niemandem auf, dass etwas nicht stimmte.«

»Frost ging ausgesprochen dreist vor«, ergänzte Jasmin. »Er füllte die Lücke, indem er sich beim Abt als Ersatzmann für den erkrankten Koch ausgab. Er ging sogar so weit zu behaupten, dass er mit dem anderen befreundet und von ihm geschickt worden sei. Der Abt – froh, so schnell einen Springer gefunden zu haben – stellte nicht viele Fragen, sondern überließ ihm die Klosterküche.«

»Aber wie hat Frost das alles in so kurzer Zeit bewerkstelligen können?«, wunderte sich Jan-Patrick.

»Dieser Punkt ist nicht endgültig geklärt«, räumte Jasmin ein. »Wir vermuten, dass Frost mindestens einen Komplizen hatte, der für ihn die notwendigen Vorbereitungen traf. Doch das ist schwer zu beweisen, denn Frost schweigt sich darüber aus, genau wie über alles andere, was auf seine Hintermänner und deren Organisation schließen lassen könnte.«

Damit schien Jan-Patricks Neugier bezüglich seines Kollegen gestillt, aber ihm brannten noch weit mehr Fragen unter den Nägeln: »Wie kommt es, dass Sie genau im richtigen Moment zur Stelle waren, um Paul und mich zu retten? Es kam mir in dieser Situation so vor, als würde Sie der Himmel schicken.«

Blohfeld schmunzelte. »In gewisser Weise war es auch so: Im Gespräch mit dem Abt kam heraus, dass der Täter auch jemand vom Personal sein konnte. Da war mir schnell klar, dass es sich nur um den Koch handeln konnte, denn der war ja der einzige Neuzugang im Team. Also bin ich in die Küche gegangen, wo ich ihn anzutreffen hoffte – wie sich herausstellte, keine Sekunde zu früh.«

»Dafür werde ich Ihnen ewig dankbar sein«, meinte Jan-Patrick, schränkte dann jedoch ein: »Na ja, vielleicht nicht ewig, aber für ein Weilchen. Ich hatte gottlob vorher nie mit einem Profikiller zu tun. Aber jetzt interessiert es mich natürlich: Hat Frost das Morden wirklich zu seinem Beruf gemacht? So einfach Leute umbringen, wie andere täglich ins Büro gehen?«

»Profikiller zählen zu den Topverdienern«, erklärte Jasmin. »Wie wir inzwischen herausgefunden haben, standen bei ihm im Jahr vier bis fünf solcher lukrativer Aufträge an. Ja, Frost hat das Töten beruflich ausgeübt. Der klassische Söldner.«

»Für seine üppigen Honorare erwarteten seine Auftraggeber allerdings hohe Qualität«, meinte Paul. »Das bedeutete, dass es mit dem Erledigen eines Menschen nicht getan war. Frost musste sich vergewissern, dass die Tat nicht bis zu den Hintermännern zurückverfolgt werden konnte – und solange Bethany am Leben war, konnte er nicht zu hundert Prozent garantieren, dass es sich auch so fügen würde. Denn es gab zwei Ungewissheiten für ihn: Zum einen konnte er nicht absehen, wie viel die Witwe wusste und wie sie sich verhalten würde. Wenn sie eingeschüchtert war, selbst unter Todesangst litt und sich dem Willen seiner Auftraggeber künftig gebeugt hätte, wäre alles gut gewesen. Dann nämlich würde sie fortan die Schutzgeldleistungen erbringen, die ihr Mann zuletzt schuldig geblieben war. Was aber, wenn sie mit den Behörden kooperierte und offenlegte, dass sich ihr Mann mit der amerikanischen Cosa Nostra angelegt hatte? Dieses Risiko durfte Frost nicht eingehen. Daher blieb er in der Nähe des Schiffes und wartete auf die Gelegenheit, sein Todeswerk zu Ende zu führen.«

»Der zweite Unsicherheitsfaktor lag für ihn im Fortschritt der polizeilichen Ermittlungen«, übte sich Jasmin in Eigenlob. »Zwar hatte Frost zunächst dafür gesorgt, dass keine Spuren existierten, die auf ihn hindeuten …«

»… allerdings hatte die leitende Ermittlerin offenbar einen ausgesprochen cleveren Eindruck auf ihn gemacht. Ganz anders als die meisten anderen Kriminaler, mit denen er es bisher zu tun bekommen hatte«, setzte Paul den Satz augenzwinkernd fort.

»Genau«, sagte Jasmin beinahe trotzig. »Bevor er sich ins Ausland absetzen konnte, musste er daher als stiller Beobachter vor Ort bleiben und der überaus begabten Ermittlerin auf die Finger schauen. Jederzeit bereit, noch einmal zuzuschlagen, falls sie zu viel über ihn rausbringen sollte.«

»Das leuchtet mir ein«, meinte Jan-Patrick, was Paul zu der Hoffnung verleitete, er würde nun endlich Ruhe geben. Doch weit gefehlt – die nächste Frage, die der Küchenmeister losließ, besaß sogar das Potenzial, die Stimmung nachhaltig zu trüben: »Wie ist es weitergegangen mit der armen Witwe? Was ist aus Bethany geworden?«

Jasmin, Katinka und Paul schauten einander an und warteten darauf, dass der jeweils andere auf diese Frage antwortete. Schließlich war es Blohfeld, der sich des Themas annahm: »Sie ist abgereist. Gleich am Tag nach der Festnahme von Adrian Frost. Ich habe zwar versucht, an sie heranzukommen. Für ein Interview. Das hätte sich gut gemacht zum Abrunden der ganzen Story. Aber sie wollte nicht. Keinen Ton habe ich von ihr zu hören bekommen.«

»Wird sie daheim in den USA in Ruhe gelassen werden, jetzt, nachdem der Killer hinter Schloss und Riegel sitzt?«

»Wohl kaum«, vermutete Blohfeld. »Es gibt viele Söldner vom Kaliber eines Adrian Frost. Wenn Bethany daran liegt, ihr junges Leben noch ein Weilchen zu erhalten, wird sie aus den Erfahrungen an Bord der *MS Walküre* gelernt haben und entsprechend handeln.«

»Und das heißt?«

»Dass sie zahlen wird, was immer man von ihr verlangt.«

»Wie traurig«, meinte Jan-Patrick.

»Besser traurig als tot«, hielt Blohfeld dem entgegen.

Jan-Patrick seufzte. Dann blickte er interessiert in die Runde und fragte: »Wenn man ein Resümee ziehen wollte: Was wäre die Bilanz dieses Falls?«

»Mmh. Es gab Frankenwein und eine Leiche«, lautete Pauls ebenso einfache wie treffende Antwort.

»Zählt man Bruder Theobald dazu, waren es sogar zwei«, warf Hannah ein.

»Ja, aber ob man seinen Tod ebenfalls Frost anlasten kann, ist nach wie vor unklar. In den Verhören zeigt sich der Herr erwartungsgemäß zugeknöpft, und die Spurenlage im Turm gab nicht genug her, um ihn damit rankriegen zu können. Vielleicht war es eben doch bloß ein Unfall«, gab Jasmin etwas zerknirscht zu.

»Möglich«, meinte Paul und hob seinen bis auf den letzten Soßenrest geleerten Teller an. »Aber jetzt gibt es Wichtigeres, um das du dich kümmern solltest, Jan-Patrick.«

Der Koch sah ihn fragend an. »Um was denn?«

»Den Nachtisch!«, antwortete Paul grinsend.

Danke

Auch bei Paul Flemmings zwölftem Fall sind alle auftretenden Personen frei erfunden. Ebenso übrigens wie das Jakobus-Kloster. Zwar liegen im fränkischen Weinland zahlreiche altehrwürdige Klöster, die – wie im Buch beschrieben – Gäste auf Zeit aufnehmen. Zugunsten der Romanhandlung habe ich mich jedoch für eine fiktive Klosteranlage und einen ebensolchen Klosterbetrieb entschieden.

Mein großer Dank geht an meine Freunde und Unterstützer, die zur Entstehung dieses Bandes beigetragen haben: Axel Eisele vermittelte mir einen Teil seines Wissens über Hotelschiffe und ermöglichte mir einen interessanten Besuch beim Nürnberger Personenschifffahrtshafen. Matthias Becker und Astrid Seichter berieten mich beim »Bau« des Jakobus-Klosters, während mir Oliver Grill u. a. das Vorgehen eines Sondereinsatzkommandos erläuterte.

Dr. Uwe Meier half mir wie immer beim Spinnen des Handlungsfadens. Mein Lektor Stephan Naguschewski gab der Geschichte den letzten Schliff. Für die Grundidee dieses Romans möchte ich ganz besonders Felix danken!

Ein weiteres Dankeschön geht fürs kritische Probelesen an Susanna, Dietlind und Peter sowie an Karsten und Christiane Naumann, Sabine Gräwe und Werner Hellwig.

Paul Flemming kommt wieder mit Fall Nummer 13 …